Dieses Buch sei all jenen gewidmet, die gekämpft, gesiegt, die wir verloren haben, aber nie vergessen werden. (*)

NEW YORK TIMES UND *USA TODAY* BESTSELLER AUTORIN

AURORA ROSE REYNOLDS

Fighting TO BREATHE

ROMANCE EDITION

Fighting to Breathe

Aurora Rose Reynolds

8700 Leoben, Austria

Aus dem Amerikanischen von Carina Egger

1. Auflage
Covergestaltung: © Cornelia Pramendorfer
Titelabbildung: © dekazigzag
Redaktion: Romance Edition

Printed in Germany
ISBN-Taschenbuch: 978-3-903278-98-1
ISBN-EPUB: 978-3-903278-99-8

www.romance-edition.com

Wenn man auf den Ozean hinausblickt, vergisst man manchmal, wie gefährlich er ist. Die See ist wie eine Frau; man muss sie respektieren, darauf hören, was sie einem sagt, und man sollte niemals daran zweifeln, dass sie die Macht hat, dich zu zerstören.

Prolog

Lea

»Das sieht so schön aus«, flüstere ich mit Blick zum wolkenlosen Nachthimmel hinauf und kuschle mich enger an Austins Seite. Ich könnte schwören, jeden einzelnen Stern zu erkennen.

Austin brummt zustipmmend, was mich zum Lächeln bringt. Er lässt seine Finger in beruhigenden Zügen meinen Arm hochwandern.

»In zwei Wochen machen wir unseren Abschluss«, bemerke ich und bei der Vorstellung, was das für uns bedeutet, beginnt ein Schwarm Schmetterlinge in meinem Bauch zu tanzen. Seit ich sechzehn bin, sind Austin und ich ein Paar. Am Anfang unserer Beziehung gaben wir uns das Versprechen, zu heiraten, sobald wir die

Highschool abschließen. Viele Leute würden behaupten, dass wir zu jung dafür sind, aber schon bei unserer ersten Begegnung wusste ich, er würde eines Tages mein Mann werden.

»Lea Wolf«, sagt er und die Schmetterlinge in meinem Innern flattern noch wilder umher.

Ich rutsche hoch, lege die Hände auf seine Brust und bette das Kinn auf ihnen, dann mustere ich Austins Gesicht. Er erschien schon immer älter, als er eigentlich ist. Sein dunkelblondes Haar ist ein bisschen zerzaust, sein Kinn stets von einem Dreitagebart bedeckt und seine Lippen sind voll und weich. Mein Blick trifft auf seinen. Ich möchte für immer in diese Augen schauen. Sie sind mir das Liebste an ihm. Die kristallblaue Iris erinnert mich an die Gletscher in der Nähe meines Zuhauses, einem der schönsten Orte dieser Welt. »Du wirst meine Frau werden, Lea. Bist du dafür bereit?« Austin streicht liebevoll mit den Fingern über meine Wange zu meinem Kinn, bevor er mit dem Daumen über meine Unterlippe fährt.

»Sowas von bereit«, bestätige ich und betrachte den Hauch von Nervosität in seiner Mimik. Vermutlich befürchtet er wieder einmal, dass ich in der Zukunft mehr vom Leben wollen könnte, als die Frau eines Fischers zu sein. Womit er sich irrt, denn Austin ist alles, was ich will. Solange ich ihn habe, brauche ich nichts anderes.

»Abschlussfeier, dann Vegas«, knurrt er und zieht mich hoch, damit ich ganz auf ihm liege.

»*Abschlussfeier, dann Vegas*«, stimme ich lächelnd zu, als er mich mithilfe seiner Hand auf meinem Hinterkopf näher zu sich zieht, bis wir uns denselben Atem teilen.

»Ich muss dich nach Hause bringen«, flüstert er an

meinen Lippen, dreht mich auf den Rücken und küsst mich.

Ich seufze, als er wieder von mir ablässt. »Ich wünschte, wir könnten die ganze Nacht hierbleiben.«

»Ich auch, Baby. Sobald der Sommer beginnt, schlafen wir auf dem Boot in der Mitte des Ozeans, direkt unter den Sternen. Versprochen. Da draußen wird dir kein Stern entgehen.«

»Das würde mir gefallen«, antworte ich, schlinge die Arme fester um ihn und drücke ihn an mich. Einen kurzen Moment bleiben wir so, dann löst er sich von mir. Nachdem er von der Ladefläche seines Trucks gestiegen ist, streckt er mir die Hand entgegen, um mir von unserem Liebesnest hinunterzuhelfen.

Als wir das Haus meiner Eltern erreichen, parkt der Wagen des Sherriffs in der Einfahrt. »Was ist los?«, frage ich verwirrt.

»Keine Ahnung«, murmelt Austin und steigt aus. Er umrundet die Kühlerhaube, öffnet mir die Beifahrertür und hebt mich hinaus. Sacht stellt er mich auf die Füße, ehe wir zusammen die Eingangsstufen hochgehen. Im Haus verwandelt sich meine Verwirrung in Sorge, weil ich meine Mom auf der Couch sitzen sehe. Schluchzend wiegt sie ihren Oberkörper vor und zurück.

»Was ist passiert?«, will ich wissen, woraufhin Sheriff Jefferson in meine Richtung sieht. Auch Mom hebt den Blick. Tränen laufen über ihre Wangen und sie fängt an, krampfhaft den Kopf zu schütteln.

»Setz dich bitte«, meint Sherriff Jefferson in einem Ton, den ich noch nie zuvor von ihm gehört habe. Er streckt mir die Hand hin.

»Mom?«, wispere ich und spüre, wie sich ein Knoten in meinem Magen bildet. Schützend legt Austin einen Arm um mich und zieht mich nah an seine Seite.

»Ich ...« Moms Stimme bricht und mit einem weiteren lauten Schluchzen bedeckt sie das Gesicht mit den Händen. Bei dem Geräusch wird meine Brust eng und das Atmen fällt mir immer schwerer.

»Was ist passiert?«, fragt Austin, während ich mich an ihn drücke. Ich ahne, was der Sherriff sagen wird, dennoch kann mich nichts auf seine Nachricht vorbereiten.

»Es tut mir leid, Lea. Dein Vater gilt derzeit als vermisst. Er hat heute Nachmittag ein Mayday abgesetzt; an Bord muss es einen Brand gegeben haben. Als die Küstenwache sein Boot fand, war es leer, so auch das Rettungsboot. Sie suchen immer noch das Wasser nach ihm ab, aber bei den Temperaturen sieht es nicht gut aus.« Sherriff Jeffersons Worte schnüren mir die Luft weiter ab, bis ich um jeden Atemzug kämpfe.

»Es besteht noch Hoffnung, nicht wahr? Er könnte am Leben sein?«, flehe ich und beginne, am ganzen Leib zu zittern.

»Es besteht immer Hoffnung«, versichert Austin und drückt mich noch fester an sich.

Er behielt nicht recht. Mein Vater wurde nicht gefunden, sein Körper nie geborgen. Das Feuer hatte sich vermutlich so schnell auf dem Boot ausgebreitet, dass ihm keine Zeit blieb, um seinen Survivalanzug anzuziehen und sich auf das Ruderboot zu retten. Er landete schließlich im Wasser und war entweder ertrunken oder erfroren.

1. Kapitel

Lea

15 Jahre später ...

»Lea, atme«, rede ich mir selbst gut zu, als ich mein Auto auf die Fähre lenke, die mich von Anchorage nach Cordova bringen wird. Ich fürchte mich nicht vor dem Ozean, aber ich weiß, wie gefährlich er sein kann, wenn man ihm ausgeliefert ist. Sobald ich meinen Wagen abgestellt habe, steige ich aus und gehe zur Reling hinüber. Das Wasser liegt ruhig unter uns, als die Fähre aus dem Hafen ausläuft. Ich hätte nie gedacht, dass ich noch mal einen Fuß in meine Heimat setzen würde. Ich bin so viele Jahre fort gewesen und wäre noch länger weggeblieben, hätte mir Mom nichts von ihrer Krebsdiagnose erzählt. Als sie anrief und mir mitteilte, dass sie in dem Haus bleiben möchte, in dem sie zusammen mit Dad gelebt hatte, konnte ich nicht anders, als ihrem Wunsch zu entsprechen. Auch wenn das bedeutete, an einen Ort zurückzukehren, den ich hinter mir gelassen hatte; und auf Leute zu treffen, die ich damals zurückließ. Hoffentlich würde ich Austin nicht in die Arme laufen. Was möglich war, wenn sich die Stadt, in der ich aufgewachsen bin, mittlerweile in Manhattan verwandelt hat. In diesem Fall stünden die Chancen nicht schlecht, ihn nie wiedersehen zu müssen.

Als mein Vater vor fünfzehn Jahren von uns ging, lastete das Gewicht dieses Verlusts schwer auf mir. Es erdrückte mich. Mir wurde klar, dass sich das Leben von jetzt auf gleich ändern und einem eine geliebte Person genauso plötzlich weggenommen werden kann. Nach diesem Unglück konnte ich unmöglich mit Austin in Alaska bleiben. Nicht mit dem Risiko, dass auch ihm etwas passieren könnte. Als ich ihm damals sagte, das Land verlassen zu wollen, wusste ich, dass er niemals mit mir kommen würde. Seine Familie fischte seit Generationen in Alaska.

Er war mit der Liebe zur See aufgewachsen. Sein Dad hatte ihm das Fischen beigebracht, der lernte es wiederum von seinem Vater, und irgendwann wollte Austin diese Leidenschaft an seine eigenen Kinder weitergeben. Ich konnte ihn nicht darum bitten, mich zu wählen, also ließ ich ihn zurück. Ihn und einen Teil von mir. Ich konnte nur hoffen, mit den Überresten gut durch mein Leben zu kommen.

Mich leicht über die Reling lehnend, blicke ich hinunter ins tiefe Blau des Ozeans und strecke die linke Hand aus. Vor fünf Jahren habe ich geheiratet, in dem Glauben, Ken könnte mich wieder ganz machen. Jene Lücken füllen, die durch den Verlust meines Vaters und dem Ende meiner Beziehung zu Austin entstanden sind. Dad hätte gewollt, dass ich glücklich werde. Während der Telefonate mit meiner Mutter hörte ich heraus, dass auch Austin weitergezogen war. Ich war entschlossen, dasselbe zu tun, und gab die Hoffnung auf, dass er mir eines Tages folgen würde. Unsere gemeinsame Zeit war schlussendlich doch nicht mehr als eine jugendliche Liebelei.

Ich versuchte, Ken alles von mir zu geben und unsere Ehe am Laufen zu halten, aber am Ende scheiterte ich und er fand bei einer anderen, wonach er suchte. Was wehtat, wie sollte es das nicht? Aber es war nicht der Verlust unserer Beziehung, was schmerzte. Es lag an der Tatsache, dass meine Vorstellung von uns ruiniert worden war. Vielleicht war ich selbst daran schuld, denn ich gelobte ihm etwas vor Gott, hielt es aber nicht ein.

Ich streife meinen Ehering vom Finger. Mit Tränen in den Augen lasse ich das Stück Metall fallen und sehe zu, wie es der Ozean verschlingt. Dann senke ich die Lider. Jetzt ist nicht der richtige Zeitpunkt, um mich selbst zu bemitleiden. Es gibt kein Zurück mehr. Mom braucht mich. Ich muss mich zusammenreißen und mich um sie kümmern. Das schulde ich ihr. Nach meinem Umzug flog sie alle paar Monate zu mir nach Montana, um mich zu besuchen. Seit dem Verlust meines Vaters ist sie nicht mehr dieselbe. Keine Ahnung, wie ich mit ihrer Krankheit umgehen soll oder mit der Tatsache, dass ich auch sie verlieren werde. Es gibt einen Weg, da bin ich sicher. Wenn ich überleben will, muss ich ihn finden.

»Lea?« Ich öffne die Augen und schaue zur Seite. »Lea Lamb?«, fragt eine Frau neben mir, und ich ziehe verwirrt die Brauen zusammen. »Rhonda.« Sie deutet lächelnd auf sich selbst. »Wir sind zusammen zur Schule gegangen.«

»Rhonda?«, wiederhole ich erstaunt und mustere sie

genauer. Ich kann kaum fassen, dass die umwerfende Frau vor mir das mollige Mädchen aus meiner Erinnerung ist, das damals recht zurückhaltend war und nur wenige Freundschaften geschlossen hat. Ihr rotes Haar schmeichelt ihrem hellen Teint und umrahmt ihr rundes Gesicht, betont die ausgeprägten Wangenknochen, ihre Stupsnase und vollen Lippen. »Wie geht es dir?«, erkundige ich mich und drehe mich ihr zu.

»Gut ... großartig sogar.« Mit einem breiten Lächeln senkt sie die Hand auf ihren Bauch. Erst beim zweiten Mal hinsehen, bemerke ich, wie groß und rund er ist. Ein stylischer Mantel kaschiert ihr heranwachsendes Mutterglück gut.

»Du siehst wunderschön aus.«

»Du auch, so wie früher schon.« Plötzlich winkt sie jemandem hinter mir zu, und als ich einen Blick über meine Schulter werfe, sehe ich einen gutaussehenden Mann auf uns zukommen. Er trägt Jeans, einen Hoodie und eine ärmellose Weste; sein Haar ist lang, er hat es nach hinten gekämmt, was seine markanten Gesichtszüge unterstreicht. Trotz der Sonnenbrille, die seine Augen verbirgt, wirkt er vertraut.

»Ben, schau mal, wen ich entdeckt habe«, fordert Rhonda ihn auf, und als er sich mir zuwendet, kämpfe ich gegen den Drang an, wegzulaufen. Er schiebt sich die Sonnenbrille ins Haar und starrt mich finster an. In der Highschool waren er und Austin beste Freunde. Bens Blick nach zu urteilen, liegt die Wiedersehensfreude ganz allein auf Rhondas Seite.

»Was machst du hier?« Sein Tonfall klingt wenig einladend.

»Ben«, mischt sich Rhonda ein und umfasst sacht meinen Arm, als wollte sie mir Beistand leisten. Hm, seltsam.

»Nein, du weißt, auf welche Art sie Wolf verlassen hat«, schießt er zurück, dann widmet er seine Aufmerksamkeit wieder mir. »Warum tauchst du hier auf?«

Auch wenn ich die Schärfe in seiner Stimme verstehen kann, tut es weh, wenn ein alter Freund mit einem spricht und einen ansieht, als wäre man Abschaum. Was damals geschah, hat nicht nur Austin verletzt, sondern auch mich. Ich bin gegangen, aber er ist mir nie gefolgt. Er hat sich bei Mom kein einziges Mal nach mir erkundigt, als wäre es ihm egal, wo ich mich befinde oder ob ich okay bin.

»Du weißt, warum sie hier ist, Ben«, meint Rhonda leise, tritt an seine Seite und legt die Hände auf seinen Oberkörper. Seine Miene wird sanfter, als er ihren Nacken umfasst und die Stirn gegen ihre lehnt. Er flüstert ihr etwas zu, und ich mache zwei Schritte nach hinten, bevor ich tief durchatme.

Ben richtet sich wieder auf und sieht mich an. »Bleib weg von ihm.« Keine Bitte, sondern ein Befehl.

»Er wird nicht mal merken, dass ich in der Stadt bin«, verspreche ich und weiche noch ein Stück zurück. Dann mache ich auf dem Absatz kehrt und marschiere zu meinem Auto, wo ich für den Rest der Überfahrt bleibe.

»Mom«, rufe ich, als ich das Haus betrete. Sofort erfüllt mich der vertraute Geruch dieser Räume, nistet sich in mein Inneres und nimmt mir die Luft zum Atmen. Es riecht noch immer wie früher.

»Schatz«, flüstert Mom von der Couch aus, gehüllt in eine der unzähligen Decken, die sie beständig strickt.

»Bist du okay?«, frage ich, gehe zu ihr hinüber und knie mich auf den Boden vor ihr. Sie sieht noch so aus wie vor einem Monat, als sie bei mir war. Ihr Haar ist lang und grau, ihr Gesicht gebräunt von den vielen Stunden, die sie draußen in der Sonne verbringt, um Blumen zu pflanzen. Ihre Augen sind ähnlich braun wie meine. Wenn ich sie so betrachte, fällt es mir schwer, der Diagnose ihrer Ärzte zu glauben. Sie wirkt nicht, als blieben ihr nur noch Monate. Ihr Krebs wurde zu spät entdeckt und hat bereits von ihrer Gebärmutter aus in ihren Magen gestreut. Eine Chemotherapie ist zwar möglich, aber Mom wehrt sich dagegen. Sie stirbt lieber zu ihren eigenen Bedingungen, als ihren Körper mit Gift vollzupumpen. Womit ich nicht einverstanden bin. Allein bei dem Gedanken, dass sie mich zurücklässt, wird mir das Herz schwerer. Doch es ist nicht meine Schlacht, auch wenn ich mir wünsche, Mom würde um ihr Leben kämpfen.

»Ich bin okay, ich wollte mich nur ein bisschen hinlegen. Wie war deine Anreise?«

»Mom, ich habe alle paar Stunden mit dir telefoniert«, erinnere ich sie und helfe ihr, sich aufzusetzen.

»Ich weiß, aber das hier ist eine Kleinstadt. Man weiß nie, wen man so trifft.«

Guter Einwand. »Ich bin Rhonda über den Weg gelaufen. Du hast ihre Schwangerschaft nie erwähnt«, murmle ich. Meine Begegnung mit Austins bestem Freund lasse ich aus. Mein Plan ist es, alles und jeden zu ignorieren, der mit ihm in Verbindung steht, um zu verdrängen, dass ich mich derzeit in Cordova befinde. Wie hoch die Wahrscheinlichkeit ist, hier auf Austin zu stoßen, blende ich auch einfach aus.

»War Ben bei ihr?«

So viel zu meinem Plan. »Ja. Sie scheinen ... glücklich zu sein«, flüstere ich. Was die beiden offenbar miteinander teilen, wirkt wie ein fremdes Konzept auf mich. Ich kann mich nicht mal daran erinnern, wann ich mich zum letzten Mal glücklich gefühlt habe.

»Was ist los?«, will Mom wissen und umfängt meine Wange.

»Nichts. Ich bin bloß müde.«

»Dein Zimmer ist vorbereitet, warum legst du dich nicht ein bisschen hin? Zum Abendessen lade ich dich ins *Picnic Basket* ein.«

»Das gibt es noch?«, entgegne ich voller Unglauben. Das *Picnic Basket* ist ein kleiner Wohnwagen aus Metall, der in ein Restaurant verwandelt wurde. Sie servieren dort hauptsächlich Hamburger und Pommes und haben nur während der Sommermonate geöffnet. Für die Kids in Cordova ist es wie *McDonald's*. Normalerweise hätte ich Moms Vorschlag sofort zugestimmt, die Burger dort sind spitze, aber der Gedanke, auf einen weiteren alten Bekannten zu treffen, klingt wenig verlockend.

»Natürlich gibt es den Laden noch. Ruh dich erst etwas aus und in ein paar Stunden gehen wir hin.«

»Mom, ich glaube nicht, dass ich mich heute noch mal unter die Leute mischen will«, erkläre ich und sehe dabei zu, wie sie ihre Decke zusammenfaltet und über die Rückenlehne der Couch drapiert.

»Bevor du von zu Hause weg bist, hast du immer gern dort gegessen«, meint sie und Enttäuschung tritt auf ihr Gesicht.

»Tut mir leid, du hast recht. Das klingt nach einer guten Idee«, erwidere ich mit einem gezwungenen Lächeln. Meine letzten Erinnerungen mit ihr sollen nicht von den Ängsten meiner Vergangenheit verdorben werden. Sie verdient so viel mehr.

»Perfekt. Jetzt schlaf etwas.« Sie schiebt mich zu meinem alten Zimmer, das sie in den letzten Jahren zum Glück umdekoriert hat. Meine alten Fotos sind verschwunden. Die Wände hat Mom in einem hellen Beige gestrichen, das gut zu dem blauen Quilt und dem Bild des nächtlichen Ozeans passt, das über dem Kopfende des Bettes hängt. Nur eine Sache befindet sich noch an seinem angestammten Platz. Es ist eine Aufnahme von mir und Dad, die nach einer gemeinsamen Tour mit dem Quad durchs Gelände gemacht wurde, direkt nach einem Unwetter. Der Boden war vom Regen aufgeweicht und mein Dad fuhr durch jede Pfütze, die unseren Weg kreuzte. Ich saß vor ihm, sodass ich von Kopf bis Fuß mit Schlamm bedeckt wurde. Unser breites Grinsen erinnert mich daran, wie viel ich an diesem Tag gelacht habe, so sehr, dass mir der Bauch wehtat.

Wie soll ich all das überstehen, Daddy?

Mit einem Finger streiche ich über den Bilderrahmen, ehe ich zum Bett hinübergehe, um mich hinzulegen. Ich decke mich mit dem Quilt zu, schließe die Augen, schlafe aber nicht ein. Zwei Stunden liege ich wach da, bis meine Mutter kommt, um mich fürs Abendessen zu wecken.

»Können wir kurz beim Schnapsladen anhalten?«, fragt

Mom mich vom Beifahrersitz aus.

»Solltest du denn trinken?« Stirnrunzelnd biege ich auf die Hauptstraße, die zufällig auch die einzige Straße in dieser Stadt ist.

»Was kann schon groß passieren? Hast du Angst, dass es mich umbringt?«, witzelt Mom, was mich scharf einatmen lässt. Wie kann sie Scherze darüber machen? »Schatz«, beginnt sie und tätschelt liebevoll meinen Oberschenkel. »Ich werde sterben. Nur Gott weiß, wann es so weit sein wird. Du oder ich können nichts dagegen tun. Ich habe meinen Frieden damit geschlossen und ich möchte, dass du dasselbe tust.«

»*Meinen Frieden damit schließen*?«, wiederhole ich und schüttle ungläubig den Kopf.

»Ganz genau. Wenn man darüber nachdenkt, habe ich Glück. Ich weiß, dass mich Gott eher früher als später zu sich holen wird. Wenn er es tut, werde ich bereit dafür sein. Ich habe die Chance, mich bis dahin von den Menschen zu verabschieden, die mir wichtig sind, und all meine Fehler zu bereinigen. Dieses Glück hat nicht jeder, Schatz.«

»Was ist mit mir?« Ich umklammere das Lenkrad fester und spüre, wie sich mir die Brust zuschnürt. Tränen sammeln sich in meinen Augenwinkeln und ich kämpfe gegen sie an.

»Ich hab dich lieb, Schatz. Ich habe dich geliebt, noch bevor ich überhaupt daran dachte, dich zu bekommen, und ich werde immer bei dir sein. Ich weiß, diese Situation ist nicht einfach für dich. Es ist traurig, aber wir haben auch Glück.«

Ich presse die Lippen zusammen, um mich davon

abzuhalten, etwas zu sagen, das ich bereuen könnte. Glück? Wohl eher Pech hoch zehn. Ich habe schon so viele Menschen verloren, wie viele müssen es noch werden?

»Oh, schau, da ist Sheryl. Sheryl!«, ruft sie und reißt mich aus meinen Gedanken, als sie rüberfasst, um auf die Hupe an meinem Lenkrad zu drücken. Ihre andere Hand schießt an mir vorbei aus meinem Fenster. Sie winkt jemandem zu, und als ich in dieselbe Richtung schaue, beginnt mein Herz, wild gegen meine Rippen zu pochen. Nicht Sheryl, sondern Austin befindet sich vor einer der vielen Bars, die sich die Main Street entlang aneinanderreihen. Doch er ist nicht allein; eine Frau ist bei ihm und er hat einen Arm um ihre Taille geschlungen, während er ihr die Tür aufhält.

Meine Brust wird bei seinem Anblick eng. Trotz der Entfernung zwischen uns ist seine Attraktivität nicht zu verkennen. Die Zeit war gut zu ihm. Sein Haar ist noch so dicht und leicht zerzaust wie früher, mittlerweile jedoch eine Nuance heller; sein Gesicht ist gebräunt und durch den Bart wirken seine kristallblauen Augen noch leuchtender. Ein dunkelgrünes Shirt spannt über seiner breiten Brust, betont seine starken Arme und die schmalen Hüften. Seine muskulösen Beine stecken in Jeans. Mein Blick wandert wieder höher und trifft den seinen. Verwirrung breitet sich auf seinen Zügen aus, schlägt erst zu Erkenntnis, dann zu Wut um.

»Du hast den Schnapsladen verpasst«, beschwert sich Mom, als ich stärker auf das Gaspedal steige.

»Wir schauen auf dem Rückweg vorbei«, verspreche ich, während ich versuche, meinen Herzschlag zu beruhigen.

»Oder wir gehen direkt in eine Bar.«

Auch wenn ich mir geschworen habe, alles zu tun, um sie in den nächsten Wochen oder Monaten glücklich zu machen, setze ich keinen Fuß in eine Bar. Nicht in dieser Stadt. »Wir holen dir was zu trinken, wenn wir heimfahren«, murmle ich und halte an einem Food Truck, vor dem vier große Picknicktische stehen. Sie sind in einem roten und weißen Karomuster gestrichen. Ich steige aus dem Wagen und atme tief ein. Diese Stadt ist nicht groß genug für Austin und mich. Wie konnte ich bloß denken, ich würde ihm nicht ein einziges Mal begegnen, während ich hier bin? Bestimmt brodelt die Gerüchteküche schon. So läuft das in Kleinstädten: Jeder kennt jeden und weiß alles über seine Mitmenschen. Dass ich nach all den Jahren zurückgekommen bin, ist sicher die Neuigkeit des Tages.

»Bist du okay, Schatz?«

Ich schaue über das Autodach hinweg zur Beifahrerseite und zwinge mich zu einem Lächeln. Ich habe in den letzten Stunden so oft daran gefeilt, vielleicht kauft sie es mir ab. »Nur hungrig«, antworte ich, bevor ich die Wagentür zuwerfe und um die Kühlerhaube herumlaufe. Ich führe meine Mom rüber zu dem Bestellfenster, wo wir uns Hamburger ordern, dann setzen wir uns an einen der bereitgestellten Tische. Schon beim ersten Bissen weiß ich, dass ich mich nicht getäuscht habe, denn das hier ist mit Abstand der beste Burger meines Lebens. Einen bitteren Beigeschmack hat dieses Abendessen jedoch, und der kommt von der Erinnerung an den Ausdruck in Austins Augen, als er mich vorhin entdeckt hat.

2. Kapitel

Lea

»Guten Morgen, Schatz«, grüßt Mom, als ich die Küche betrete.

»Morgen.« Ich setze mich an den Küchentisch und beobachte, wie sie in einer Pfanne Speck wendet und anschließend Eier in eine andere gibt. »Erwartest du eine Armee zum Frühstück?«, frage ich, als sie einige Pancakes auf einen bereits immens hohen Stapel legt.

»Rhonda hat mich angerufen. Ben musste frühmorgens zur See und sie will nicht den ganzen Tag allein zu Hause rumsitzen, also leistet sie uns Gesellschaft. Anschließend wollen wir uns den neuen Garn- und Handarbeitsladen ansehen, der in der Stadt eröffnet hat.«

»Wie lange sind sie und Ben schon ein Paar?« Ich kann meine Neugier nicht zurückhalten. In der Highschool war Ben wie die meisten Jungs und hatte ständig eine Neue am Start. Rhonda hingegen war lieb und schüchtern; sie verbrachte die meiste Zeit allein oder mit den wenigen Freundinnen, die sie sich erlaubte. Ich kann mich nicht daran erinnern, dass ich die beiden je miteinander sprechen sehen habe.

»Bald sind es fünf Jahre, glaube ich. Sie ging auf ein

College außerhalb, als sie zurückkehrte, hat es zwischen ihnen gefunkt. Seitdem sind sie unzertrennlich.«

»Ich freue mich für sie. Rhonda war immer nett und Ben ist ein guter Kerl.«

»Ben vergöttert sie, kein Wunder, denn sie *ist* nett. Tatsächlich erinnert sie mich an dich.«

»Wirklich?«

»Ja, sie ist unglaublich nett, wenn sie für eine Behandlung hierherkommt. Sie hilft mir bei allem, was ich brauche, oder kommt auf einen Besuch vorbei.«

»Es tut mir leid, dass ich nicht da war«, flüstere ich, als mich die Schuldgefühle übermannen.

»Dazu gibt es keinen Anlass. Du weißt, ich bin immer sehr gern zu dir nach Montana gereist. Es ist schön, mal für eine Weile hier rauszukommen. Außerdem musstest du dir dein eigenes Leben aufbauen. Es ist ja nicht so, als hätten wir uns in der Zeit nie gesehen.«

»Ja, aber ... Ich wünschte, ich hätte nicht ganz so weit weg gewohnt oder dass ich früher hätte herkommen können. Nicht erst gestern.«

»Ken ist ein Arsch.«

»Mom.« Ich seufze.

»Nein.« Sie zeigt mit dem Pfannenwender auf mich. »Er ist ein selbstverliebter Egomane, der denkt, die Welt drehe sich nur um ihn. Was zwischen euch passiert ist, war nicht deine Schuld. Wie er sich verhalten hat, als er herausfand, dass du herkommen würdest, um bei mir zu bleiben? Einfach erbärmlich.«

Hierbei muss ich ihr recht geben. Als ich Ken erzählte, dass ich fortgehen und mich um meine Mom kümmern würde, beharrte er darauf, dass ich blieb, bis wir unser gemeinsames Eigentum offiziell zwischen uns aufgeteilt hatten. Wofür ich ihn hasse. Es war schon hart genug, mit ihm und seiner Freundin in derselben Stadt zu leben; es mir auch noch so schwer zu machen, für meine kranke Mutter zu sorgen, war das Letzte. Diese Seite an ihm hatte ich zuvor nicht gekannt. »Da gibt es vieles, von dem du nicht weißt«, beginne ich. Doch warum sollte ich mir die Mühe machen, es ihr zu erklären? Sie hat recht, was Ken betrifft. Trotzdem fühlt es sich noch so an, als hätte ich mich mehr bemühen oder eine bessere Ehefrau sein müssen. Was dämlich ist.

»Ich habe mehr als genug gehört«, bekundet Mom, und ehe ich antworten kann, klopft es an der Hintertür. Gleich darauf geht sie ein Stück auf und Rhonda steckt den Kopf zu uns herein.

»Hey.« Sie lächelt, als sie mich entdeckt.

»Hi.« Ich erwidere die Geste, gezwungen wie immer. Es liegt nicht an ihr, dass ich mich unwohl fühle. Mir will die Geschichte mit Ben auf der Fähre nicht aus dem Kopf. Es gefällt mir nicht, wenn andere über mich urteilen. Ben hat ihr bestimmt berichtet, was vor fünfzehn Jahren geschehen ist.

»Setz dich, bevor du vornüberkippst«, witzelt Mom an Rhonda gewandt und bringt diese zum Lachen, ehe sie sich dem Kühlschrank widmet. Sie holt eine Flasche Sirup hervor.

»Tut mir leid wegen Ben«, entschuldigt sich Rhonda leise und ich schaue sie an. »Er hätte nicht so mit dir reden dürfen.«

»Schon okay«, flüstere ich zurück, damit Mom nichts mitbekommt. Sie soll sich keine Sorgen um mich machen, nicht im Moment.

»Worüber tuschelt ihr zwei?«, erkundigt sich Mom, während sie je einen Teller vor uns stellt.

»Ich sagte Rhonda bloß, dass sie hoffentlich Hunger mitgebracht hat, da du für zwölf anstatt für drei gekocht hast«, schwindle ich und entlocke Rhonda ein Kichern.

Sie legt die Hand auf ihren Bauch. »Ich esse für zwei, und weil der Kleine ganz nach seinem Vater gerät, vermutlich sogar für drei.«

»In der wievielten Woche bist du?« Es juckt mir in den Fingern, die Hand auszustrecken und ihre runde Babykugel zu berühren.

»Im siebten Monat.«

»Meine Güte«, hauche ich. Wird es etwa ein Riese? Ich kann nur erahnen, wie sie am Ende ihrer Schwangerschaft aussehen wird.

»Ich weiß.« Sie nickt. »Ich sage Ben immer wieder, dass er das nächste kriegen muss. Ich hatte keine Ahnung, dass ich aufgehen würde wie ein Wal.« Sie lächelt.

»Du sieht wunderschön aus. Die Schwangerschaft steht dir gut«, erwidere ich leise.

»Ich kann es nicht erwarten, ihn endlich im Arm zu halten«, fügt Mom hinzu und ein Ziehen geht durch mein Inneres. Ich wollte immer Kinder. Wenn ich eines Tages auf einen Mann treffe, mit dem ich eine Familie gründen kann, werde ich nichts davon mit meiner Mutter teilen können. Sie wird niemals ihre Enkel an sich drücken können; sie wird nicht mal als stützende Schulter für mich da sein, wenn ich Sorgen oder Fragen habe, die nur eine Mutter beantworten kann.

»Sorry, bin gleich wieder da«, entschuldige ich mich und

flüchte ins Badezimmer. In der Sekunde, in der die Tür hinter mir zufällt, weine ich bittere und stumme Tränen. Wie soll ich das hier überstehen? Mom meint, wir hätten Glück, weil wir wissen, dass sie sterben wird, aber für mich fühlt es sich dadurch noch schlimmer an. Die ganze Zeit kann ich nur daran denken, wie viele Dinge sie verpassen wird. Was ich alles ohne *sie* erleben muss. Wäre sie einfach aus dem Nichts von uns gegangen, wäre ich gezwungen gewesen, es zu akzeptieren, von da an weiterzumachen. Stattdessen komme ich mir vor, als würde ich feststecken. Ich kann nicht über ein Ereignis hinwegkommen, während ich darauf warte, dass es eintritt.

Alles, was sich meine Mom wünscht, ist mein Glück. Es wäre schön, wenn ich ihr sagen könnte, dass ich es gefunden habe. Die Wahrheit ist, dass ich innerlich sterbe und ständig um Atem ringe, zumindest fühlt es sich so an.

»Schatz, das Frühstück wird kalt«, ruft Mom durch die Badezimmertür.

»Ich bin gleich bei euch.« Ich spritze mir etwas kaltes Wasser ins Gesicht, trockne mich ab und kehre in die Küche zurück, wo die zwei nah beieinander sitzen und sich leise unterhalten.

»Deine Mom hat erzählt, du arbeitest als Buchhalterin«, beginnt Rhonda, als ich mich setze, und verfrachtet einen Pancake auf meinen Teller.

»Ja, die meisten finden Zahlen langweilig, ich habe sie immer schon geliebt. Was ist mit dir? Was machst du beruflich?«

»Ich bin geprüfte Krankenschwester. Hier in der Stadt kümmere ich mich hauptschlich um Privatpatienten. Ich führe sogar eine eigene Praxis mit drei Angestellten.«

»Das ist großartig. Welche Art von Pflege?«

»Wir helfen älteren Einwohnern, die es nicht mehr zu ihren Ärzten schaffen, und bieten auch Palliativpflege an, wenn sie benötigt wird«, erklärt sie, und ich lenke den Blick von ihr zu Mom.

Es wird vielleicht eine Zeit kommen, in der sie dieselbe Unterstützung braucht. Dass jemand in der Stadt lebt, der sich auf diese Weise um sie kümmern kann, erleichtert mich. Sie muss nicht aus ihrem Haus gerissen werden und ich werde nicht auf mich selbst gestellt sein, wenn dieser Tag eintrifft. Ein wenig überrascht es mich, dass Mom Rhonda in keinem unserer früheren Gespräche erwähnt hat. Bei ihrem Job und der nicht zu übersehenen Nähe zwischen den beiden, hätte Rhondas Name einmal fallen müssen.

»Seit Larry vor ein paar Monaten in den Ruhestand gegangen ist, suche ich nach einem neuen Buchhalter«, merkt Rhonda an und holt mich damit aus meinen Gedanken.

»Ich kann dir aushelfen, bis du Ersatz findest.« Das wäre eine gute Stelle für die Zeit meines Aufenthalts und zum Glück ist Buchhaltung etwas, das ich von überall aus erledigen kann. Man braucht nicht viel mehr als einen Computer.

»Das wäre perfekt. Solltest du dich dafür entschließen, in der Stadt zu bleiben, kenne ich viele Leute, die ebenfalls jemanden dafür suchen.«

So ist das, wenn man auf einer kleinen Insel in Alaska lebt: Es gibt für jeden Job eine einzige Person, die ihn ausführt, wenn diese aufhört, gibt es keinen mehr. Es sei denn, ein anderer mit demselben Beruf zieht in die Stadt.

»Denk mal nach, du könntest dein eigenes Unternehmen gründen. Larry würde dir seine Bürofläche sicher verkaufen, wenn du ihn danach fragst«, verkündet Mom aufgeregt. Sie scheint bereits Feuer und Flamme für diese Idee zu sein. In mir wallt hingegen Übelkeit, aber ich zwinge mich mit einem Lächeln zum Rückzug. Keine Ahnung, was ich machen oder wohin ich gehen werde, nachdem meine Mom gestorben ist. Das Haus, das Ken und ich in Montana besitzen, wird in ein paar Wochen verkauft sein und der Rest meiner Sachen hat bei einem großen Flohmarkt in meinem Garten den Besitzer gewechselt. Ich habe bloß meine Kleidung zusammengepackt, alles in mein Auto verfrachtet und bin nach Seattle gefahren, um von dort eine Fähre nach Anchorage zu nehmen.

»Ich denke darüber nach«, sage ich und beobachte, wie Mom Rhondas Hand drückt.

»Meine Babyparty findet nächste Woche statt. Es würde mich sehr freuen, wenn du und deine Mom kommen könntet«, lädt Rhonda mich ein, als wir den Garn- und Handarbeitsladen betreten.

»Sehr gern«, lüge ich, um ihre Gefühle nicht zu verletzen.

»Hey, Rhonda«, sagt jemand in meiner unmittelbaren Nähe, und als ich zur Seite schaue, stehe ich einer schönen, gertenschlanken Blondine gegenüber; derselben Frau, der Austin die Tür zur Bar aufgehalten hat. Es ist leicht zu erkennen, was er an ihr anziehend findet. Sie ist fast so groß wie er, ich hingegen bin einen guten Kopf kleiner. Während ihr Körper die perfekten Proportionen aufweist, bin ich kurviger gebaut, was von ein oder zwei Schokoladestücken zu viel herrührt.

»Hi, Anna«, grüßt Rhonda mit einem leicht bitteren Unterton. Woher der wohl rührt?

»Du musst Lea sein«, sagt Anna und unterzieht mich einer eingehenden Musterung. Zum Glück habe ich heute etwas mehr Zeit in mein Erscheinungsbild investiert und nicht bloß das erste Paar Jeans angezogen, das ich zwischen die Finger bekam. Stattdessen trage ich schwarze Cordhosen mit ausgestelltem Bein, einen cremefarbenen Sweater mit U-Ausschnitt und Boots in derselben Farbe, die dem ganzen einen lässigen, aber sexy Touch verleihen. Abgerundet wird das Outfit mit meiner schwarzen, ärmellosen Weste, die ein bisschen oversized geschnitten ist und für das Frühlingswetter in Alaska perfekt passt.

»Ich wusste nicht, dass du in der Stadt bist«, meint Rhonda und Annas Blick wandert zu ihr.

»Austin hat mich gebeten, für ein paar Tage vorbeizukommen.« Sie zuckt mit den Schultern.

»Anna ist Flugbegleiterin. Sie wohnt in Anchorage«, informiert Rhonda mich. Ich schaue zwischen den beiden hin und her, dann lächle ich, weil ich dem sonst nichts hinzuzufügen habe. Ich habe kein Recht darauf, eifersüchtig zu sein, weil sie Zeit mit Austin verbringt. Er gehört schon sehr lange nicht mehr zu mir. Eine Tatsache, die meine Eifersucht kaum beeindruckt, denn sie steigt trotzdem in mir auf.

»Es muss schön sein, so viel zu reisen«, bemerke ich

und sehe mich in dem Laden um, um herauszufinden, wohin Mom verschwunden ist. Ich bete darum, dass sie zu meiner Rettung kommt.

»Ist es. Ich überlege trotzdem, hierherzuziehen und diese Stadt zu meiner Homebase zu machen. Was man nicht alles für die Liebe tut, nicht wahr?« Bei Annas Worten wird mein Herz schwerer. Sie und Austin sind offenbar verliebt. Vermutlich würden sie bald in einem Haus leben und eine Familie gründen. »Wie dem auch sei, Austin wartet bestimmt schon auf mich. Wir sehen uns.«

»Bye«, murmle ich und beobachte, wie sie den Laden verlässt.

»Gott, ich hasse sie«, verkündet Rhonda und zieht meine Aufmerksamkeit auf sich. »Nur, dass du es weißt, zwischen ihr und Austin ist es nicht so ernst, wie sie es aussehen lässt. Sie treffen sich, wenn sie in der Stadt ist, Ben zufolge ist aber nicht Austin die treibende Kraft dahinter.« Ich habe keine Antwort darauf. Keine Ahnung, was ich mit den Emotionen anstellen soll, die im Moment in mir herumschwirren. »Lass uns deine Mom suchen.«

»Ja«, stimme ich zu und folge ihr einen der Gänge entlang, wo meine Mutter steht und sich Sticker für Fotoalben ansieht. »Hast du etwas gefunden, das dir gefällt?«, frage ich, als ich neben ihr stehen bleibe.

»Ich bin nicht sicher, ob ich genug Geduld für das Erstellen von so einem Album aufbringen kann, aber die Sachen sind alle so süß, dass ich beinahe Lust darauf bekomme.«

»Ich helfe dir. Wir können eines gemeinsam machen«, schlage ich vor.

»Vielleicht mit all den Bildern von deinem Dad und

dir«, murmelt sie und nimmt eine Packung mit Aufklebern von Booten und Wellen.

»Das würde mir gefallen.« Trotz der vielen Jahre, die Dad nun schon nicht mehr unter uns weilt, fühlen sich die Wunden, die sein Verlust hinterlassen hat, immer noch frisch an. Die erste Zeit nach seinem Tod haben wir kaum über ihn gesprochen. Ich glaube, keiner von uns hat seinen Tod je richtig verarbeitet.

»Es würde uns guttun«, meint sie und blickt von den Stickern in ihren Händen hoch zu mir. »Wir sollten ihn endlich loslassen. Vielleicht nimmt Ben uns auf seinem Boot mit raus zu der Stelle, wo dein Dad verschollen ist. Wir können uns dort von ihm verabschieden?«

»Das wäre schön«, versichere ich ihr, und ihre Augen füllen sich mit Tränen.

Sie nickt. »Es ist längst überfällig«, wispert sie.

Ich schlinge einen Arm um ihre Schultern und lehne den Kopf gegen ihren. Sie hat recht. Es ist höchste Zeit, dass wir ihm auf Wiedersehen sagen.

Während der nächsten Stunde wählen wir Sticker für unser Album aus. Es fühlt sich gut an, zu lachen und miteinander über die schönen Momente zu sprechen, die wir mit Dad teilen konnten.

»Ich bin am Verhungern«, verkündet Rhonda, als wir unsere Tüten hinten in Moms SUV verstauen.

»Was haltet ihr von Tacos?«, schlägt Mom vor, während ich mich hinters Steuer setze und sich die zwei anschnallen.

»Ja«, stimmt Rhonda stöhnend zu und bringt mich zum Lachen. Dass sie aktuell für drei isst, war keine Übertreibung. Seit wir heute Morgen aufgebrochen sind, habe ich sie schon drei Müsliriegel verschlingen sehen, die sie in ihrer Handtasche versteckt hatte.

»Passt das für dich, Schatz?«

»Klingt gut.« Ich lege den Gang ein und fahre los. Heute war einer der besten Tage seit Langem. Mom ist seit jeher wie meine beste Freundin; ich verbringe stets gern Zeit mit ihr. Rhonda ist lustig und ich fühle mich in ihrer Gegenwart wohl. Ich hatte ganz vergessen, wie es ist, sich mit Freundinnen auszutauschen. In Montana gehörte ich Kens Clique an. Nachdem ich von seiner Affäre erfahren hatte, fand ich heraus, dass die meisten unserer Bekannten über seine Beziehung mit Courtney Bescheid wussten. Niemand wollte der Überbringer dieser Nachricht sein, weshalb ich auf mich allein gestellt war. *Meine Freude* lebten unterdessen friedlich weiter und taten, als wüssten sie nicht, dass mein Mann ein betrügerischer Arsch ist.

»*Baja Tacos* ist unten in der Nähe vom Pier«, leitet Mom mich vom Rücksitz aus an. Als ich die gewünschte Gegend erreiche, verstehe ich, wie sehr sich dieser Ort verändert hat. Mittlerweile sind die kleinen Geschäfte, die zuvor entlang des Piers lagen, von großen Neubauten ersetzt worden.

»Bei der nächsten musst du links abbiegen«, weist Rhonda mich an und ich fahre auf eine kleine unbefestigte Straße, die sich hinter ein paar der größeren Gebäude entlangschlängelt und vor einer roten Hütte auf Stelzen endet. Davor befindet sich eine große Terrasse mit weißer Überdachung.

»Wie lange gibt es den Laden schon?«, frage ich und stelle den Motor ab.

»Es wurde vor ein paar Jahren eröffnet. Die Besitzer waren sogar vor einer Weile im *Food Network* zu sehen, zum Thema *Best of Alaska*«, antwortet Rhonda, steigt aus und schließt die Tür.

»Das ist so genial.« Ich lächle im Rückspiegel meine Mom an, bevor ich rausspringe.

»Austin«, ruft Rhonda und schließt die Tür. Ich beobachte, wie sie über den ungepflasterten Parkplatz in Richtung der Stufen hoch zum Restaurant geht, auf die auch Austin und Anna gerade zusteuern. Als Rhonda vor ihnen hält, breitet sich ein Lächeln auf Austins Gesicht aus, das mir den Atem raubt. Er beugt sich vor, gibt ihr einen Kuss auf die Wange und sagt etwas zu ihr. Als sie mit dem Daumen über ihre Schulter zeigt, spannt er sich an. Er sieht auf und unsere Blicke treffen sich. Ein heftiger Schmerz durchzieht meinen Körper.

Als Austin zu mir gehörte, kannte ich jede Mimik von ihm. Meist betrachtete er mich voll Zärtlichkeit, es gab allerdings Momente, in denen ich Frustration erkennen konnte. Die Wut, mit der er mich nun bedenkt, ist neu für mich. Sie erstickt mich beinah innerlich.

»Bereit, reinzugehen?«, fragt Mom, und als sie meine Hand nimmt, reiße ich den Blick von Austin los.

»Jepp.« Lächelnd drücke ich ihre Finger und schöpfe etwas Kraft aus unserer Verbindung. Es erinnert mich daran, warum ich hier bin. Als ich zum Restaurant blicke, wartet nur noch Rhonda auf uns, Austin und Anna entfernen sich in die entgegengesetzte Richtung. Meine Vorfreude auf eine gemeinsame Mahlzeit ist Unbehagen gewichen und verliert sich auch nicht, als unsere Bestellung serviert wird. Ob meine Lachstacos gut oder schlecht schmecken, kann ich nicht sagen, so sehr bemühe ich mich, an den passenden Stellen in unserem Gespräch zu lächeln. Die meiste Zeit sitze ich bloß da, mit einem schweren Stein auf meiner Brust, und nehme die wunderschöne Hafenkulisse in mir auf. Boote kommen und gehen.

»Schon unterwegs«, rufe ich und stehe von der Couch auf, um zur Vordertür zu laufen, an der es gerade geklopft hat.

»Bringst du mir, wenn du zurückkommst, ein paar der Kekse mit, die du gebacken hast?«, bittet mich Mom von ihrem Lehnsessel aus, wo sie sich niedergelassen hat, um einen Film mit mir zu gucken.

»Klar.« Lächelnd streiche ich ihm Vorbeigehen über ihr Haar, bevor ich im Eingangsbereich verschwinde. Sobald ich die Tür aufziehe, bereue ich es.

Austin befindet sich auf unserer Veranda. »Hey.« Bei dem tiefen Timbre seiner Stimme verfällt mein Herz in einen Sprint, denn mir wird bewusst, dass er tatsächlich vor mir steht. So nah, dass ich seinen warmen, maskulinen Duft vermischt mit dem Geruch des Ozeans wahrnehmen kann ... Ich müsste nur die Hand ausstrecken, um ihn zu berühren, doch dafür fehlt mir der Mut. »Kann ich kurz mit dir sprechen?« Er steckt die Hände in seine Taschen und macht einen Schritt zurück.

Ich schlucke schwer und mustere ihn prüfend. »Ähm ...« Ein Blick über meine Schulter bestätigt mir, dass Mom noch in ihrem Sessel sitzt. »Klar.« Als ich nach draußen trete, ziehe ich meinen Sweater enger um mich. Sobald ich vor ihm stehe, lege ich den Kopf in den Nacken, um ihm ins Gesicht zu sehen. Schon in der Vergangenheit war er um einiges größer als ich, aber jetzt ragt seine Präsenz regelrecht vor mir auf und bringt mich dazu, mich klein und unbedeutend zu fühlen. »Was ist los?«, frage ich und versuche, zwanglos zu klingen, damit er nichts von meinem inneren Aufruhr bemerkt.

»Ich wollte vorbeikommen, um reinen Tisch zu machen.«

»Okay«, gebe ich zurück und schlinge die Arme fester um mich, um ihn nicht zu berühren. Die Versuchung ist immens, einfach nur, um sicherzustellen, dass er echt ist.

»Das hier ist eine kleine Stadt und wir werden uns hier und da über den Weg laufen.«

»Ich weiß.«

»Ich kenne den Grund, aus dem du hier bist, deine Mom braucht dich gerade. Ich möchte nicht, dass du dich unwohl fühlst, wenn wir unvermeidbar aufeinandertreffen.«

»Danke«, flüstere ich vor Erleichterung und sein Blick fällt auf meinen Mund. Verärgerung durchdringt seine Züge.

»Ich hasse dich, Lea«, sagt er in einem barschen Ton, womit der zaghafte Hoffnungsschimmer in mir verpufft. Nichts als Dunkelheit bleibt zurück.

»Es tut mir leid«, presse ich hervor.

»Du bist einfach abgehauen. Das hat mich fast umgebracht. Und die Dinge, die du mir von deiner Mutter hast ausrichten lassen? Die werde ich dir nie vergeben können.« Mit jedem Wort breitet sich mehr Schmerz in meinem Innern aus und mein Blut rauscht so laut durch meine Ohren, dass ich nur jedes zweite wirklich höre. »Geh mir aus dem Weg und ich gehe dir aus dem Weg.« Unfähig zu sprechen, weil ich keine Luft bekomme, nicke ich bloß. »Bis dann«, sagt er und verschwindet in die Nacht, lässt mich allein, während meine Lunge kollabiert.

»Wer war an der Tür?«, fragt Mom, als ich mit dem Teller mit Keksen zurückkomme, um den sie mich gebeten hat.

»Niemand wichtiges.« Ich setze mich auf die Couch, ziehe die Knie an meine Brust und schlinge die Arme darum. Dabei starre ich den Fernseher an, ohne das Bild darauf zu erkennen. Ich wünschte, ich könnte mich einfach in Nichts auflösen.

3. Kapitel

Austin

»Josie«, begrüße ich Leas Mom, als sie vom Dock auf mein Boot steigt. Ich kann nicht behaupten, dass wir uns je nahestanden. In all den Jahren ist das hier ihr erster Besuch bei mir. Scheiße, als ich nach ihrer Tochter gesucht habe, dachte ich an einem Punkt, sie würde eine einstweilige Verfügung gegen mich erwirken.

»Austin«, gibt sie zurück, öffnet die Tür zum Ruderhaus und winkt mich hinein.

»Fuck.« Ich folge ihr und lasse die Tür hinter mir zufallen. Mit Josie will ich mich heute kein bisschen rumschlagen. Nicht nach der durchwälzten Nacht, die ich hinter mir habe. Der Ausdruck in Leas Augen, als ich ihr sagte, ich würde sie hassen, ließ mir keine Ruhe.

»Wir müssen reden«, sagt sie, und ich lehne mich mit verschränkten Armen gegen das Kontrollpanel hinter mir.

»Ist mir aufgefallen«, erwidere ich und so sehr ich den Sarkasmus zu unterdrücken versuche, meine Stimme trieft davon.

Ich dachte, ich wäre über diesen Mist hinweg, aber Lea

zu sehen, hat mir klargemacht, dass ich weit von diesem Punkt entfernt bin. Ich hatte alles, was vorgefallen war, nur verdrängt und jetzt kam das ganze Zeug zurück an die Oberfläche. Lea ist sogar noch schöner als in ihrer Jugend. Ihr Gesicht ist weich und anmutig, ihre Haut hat noch diesen cremigen Teint, aber ihre Lippen wirken voller. Ihr Körper ebenso; sie besitzt Kurven an genau den richtigen Stellen. Jeder Mann würde darum betteln, sie mit Händen und Mund erkunden zu dürfen; sich vorstellen, wie perfekt ihr dunkles Haar auf seinem Kissen ausgebreitet oder um seine Faust gewickelt aussehen würde. In ihren Augen stand Traurigkeit, aber auch ein Funken Weisheit, der nach mir ruft. Nichts an ihr lässt mich kalt, doch ich werde mich nicht noch mal auf sie einlassen, egal wie sehr ich sie will.

»Willst du gar nicht nachhaken, was wir besprechen müssen?«, fragt Josie.

»Ich kann es mir denken. Wie ich Lea gestern Abend schon sagte, weiß ich, warum sie in der Stadt ist, und werde ihr aus dem Weg gehen. Sofern sie dasselbe tut.« Auch wenn ich mich seit diesem Vorschlag wie ein Mistkerl fühle, habe ich keine andere Wahl. Wir müssen diese Situation so regeln.

»Wie diplomatisch von dir«, meint Josie, und ich beiße die Zähne zusammen.

»Du hast das Wort, Josie.« Ich mache eine ausladende Geste mit der Hand.

»Verdammt stur. Du erinnerst mich sehr an meinen Jacob, er war auch so verbohrt. Meinte immer, er wüsste über alles Bescheid«, erklärt sie mit Bezug auf ihren verstorbenen Ehemann, den ich Zeit seines Lebens respektierte und verdammt mochte. »Ich habe viele Fehler begangen, manche schlimmer als andere. Gott gibt mir nun die Möglichkeit, damit ins Reine zu kommen, und genau das habe ich vor.« Sie setzt sich in den Kapitänsstuhl und blickt durch das Fenster zum Hafen hinaus. »Jacob an den Ozean zu verlieren, fühlte sich an, als würde ich selbst ertrinken, an meiner Trauer. Nichts konnte mich über Wasser halten. Ich bereue vieles aus diesen Tagen.« Sie schüttelt den Kopf und starrt unverwandt nach draußen, dann senkt sie die Stimme zu einem Flüstern. »Als Lea mir von ihrer Überlegung erzählte, fortzuziehen, wusste ich, es war die richtige Entscheidung für sie. Ich wollte nicht, dass sie mit dir in dieser Stadt bleibt. Sie sollte nicht dasselbe Schicksal ereilen wie mich. Diese Art von Schmerz wünsche ich niemandem, nicht mal meinem schlimmsten Feind, schon gar nicht meiner Tochter.« Seufzend begegnet sie wieder meinem Blick. »Ich wusste, ihr liebt einander, aber ich dachte, ihr würdet nach einer Weile ohne den anderen glücklich werden. Doch dem war nicht so. Keiner von euch konnte weiterziehen und sich irgendwo niederlassen. Mein süßes, schönes Mädchen hat den Bruch mit dir nie verwunden. Es hat eine Leere in ihr hinterlassen, die sie auszufüllen versuchte, indem sie einen Mann geheiratet hat, der sie nicht wirklich liebte«, eröffnet Josie, und ein Gefühl von Schwere macht sich in meiner Brust breit. »Ich habe euch angelogen und behauptet, jeder von euch hätte mit seinem Leben weitergemacht. Ich glaubte, das wäre richtig, aber ...«

»Verschwinde«, unterbreche ich sie, bevor sie noch

etwas sagen kann.

»Austin ...« Ihre Augen füllen sich mit Tränen.

»Nein.« Ich beuge mich vor. »Verschwinde. Sofort«, knurre ich, dann öffne ich die Tür und gehe raus auf Deck. Nicht mal die frische Luft kann den Tumult in meinem Innern beruhigen.

»Ich erzähle dir das nicht, um euch wieder zusammenzubringen«, sagt Josie und kommt vor mir zum Stehen. »Mein Baby hat nicht viele Menschen, auf die sie sich verlassen kann. Wenn ich fort bin, braucht sie gute Leute um sich herum, denen sie wirklich am Herzen liegt. Auch wenn du es dir nicht eingestehen willst, bedeutet sie dir noch etwas.« Damit wendet sie sich ab und steigt von meinem Boot. Ich sehe ihr nach.

»Bist du okay, Baby?«, fragt Anna, die vom oberen Deck die Leiter nach unten kommt. Sie hat dort ein Nickerchen gemacht. Als sie mir mitgeteilt hat, sie wäre übers Wochenende in der Stadt, nahm ich an, es würde wie jeder andere Besuch von ihr werden. Bis sie anfing, davon zu reden, nach dem Sommer hierherzuziehen. Es war die Bestätigung dafür, dass ich Scheiße gebaut hatte. Offenbar habe ich ihr nicht deutlich genug zu verstehen gegeben, dass zwischen uns niemals mehr sein wird. Seit ich Lea wiedergesehen habe, habe ich Anna nicht einmal angefasst.

»Ich muss weg.« Ich hole meine Schlüssel aus dem Ruderhaus und ziehe mir einen Hoodie über.

»Ich habe nur noch eine Stunde«, erinnert sie mich, während sie meine Bewegungen mit ihrem Blick verfolgt.

»Schreib mir, wenn du zu Hause ankommst.« Ich gehe an ihr vorbei und halte inne, als sie die Finger in meinen

Arm gräbt.

»Ich habe dich und ihre Mom reden hören. Außerdem weiß ich, was die Leute seit ihrer Rückkehr alles von sich geben. Sie hat dich verlassen und du rennst ihr nach?«

Ich beobachte ihre Anstrengungen, Tränen heraufzubeschwören, aber ihre Augen bleiben trocken. Ich bedeute ihr nicht mehr als sie mir; dieser Moment ist Beweis genug dafür. »Anna ...«

»Nein, nicht *Anna*. Ich dachte, wir würden uns gemeinsam etwas aufbauen.«

Auch wenn ich das Folgende lieber nicht tun würde, werde ich nicht lügen. In meinem Leben habe ich nur drei Frauen *wirklich* geliebt: meine Schwester, meine Mom und Lea. Seit Lea mich verlassen hat, zwinge ich mich, nach vorne zu schauen, doch ich habe es nicht geschafft. Keine Ahnung, wie Lea es hinbekommen hat, einen anderen zu heiraten, denn ich hänge immer noch an einer Erinnerung von ihr fest, mit der es nie jemand aufnehmen könnte. »Du hast gewusst, was das hier ist, Anna«, sage ich mit einem Seufzen und entreiße mich ihrem Griff.

»Du bist so ein Arsch, Austin«, kreischt sie.

»Ich weiß«, stimme ich zu, gehe zum Bootsrand und steige auf den Dock. Ich habe nicht vor, Lea nachzulaufen, zumindest nicht in der Art, wie Anna es vermutet. Ich werde bloß tun, worum mich ihre Mom gebeten hat. Solange Lea hier ist, werde ich ihr Freund sein, und wenn sie in ihr neues Zuhause zurückkehrt, lasse ich sie ziehen. Auf diese Weise werde ich endlich mit allem abschließen und mein Leben weiterführen.

»Was gibt es, Wolf?«, fragt Ben, als er meinen Anruf nach dem zweiten Klingeln entgegennimmt.

»Triff mich in der Bar.«

»Ist alles okay?«, hakt er nach und ich höre schlurfende Geräusche bei ihm im Hintergrund.

Nein ... Fuck, nein. »Ich brauche ein Bier.«

»Bin auf dem Weg.«

Die Leitung verstummt und ich stecke das Handy wieder ein, dann mache ich mich auf zur Bar. Die drei Blocks dorthin versuche ich dafür zu nutzen, meine Gedanken zu ordnen. Als ich das Lokal betrete, sitzt Ben bereits an einem der Hochtische.

»Willst du das Übliche?«, fragt Maggie, die Barkeeperin, als ich an ihr vorbeigehe.

»Ja.« Ich schiebe einen Fünf-Dollar-Schein über die Theke, während sie mir eine Flasche Alaskan Amber reicht. Sobald ich mich gegenüber von Ben gesetzt habe, nehme ich einen langen Zug von der Flasche.

»Was ist los?«

»Josie hat mir gerade einen Besuch abgestattet.«

»Wer ist Josie?«, will er wissen, und als es ihm wieder einfällt, schließt er die Augen. »Scheiße, was zum Teufel wollte sie?«

»Sie kam vorbei, um mir zu gestehen, dass sie mich und Lea angelogen hat.«

»Was meinst du mit *dich und Lea angelogen*?« Er klingt sowohl irritiert als auch wütend.

»Sie hat uns voneinander ferngehalten, damit Lea nicht dasselbe Schicksal wiederfährt wie ihr. Sie wollte nicht, dass Lea mich auf dieselbe Art verliert, wie sie Jacob.«

»Willst du mich verarschen?« Er stellt seine Bierflasche auf den Tisch, der unter der Kraft seiner Bewegung etwas wackelt.

»Du weißt, dass ich nach Lea gesucht habe. Ich habe ihre Mom immer wieder nach ihrem Aufenthaltsort gefragt und sie hat mir stets dieselbe Geschichte erzählt. Lea wäre über mich hinweg und ich müsste dasselbe fertigbringen. Nur war Lea nie über mich hinweg. Sie war verletzt, allein und dachte, ich würde meine Tage glücklich ohne sie verbringen.«

»Gott.«

»Gestern habe ich Lea gesagt, ich würde sie hassen.«

»Du hast was?« Bei dem Entsetzen in seinem Blick reibe ich mir über die Stirn, denn es erinnert mich an die Art, wie sie mich nach diesen Worten angesehen hat.

»Ich war wütend. Als ich sie sah, ist alles wieder hochgekommen.« Ich fahre mir mit den Händen durchs Haar.

»Rhonda hat den gestrigen Tag mit Lea und Josie verbracht.«

»Ich weiß. Ich habe sie zusammen gesehen, als ich mit Anna unterwegs war.«

Ben nickt, leert sein Bier, dann stützt er die Ellenbogen auf den Tisch. »Sie meinte, Lea würde einen depressiven Eindruck erwecken. Sie lächelt zwar, aber Rhonda konnte erkennen, dass es gezwungen ist.«

»Sie hat vor Kurzem erfahren, dass ihre Mom nur noch wenige Monate zu leben hat«, erinnere ich ihn.

»Ja, außerdem ist ihr bis auf ihre Mom niemand geblieben.«

»Fuck.« Er hat recht, aber was sie betrifft, ist da immer noch so viel aufgestaute Wut in mir.

»Ro hat mich angewiesen, von dir zu verlangen, nett zu ihr zu sein.«

»Hat sie das?« Ich lache. Rhonda hat Ben um den Finger gewickelt und ist die einzige Person, die mein bester Freund fürchtet.

»Sie hat Lea auch zu ihrer Babyparty eingeladen«, erklärt er.

»Gut.«

»Warte ... wie bitte?«

»Lea ist ein toller Mensch mit viel Herz. Sie braucht im Moment Freunde. Rhonda ist eine gute Wahl für sie.«

»Was ist mit dir?«

»Was soll mit mir sein?«, frage ich verwirrt.

»Wirst du ihr Freund sein?«

»Ich muss die Vergangenheit loslassen. Ich muss Lea loslassen und endlich mit meinem Leben weitermachen.«

»Das ist keine Antwort auf meine Frage.«

»Ich werde versuchen, ihr Freund zu sein, und hoffentlich habe ich endlich mit allem abgeschlossen, wenn sie die Stadt wieder verlässt«, erkläre ich, obwohl ich tief in mir spüre, dass es nicht so einfach sein wird. Was Lea betrifft, war nichts je so leicht, wie gedacht.

»Was ist mit dir und Anna?«

»Du weißt, dass das schon länger auf ein Ende zusteuert.«

»Interessant«, murmelt er, und ich hebe auffordernd eine Braue, damit er fortfährt. Er winkt bloß schmunzelnd ab. »Nichts, Wolf.« Ich kann mir denken, was ihm durch den Kopf geht, nur liegt er mit seiner Vermutung falsch. Lea und ich sind mittlerweile erwachsen und meine Freundschaft ist alles, was ich ihr anbieten kann.

Lea

Ich sitze allein an einem Tisch in Bens und Rhondas Garten, ein Glas Wein vor mir und schaue mich um. Zum wiederholten Mal geht jemand an mir vorbei ins Haus. Ich schenke auch dieser Person ein Lächeln, obwohl ich mich in dieser Situation kein bisschen wohl fühle. Seit einer Stunde bin ich hier und habe in dieser Zeit einige Aufmerksamkeit auf mich gezogen; die meisten der Anwesenden betrachten mich voller Mitleid. Das ein oder andere Lächeln ist auch dabei, aber nicht eines davon ist echt, meines genauso wenig.

Wenn ich an meine Kindheit zurückdenke, hatte ein Leben in dieser Stadt viele Vorzüge. Vor allem das Gemeinschaftsgefühl war top; jeder kannte jeden, und wenn man Unterstützung brauchte, egal welcher Art, war immer jemand für einen da. Das ist der Charme dieses Orts, aber genau das ist zurzeit mein Problem. Einfach jeder hier kennt Austin. Alle lieben ihn, ebenso seine Familie. Die Leute reden darüber, dass ich damals gegangen bin, und wahrscheinlich kennen sie auch den Rest von Austins und meiner Geschichte. Noch wahrscheinlicher ist, dass sie mich genauso sehr hassen wie er.

»Tut mir leid wegen deiner Mom.« Ich schaue zur Seite und entdecke Ben neben mir, der ein Bier in seiner Hand hält. »Und auch, wie ich mit dir geredet habe.«

»Schon okay, aber danke«, beschwichtige ich ihn, auch wenn sich mein Innerstes dabei verkrampft.

»Wie kommst du denn klar?«, fragt er und setzt sich auf den Stuhl neben meinem.

Schulterzuckend ringe ich mir ein schmales Lächeln ab. Keine Ahnung, wie ich das beantworten soll. Im Moment bin ich okay. Später heute Nacht, wenn ich ins Bett gehe und meine Sorgen die Kontrolle über meinen Verstand übernehmen, wird die Sache anders aussehen. »Okay, schätze ich.«

»Du wirkst auf mich nicht *okay*.«

»Ich arbeite noch daran«, erwidere ich ehrlich. Mom soll sehen, dass ich zurechtkomme, sogar glücklich bin. Das wünscht sie sich und sie verdient es, dass ich ihr diesen Wunsch erfülle.

»Warum bist du nicht wie die anderen im Haus?«, will Ben wissen, bevor er einen Schluck von seinem Bier nimmt.

Weil Austin drinnen ist, denke ich. Mir war klar, dass er auch auf Rhondas Babyparty auftauchen würde, immerhin ist er Bens bester Freund. Doch wie bei jedem Aufeinandertreffen davor hatte ich mich nicht darauf vorbereiten können. Kaum dass ich mit meinem Geschenk für Rhonda im Arm das Haus betrat, begegnete ich Austins Blick. Ich hatte erwartet, dass er mich finster anstarren würde, stattdessen nahm er mir das große Paket ab und warf mir ein Lächeln zu. Im ersten Moment war ich überrascht, dann verstand ich, was er damit bezweckte. Er war nett zu mir, weil wir uns unter Leuten befanden. Auch wenn ich das wusste, hinderte es mich nicht daran, dass sich bei dieser freundlichen Geste ein warmes Gefühl in meiner Brust ausbreitete.

»Ich bin gern an der frischen Luft«, entgegne ich, als

plötzlich ein kleines Mädchen gefolgt von einem Jungen an uns vorbeilaufen. Er hält etwas in der Hand, und sie ruft lauthals, dass er damit bloß von ihr wegbleiben solle. Ihr vergnügtes Treiben amüsiert mich. Lächelnd wende ich mich wieder Ben zu. »Warum bist *du* hier draußen?«

»Ich wollte nach dir sehen.« Mein Schock über seine Worte muss mir ins Gesicht geschrieben stehen, denn Ben lehnt sich in seinem Stuhl zurück und fährt sich mit der Hand durchs Haar. Als er wieder den Mund öffnet, um etwas zu sagen, wird er unterbrochen.

»Willst du noch ein Bier?«, fragt jemand von der Terrassentür her. Als ich hinüberschaue, entdecke ich Austin, der beide Arme gegen den Holzrahmen stützt, wodurch sich sein Hemd eng an seine Brust schmiegt.

»Nein, Mann. Bin versorgt«, meint Ben, woraufhin Austins Blick auf mich fällt. Ich setze mich ein wenig gerader hin, um mich für seinen nächsten möglichen Hieb zu wappnen, sofern er vorhat, mir einen weiteren zu versetzen.

»Möchtest du noch etwas Wein?«, fragt er und nickt in Richtung des Tisches, wo ich mein leeres Weinglas abgestellt habe.

»Ähm ...« Blinzelnd versuche ich zu verstehen, warum weder Wut noch eine andere Emotion in seiner Stimme mitschwingt.

»Babe«, ruft er und reißt mich aus meiner Überlegung.

»Nein.« Ich räuspere mich. »Danke, aber ich muss später mit Mom nach Hause fahren.«

»Ich kann euch mitnehmen«, bietet er an.

Ich spüre, wie mir die Kinnlade runterfällt. »Wie bitte?«, bringe ich schließlich heraus.

»Wenn du noch ein Glas Wein möchtest, kann ich euch in meinem Auto mitnehmen.«

»Nicht nötig, aber danke.« Ich lächle und sein Blick fällt auf meinen Mund. Plötzlich tritt Wut auf sein Gesicht. Verwirrt frage ich mich, was der Auslöser dafür war.

»Rhonda will ihre Geschenke auspacken. Ihr zwei solltet reinkommen.« Er stößt sich vom Türrahmen ab, wendet sich um und lässt mich verdutzt zurück. Was ist gerade passiert?

»Das dürfte interessant werden«, murmelt Ben neben mir und ich schaue zu ihm hinüber.

»Was dürfte interessant werden?«, frage ich, während sich ein mulmiges Gefühl in meinem Magen breitmacht.

»Wenn du lange genug hierbleibst, findest du es selbst raus.« Er leert sein Bier und steht auf. Ohne mir eine Wahl zu lassen, zieht er mich von meinem Stuhl und weiter ins Haus, wo ich bei Austin auf der Couch lande. Auch wenn ich mich darauf zu konzentrieren versuche, wie Rhonda ihre Geschenke auspackt, lenkt mich Austins Anwesenheit völlig ab. Er ist mir so nah, dass mich sein Geruch fast einhüllt und ich die Wärme seines Körpers deutlich spüre.

»Deine Wangen wirken ein wenig gerötet«, bemerkt Mom, als sie mir ein Stück Torte reicht und sich zu meiner anderen Seite neben mir niederlässt.

»Es ist wirklich warm hier«, erkläre ich, Austin ignorierend, der noch neben mir sitzt. Mittlerweile ist der ohnehin geringe Abstand zwischen uns weiter geschrumpft, da ich Platz für Mom machen musste.

»Fühlst du dich nicht wohl?«, erkundigt sich Austin, und ich sehe ihn an. Ich will etwas erwidern, als er die

Hand hebt und gegen meine Stirn drückt. Ein Kribbeln überzieht meine Haut.

»Ich bin in Ordnung«, versichere ich ihm und lehne mich zurück, um mich seiner Berührung zu entziehen.

»Du glühst geradezu.« Er runzelt die Stirn und dabei bildet sich eine Falte zwischen seinen Brauen, die ich nur zu gern mit den Fingern glätten würden.

»Tue ich nicht.« Als ich selbst nach der Temperatur meiner Wangen fühle, spüre ich die Hitze, von der er gesprochen hat. »Okay, vielleicht bin ich etwas warm.«

»Du musst gehen«, knurrt er und bei seinem überraschend harschen Ton spüre ich Tränen in mir aufsteigen. Hätte ich gewusst, dass ich etwas ausbrüte, wäre ich nicht hergekommen. Ich wollte niemanden absichtlich anstecken. »Komm schon«, verlangt er, nimmt meine Hand und zieht mich von der Couch hoch. Wären nicht all diese Leute um uns, hätte ich ihm für sein Benehmen gegen das Schienbein getreten. Stattdessen lasse ich mich von ihm zur Eingangstür führen, erst dort entwinde ich mich seinem Griff. Kaum dass wir davor stehen, taucht auch schon Mom auf. »Josie, du kannst bleiben, wenn du willst. Aber Lea muss gehen«, richtet sich Austin an meine Mutter.

Oh mein Gott, er verhält sich wie ein Arsch! Auch wenn ich mich offenbar erkältet habe, ist es nicht so, als hätte ich Ebola. Ich schwöre, wären wir allein, würde ich ihm gehörig die Meinung geigen.

»Soll ich mit dir kommen, Schatz?«, fragt mich Mom sanft und zerstreut damit einen Teil meiner Wut.

Ich schüttle den Kopf. »Nein, bleib ruhig. Du hast dich so auf die Party gefreut.«

»Bist du sicher?« Sie mustert mein Gesicht, als würde sie mir nicht glauben. Ist es nicht fast schon lustig, dass sie sich Sorgen um meinen Gesundheitszustand macht? Immerhin ist sie diejenige, der nur noch Monate auf dieser Welt bleiben.

Ich ignoriere ihre Frage. »Kommst du hier allein klar?«

»Natürlich, mach dir keine Gedanken um mich. Hol dir eine Mütze Schlaf, ich fahre später mit Margret nach Hause.«

»In Ordnung.«

Mom wendet sich mit finsterer Miene an Austin. »Bring mein Mädchen wohlbehütet nach Hause.« Bei ihrem Ton verziehe ich das Gesicht.

»Wir sehen uns später.« Ich beuge mich vor, um sie auf die Wange zu küssen, halte mich aber rechtzeitig davon ab. Was auch immer ich mir eingefangen habe, ihr Immunsystem ist ohnehin schwach und eine zusätzliche Erkältung würde ihr nicht guttun.

»Bis bald.«

Unter dem Vorwand, meine Schlüssel aus meiner Tasche zu holen, stoße ich Austin mit dem Ellenbogen unsanft in die Seite, woraufhin er scharf einatmet. »Oh, tut mir leid«, murmle ich, als wäre es ein Versehen gewesen.

Austins Augen verengen sich, was mir bestätigt, dass er mir diese Lüge nicht abkauft. Soll es so sein. Ich laufe an ihm vorbei durch die Eingangstür, dann die Verandastufen zur Einfahrt hinunter.

»Mein Truck steht da drüben«, sagt Austin und nimmt wieder meine Hand. Ich schrecke vor der Berührung zurück.

»Ich fahre selbst«, entgegne ich und ziehe die Brauen zusammen. Was führt er im Schilde? Er verhält sich mir gegenüber freundlich – na ja, bis auf die Tatsache, dass er mich zwingt, die Party zu verlassen. Womit er nicht ganz unrecht hat, denn je mehr Minuten verstreichen, desto schlechter fühle ich mich. Mir wäre wahrscheinlich selbst aufgefallen, dass ich krank bin, hätte mich Austins Nähe nicht so aus dem Konzept gebracht.

»In diesem Zustand lasse ich dich nicht fahren, Babe.«

»Nenn mich nicht Babe.« Ich balle die Hand zur Faust. So hat er mich früher nicht genannt, warum also fängt er jetzt damit an? Ich bin nicht sicher, wie es mir gefällt. Es fühlt sich unpersönlich an, trotzdem reagiert mein Körper, sobald das Wort seinen Mund verlässt.

Er hebt den Mundwinkel zu einem halben Grinsen und seine Finger schließen sich um mein Handgelenk, sodass ich nicht in mein Auto steigen kann. »Lämmchen, hör auf, schwierig zu sein, und lass mich dich nach Hause bringen.«

Brennender Schmerz wallt in meiner Brust auf, als er den Spitznamen verwendet, den er mir während unserer Beziehung wegen meines Nachnamens gegeben hat. Ich hatte ihn schon lange verdränt. Austin nannte mich Lämmchen und ich ihn den großen bösen Wolf. Die Leute scherzten früher oft darüber, wie unsere Nachnamen dahingehend zusammenpassten, Austin bezeichnete diesen Umstand immer als Schicksal.

Mit einem knappen Nicken entziehe ich mich seinem Griff um mein Gelenk, dann folge ich ihm zu seinem Truck. Ich will nur noch weg von ihm, diese Fahrt hinter mich bringen und allein sein. Austin öffnet mir die

Beifahrertür und wartet, bis ich angeschnallt bin, ehe er auf der Fahrerseite einsteigt. Sein Geruch ist überall. Am liebsten würde ich das Fenster runterkurbeln, während etwas anderes in mir den Atem anhalten möchte, um seinen Duft für später einzufangen.

»Ich werde dir unterwegs ein Medikament besorgen«, informiert er mich, als er den Motor startet, und ich schaue ihn an.

Wohin ist der Typ verschwunden, der mir noch vor ein paar Tagen auf meiner Veranda sagte, er würde mich hassen? Mit *diesem* Austin konnte ich umgehen. Doch für den Mann neben mir, der sich um mich kümmert, bin ich nicht bereit.

»Nicht nötig. Etwas Aspirin und Schlaf, dann bin ich wieder fit.« Ich lehne die Stirn gegen die kühle Fensterscheibe und schließe die Augen. Als der Truck zum Stehen kommt, öffne ich sie wieder. Austin hat nicht bei meinem Haus, sondern vor einem Geschäft gehalten.

»Ich bin gleich wieder da«, sagt er und steigt aus. Ich beobachte, wie er den örtlichen Lebensmittelladen betritt. Fünfzehn Minuten später kommt er mit zwei großen Tüten zurück.

»Was hast du gekauft?«

»Suppe, Orangensaft, Erkältungs- und Grippemedizin. Außerdem habe ich dir ein paar Filme ausgeliehen: *Kill the Boss* und *Dumm und Dümmer*. Du magst Komödien hoffentlich noch«, erklärt er, was mir Tränen in die Augen treibt.

Schnell zwinge ich sie zurück, indem ich die Fingernägel in meine Handflächen grabe. Ken hat sich nie um mich gekümmert, wenn ich krank war. Eines weiß ich mit

Sicherheit: Wenn mein Leben anders verlaufen und ich bei Austin geblieben wäre, hätte *er* mich immer umsorgt.

»Das war nicht nötig«, erwidere ich etwas krächzend und räuspere mich.

»Es ist keine große Sache.« Er zuckt mit den Schultern und stellt die Tüten zwischen uns auf die Sitzbank.

Sobald wir das Haus meiner Mom erreichen, steige ich aus dem Truck, suche die Schlüssel in meiner Tasche und öffne die Eingangstür. »Warum ziehst du dir nicht etwas Bequemeres an und ich mache dir in der Zwischenzeit eine der Suppen warm?«, fragt er sanft, woraufhin der brennende Schmerz von vorhin mit zehnfacher Intensität zurückkehrt. Ich kann das nicht; ihm erlauben, mir zu zeigen, wie sich mein Leben entwickelt hätte, wenn ich bei ihm geblieben wäre.

»Nein, danke. Ich werde einfach ins Bett gehen.« Ich möchte nur, dass er verschwindet.

»Du solltest erst etwas in den Magen bekommen. Du hast bei der Party auch nichts gegessen.«

»Nein, danke«, wiederhole ich.

»Zieh dir einen Pyjama an, dann setz dich an den Tisch und iss etwas.«

»Du kannst mir nicht vorschreiben, was ich tun soll«, murmle ich und ein Muskel an seinem Kiefer beginnt zu zucken. Keine Ahnung, wie jemand wütend so heiß aussehen kann, aber ihm steht diese Emotion unglaublich gut.

»Stell dich nicht unnötig quer und mach einfach mal das, was man dir sagt, Lea. Du bist krank und musst etwas essen, bevor du das Grippemittel nehmen kannst«, knurrt er.

»Also gut.« Ich werfe die Arme in die Luft, dann stürme ich den Flur entlang zu meinem Zimmer, wo ich wie ein trotziger Teenager die Tür hinter mir zuknalle. Anschließend knie ich mich vor meinen Koffer und hole ein Kleidungsstück nach dem anderen heraus, bis ich ein Paar Schlafshorts und eines meiner alten Sportshirts finde, das mir drei Nummern zu groß ist. Als ich in die Küche zurückkehre, hat Austin bereits einen Teller Suppe mitsamt Crackern und einem Glas Orangensaft auf den Tisch gestellt.

Niemals werde ich zugeben, dass es mir gefällt, wenn er sich um mich kümmert. Oder dass Hoffnung in mir aufkeimt, als er sich mit ein paar Tabletten zu mir setzt und mir diese reicht. Ich bin nicht dem Glauben verfallen, Austin und ich würden wieder zusammenkommen; vielmehr hege ich die leise Hoffnung, eines Tages wieder gutmachen zu können, was ich ihm angetan habe. Ich möchte mich bei ihm entschuldigen und ihm meine Freundschaft anbieten, nicht jetzt, aber irgendwann. Vielleicht kann er zu diesem Zeitpunkt beides annehmen. »Danke, dass du mich nach Hause gebracht hast und auch für die Suppe.«

Mit vor der Brust verschränkten Armen und ausgestreckten Beinen murrt er zustimmend. Wir sitzen schweigend da, bis mein Teller leer ist, dann spüre ich, wie meine Lider schwerer werden.

»Die Tabletten sind abends einzunehmen. Du wirkst, als könntest du etwas mehr Schlaf gut gebrauchen, also dachte ich, es würde nicht schaden, wenn du sie jetzt nimmst.«

»Seit der Sache mit Ken und Moms Neuigkeiten finde

ich keine Ruhe mehr«, stelle ich ohne nachzudenken fest. Als erneut Wut in Austins Blick tritt, will ich die Worte sofort zurücknehmen. Sein Ärger hat aber auch einen Vorteil: Jetzt verhält er sich nicht mehr so freundlich und ich muss mir keine Sorgen um mein Herz machen, solange wir im selben Raum sind.

»Geh schlafen. Ich mache mich auf den Weg nach Hause.«

»Klar«, erwidere ich, und ohne ein weiteres Wort geht er durch die Hintertür und drückt sie sacht hinter sich zu. Ich schaue mich in Moms Haus um und nehme die eingekehrte Stille in mich auf. Wie soll ich weitermachen, wenn sie fort ist und sich diese Stille in meine Normalität verwandelt?

4. Kapitel

Lea

»Bist du bereit, loszugehen?«

»Jepp.« Ich lächle Mom an und schnappe mir die Bänder der roten Ballons, die an der Küchendecke schweben, bevor ich Mom aus dem Haus zu ihrem SUV folge. Dort packe ich die Ballons auf den Rücksitz.

»Wie viele Leute kommen denn?«, frage ich, während ich zum Dock fahre, dessen Parkplatz bereits von Autos überfüllt ist.

»Ich bin nicht sicher. Als unser Vorhaben die Runde machte, meinten viele, dass sie mitmachen wollen«, murmelt sie und schaut sich um, während mir bei ihren Worten warm ums Herz wird.

Ich wusste, dass Dad in der Stadt sehr beliebt war. Dennoch überwältigt mich der Anblick der vielen Bewohner, die aufgetaucht sind, um ihm mit uns gemeinsam auf Wiedersehen zu sagen.

»Wir hätten das schon vor langer Zeit tun sollen«, befinde ich leise und nehme Moms Hand in meine.

Sie erwidert den Druck meiner Finger. »Ich hätte stärker sein sollen.«

»Du hast getan, was du konntest, Mom.«

»Ich möchte nicht, dass du an deinem Schmerz festhältst, wenn ich gehe, Schatz. Atme einfach tief durch und mach mit deinem Leben weiter. Wiederhole meine Fehler nicht.«

»Das sagt sich so leicht.«

»Und du musst es dir so leicht machen, Schatz«, rät sie mir, öffnet die Tür und steigt aus, bevor ich dem noch etwas hinzufügen kann. Tief durchatmend greife ich nach den Ballons auf dem Rücksitz und folge ihr.

»Heiliger Bimbam«, flüstere ich, als ich die Szene vor mir in mich aufnehme. Fünf Boote stehen bereit, auf jedem von ihnen befinden sich mindestens zwanzig Leute. Ich bahne mir einen Weg durch die Menschen zu Bens Boot, und als ich Austin darauf entdecke, beginnt mein Herz, heftiger zu klopfen. Er streckt die Hand aus, um Mom an Bord zu helfen.

»Gib mir deine Hand, Baby«, sagt er, und mir wird klar, dass ich wie festgefroren vor ihm stehen geblieben bin.

»Ich ...« Bevor ich zurückweichen kann, schließen sich seine Finger um mein Handgelenk. Mit einem Fuß auf dem Steg und einem auf dem Deck packt er mich um die Taille und hebt mich über den Bootsrand.

Sanft stellt er mich wieder auf die Füße, gibt mich jedoch nicht frei, sondern neigt das Gesicht zu meinem. »Bist du okay?«

Ich blicke zu ihm auf und spüre, wie meine Lippen aufgrund der Sorge in seiner Miene beben. »Ich bin okay.«

»Du lügst.«

»Ich weiß«, stimme ich zu und versuche, mich seiner Umarmung zu entziehen.

»Ich will, dass du heute Abend vorbeikommst«, verlangt er und all meine Bedenken darüber, auf diesem Boot zu sein, sind vergessen.

»Warum?« Ich senke die Stimme. »Wir sind keine Freunde, Austin. Du hast mir das unmissverständlich klargemacht. Es gibt keinen Grund für uns, Zeit miteinander zu verbringen.«

»Was ich neulich gesagt habe, war gelogen. Ich hasse dich nicht. Ich wollte, es wäre so, das hätte mein Leben einfacher gemacht, aber ich konnte dich nicht hassen. Ich möchte mit dir befreundet sein, Lea. Ich glaube, du brauchst im Moment einen Freund.« Zu einem anderen Zeitpunkt in meinem Leben kann ich vielleicht mit ihm befreundet sein und möchte das auch, aber im Moment steht noch zu viel zwischen uns. Plötzlich flackert Schmerz in seinen Augen auf. »Sie hat es dir nicht erzählt.«

»Wer hat mir was nicht erzählt?«

»Schatz, wir legen ab. Willst du mit mir reinkommen?«, unterbricht Mom uns.

Austins Blick fällt auf sie. Er wirkt, als wolle er etwas sagen, überlegt es sich dann aber anders und wendet sich wieder an mich. »Geh rein. Du solltest nicht in der Kälte stehen.«

Ich will ihn fragen, was er vorhin meinte, aber er kehrt mir den Rücken zu und beugt sich über den Bootsrand, um das Tau zu lösen, das am Steg befestigt ist. Ich folge Mom ins Ruderhaus, wo uns Rhonda und Ben erwarten. Ich kann den Blick nicht von Austin nehmen, der an Deck steht und aufs Wasser hinausblickt, während sich eine Million Emotionen auf seinem Gesicht abspielen.

»Was hat Austin gesagt?«, fragt Rhonda und ich schaue zu ihr. Ihre Miene wirkt besorgt.

»Er hat mich gebeten, heute Abend bei ihm vorbeizukommen«, erzähle ich, ohne über die anderen Leute um uns herum nachzudenken. Ich bin von seiner Bitte immer noch überrumpelt.

»Du solltest gehen«, klinkt sich Mom ein. »Es würde dir guttun, etwas rauszukommen.« Ein wahres Wort. Seit ich in der Stadt bin, habe ich das Haus nur für Besorgungen verlassen. Mit Austin Zeit zu verbringen, wird mir allerdings nicht guttun. Es wäre eher schlecht für mich ... *wirklich* schlecht.

»Du solltest gehen«, wiederholt Rhonda zustimmend und schaut zu meiner Mutter. Sie tauschen bedeutungsvolle Blicke, die ich nicht verstehe.

»Ich denke darüber nach«, erwidere ich, auch wenn ein Besuch bei Austin für mich nicht infrage kommt. Dennoch wird es eine Weile durch meinen Kopf spuken. Zum Glück lassen die zwei das Thema fallen und wir verbringen den Rest der Fahrt schweigend.

Als wir die Stelle erreichen, an der vor so vielen Jahren die Überreste von Dads Boot gefunden wurden, nehme ich den Anblick dieses Ortes in mich auf. Die Sonne steht am Himmel und wird von der ruhigen Wasseroberfläche reflektiert. In der Ferne ragen kleine Inseln hoch, bedeckt von üppigen Wäldern. Ich kann mir gut vorstellen, wie Dad uns für einen kleinen Ausflug hierherbringt, nur um mit uns übers Wasser zu gleiten und Lunch zu essen, wie wir es an einem seiner freien Tage oft gemacht haben.

Nachdem alle fünf Boote einen Kreis gebildet und die Anker ausgeworfen haben, begeben sich die Leute auf die

Decks. Sie erzählen sich Geschichten über Dad, während ich die Ballons und Filzstifte an jene austeile, die sie haben wollen.

»Bist du okay?«, frage ich, als ich mich zu Mom setze. Sie schreibt an ihrer Nachricht für Dad und ihr Ballon ist fast zur Gänze mit Worten bedeckt.

»Zur Abwechslung fühle ich mich befreit«, erklärt sie. Sie gibt ihren schwarzen Filzstift an mich weiter. »Es ist schön hier, nicht wahr?« Sie betrachtet die Umgebung, dann sieht sie zurück zu mir.

»Das ist es.«

»Ich habe es dem Ozean so lange verübelt, dass er mir deinen Dad genommen hat. Dabei hat er ihn mir auch gegeben, das hatte ich ganz vergessen.«

»Was meinst du?«

»Dein Dad war Fischer. Der Ozean hat ihn nach Cordova und damit zu mir geführt. Ohne ihn hätten wir uns nie getroffen und ich hätte dich niemals bekommen.«

»Das Wasser hat ihn uns weggenommen«, erinnere ich sie, als Tränen meine Augen füllen.

»Er hat diese Erde verlassen, während er etwas tat, das er liebte. Es lag ihm im Blut. Versteh mich nicht falsch, er liebte uns und im Grunde meines Herzens weiß ich, dass er darum gekämpft hat, nach Hause zu kommen. Es ist ihm nicht gelungen, aber wenigstens durfte er an einem Ort sterben, an dem er sich wie zu Hause fühlte.«

Sie hat recht. Mein Dad verbrachte die Winter stets mit uns daheim und war in dieser Zeit glücklich, allerdings nicht so wie zum Start der nächsten Fischereisaison, wenn er sein Boot wieder ins Wasser lassen konnte. »Auch wenn du damit recht hast, Mom, tut es noch weh.«

»Das ist in Ordnung.« Sie schlingt die Arme um mich, was meine Tränen zum Überquellen bringt. Als sie sich zurückzieht, wandert ihr Blick zu dem Ballon in meiner Hand. »Schreib deine Nachricht, Schatz. Dann können wir ihn gehen lassen.«

Als ich nicke, steht sie auf und geht zum Bootsrand. Ich wende mich der glänzend roten Oberfläche zu und fange an, zu schreiben.

Die Sonne geht auch morgen wieder auf und unter. Das hast du mir mal gesagt und endlich verstehe ich, was du damit gemeint hast. Ich wünschte, die Dinge wären anders verlaufen. Dich zu verlieren, hat mein ganzes Leben auf den Kopf gestellt. Ich hätte stärker sein sollen, mutiger, darauf vorbereitet, der Wahrheit ins Gesicht zu sehen, und mich nicht in Was-wäre-wenn-Szenarien verstricken. Ich vermisse dich, Dad, und ich weiß, du möchtest, dass ich meinen Frieden finde. Ich verspreche dir, dass ich einen Weg finden werde, um mich durchzuschlagen und dich stolz zu machen. Bald schicke ich Mom zu dir, und im Gegenzug bitte ich dich um etwas mehr Stärke.

Hab dich lieb.

Ich stecke die Verschlusskappe wieder auf den Stift und schaue auf, als Austin gerade seinen Ballon in die Luft steigen lässt. Ich folge ihm mit meinem Blick und versuche, den Text darauf zu lesen. Die einzigen Worte, die ich ausmachen kann, sind *mich kümmern*, bevor der Ballon zu hoch schwebt.

»Bist du bereit?«, fragt Mom.

Ich stehe auf und begleite sie zum Bootsrand. Ihre Hand findet meine, dann geben wir zugleich die Schnur unserer Ballons frei. Sie tanzen durch den blauen Himmel, bis sie wie kleine Staubflusen aussehen, die vom Wind immer höhergetragen werden. Als Mom den Arm um meine Taille schlingt und sich an meine Seite lehnt, spüre ich die Erleichterung darüber, losgelassen zu haben. Damit meine ich nicht die Erinnerungen an Dad, sondern den Schmerz seines Verlusts.

»Auf Jacob«, ruft jemand und die Menge stimmt laut mit ein. Die Leute halten Gläser, gefüllt mit einer bernsteinfarbenen Flüssigkeit, in die Höhe und trinken gemeinsam auf meinen Vater.

»Auf Jacob«, wiederhole ich und spüre, wie sich die Schwere in meiner Brust auflöst.

»Wann triffst du dich heute mit Austin?«, fragt Mom, als sie sich in ihren Sessel gegenüber der Couch setzt, auf der ich es mir gemütlich gemacht habe.

»Gar nicht«, antworte ich. Zwar habe ich Austin gesagt, ich würde versuchen zu kommen, bevor ich von Bord gegangen bin, aber es war geschwindelt. Nie im Leben würde ich mich mit ihm treffen.

»Lea.« Mom klingt enttäuscht, also löse ich meinen Blick vom Fernseher und schaue zu ihr.

»Es ist keine gute Idee, Mom«, äußere ich leise.

»Was kann schlimmstenfalls passieren?«

»Keine Ahnung.« Stöhnend bedecke ich mein Gesicht.

»Bevor ihr ein Paar wurdet, war er nur ein Freund«, gibt sie zu bedenken.

Ich erinnere mich nicht daran, wie Austin und ich uns angefreundet hatten. Wir gingen zusammen zur Schule, eines Tages fingen wir an, miteinander zu reden, danach waren wir unzertrennlich. Erst mit fünfzehn bat er mich, seine feste Freundin zu sein.

»Ja, aber er wurde auch zu dem Mann, den ich einmal heiraten wollte. Zwischen uns ist so viel passiert, es ist ein einziges Durcheinander. Ich bin nicht sicher, ob ich dazu bereit bin, ihm alles zu erklären«, sage ich.

»Verlangt er denn eine Erklärung?«

»Nein.« Ich ziehe die Brauen zusammen. Er hat seinen Standpunkt letztens auf Moms Veranda mehr als deutlich dargelegt. Warum will er noch Zeit mit mir verbringen?

»Wie hat es sich für dich angefühlt, als wir heute die Ballons steigen ließen?«

»Erleichternd.« Ich seufze.

»Denkst du, dass deine Geschichte mit Austin vielleicht auch etwas ist, dass du ansprechen und loslassen musst?«

Nein, denn das will ich nicht. Ich möchte die Dinge genau so in Erinnerung behalten, wie sie passiert sind, und weiterhin daran glauben, alles wäre anders gekommen, wenn ich nicht gegangen wäre. Dieses Was-wäre-wenn aufzugeben, fühlt sich ebenso schmerzhaft an wie der Moment, in dem ich meiner Heimatstadt den Rücken gekehrt habe.

»Du musst das alles hinter dich bringen«, argumentiert Mom mit Tränen in den Augen. »Schließ mit eurer Vergangenheit ab und sei mit ihm befreundet.«

»Wann bist du so tiefgründig geworden?«, frage ich lächelnd, was ihre Miene erhellt.

»Ich habe in den letzten Monaten viel dazugelernt«, sagt

sie sanft.

»Ja«, stimme ich zu. Sie wirkt mit sich im Reinen, als hätte sie mit der Situation wirklich Frieden geschlossen. Nun versucht sie mir dabei zu helfen, dasselbe zu schaffen.

»Jetzt zieh dich um.« Sie gestikuliert mit der Hand in Richtung meines Zimmers.

Verwirrt runzle ich die Stirn und schaue an mir hinunter. Ich trage Jogginghosen und einen Hoodie. »Warum muss ich mich umziehen?«

»Egal ob du einen Mann willst oder nicht, du musst immer so gut aussehen, wie du kannst. Du weißt nie, was das Schicksal geplant hat.«

»Das ist extrem kryptisch.« Kopfschüttelnd erhebe ich mich und gebe ihr einen Kuss auf die Wange.

»Vertrau mir. Ich weiß, wovon ich spreche.«

»Tja, dann wird das Schicksal mit meinen Jogginghosen und Hoodie klarkommen müssen«, erkläre ich und ihr Lachen begleitet mich in mein Zimmer, wo ich dann doch in ein Paar dunkelblaue Jeans, Stiefel und meinen Mantel schlüpfe. Auf dem Weg in den Eingangsbereich, sage ich Mom, dass ich bald wieder hier sein werde.

»Ich werde nicht auf dich warten«, ruft sie zurück.

Amüsiert schließe ich die Haustür hinter mir.

Es dauert zehn Minuten, um zum Pier zu gelangen, und als ich dort ankomme, liegt mir meine Nervosität wie ein Stein im Magen. Am liebsten würden ich den Wagen wenden.

»Du schaffst das«, flüstere ich meinem Bild im Rückspiegel zu, bevor ich aus dem Auto steige und den nur spärlich ausgeleuchteten Steg zu Austins Boot runterlaufe. Es liegt im Dunkeln, mit Ausnahme eines kleinen Lichtstreifs, der durch die Spaltbreit geöffnete Luke scheint, die zur unter Deck gelegenen Kajüte führt. »Das ist eine dumme Idee«, murmle ich und gehe an Bord, dann klopfe ich an die Klappe der Luke und lausche dem Klang der knarrenden Stufen auf der anderen Seite, bis Austin die Öffnung nach oben schiebt.

»Du bist gekommen«, sagt er und wirkt überrascht. Offenbar hat er kurz zuvor geduscht, denn sein Haar ist noch feucht an den Spitzen und er riecht nach Seife. Er trägt Jeans und ein Shirt mit vier Knöpfen am Halsausschnitt, die alle offen stehen und mir einen flüchtigen Blick auf sein Brusthaar gewähren. Als ich ihm wieder ins Gesicht sehe, erkenne ich noch einen Teil seiner Überraschung über mein Erscheinen, dann schaut er zurück ins Bootsinnere. Sofort frage ich mich, ob Anna bei ihm ist. Bei dem Gedanken wallt Übelkeit in mir auf und meine Hände beginnen zu zittern.

»Wir können das auch ein andermal machen«, schlage ich vor und weiche vor ihm zurück.

»Nein, komm rein. Ich habe gerade eine Pizza in den Ofen geschoben.«

Nachdem ich die Luke hinter mir geschlossen habe, folge ich ihm die Treppe runter. Als wir in der kleinen Küche ankommen, höre ich leise Musik im Hintergrund spielen.

»Willst du mir deinen Mantel geben?«, fragt er, und ich ziehe das Kleidungsstück aus, um es ihm zu reichen. Er hängt es auf einen Haken in der Nähe der Treppe. Da ich nichts mit mir anzufangen weiß, bleibe ich peinlich berührt mitten in der Kajüte stehen und sehe mich um.

Der Raum ist überschaubar. Ein kurzer Gang vor mir führt zu einer geschlossenen Tür, hinter der sich bestimmt Austins Schlafkabine befindet. Neben mir ist eine kleine gepolsterte Sitzbank mit Holztisch, beides in schwarz, und vor dem Fenster dahinter hängen ebenso dunkle Vorhänge. Auf der anderen Seite liegt die Küche. Der Herd hat zwei Platten und der Ofen darunter ähnelt eher einer Mikrowelle. Auch hier gibt es ein Fenster, aber keine Vorhänge.

»Möchtest du ein Bier?«

»Klar«, murmle ich und setze mich hin. Während er den Kühlschrank öffnet, spannen sich die Muskeln in seinem Arm an. Ich nehme die Flasche dankend entgegen. Sein Blick trifft dabei auf meinen und etwas flackert in seinen Augen auf, dann wendet er sich ab. Keine Ahnung, was ich gerade zu sehen geglaubt habe.

»Rhonda meinte, du wärst Buchhalterin«, beginnt er ein Gespräch und setzt sich mit einem weiteren Bier gegenüber von mir hin. Small Talk ist einfach, über Belanglosigkeiten kann ich mit ihm reden. Nur nicht über die Vergangenheit. Allein bei dem Gedanken, diese mit ihm durchzusprechen, breitet sich ein mulmiges Gefühl in meinem Innern aus.

»Bin ich, also das *war* ich. Als Mom mir sagte, dass sie mich hier braucht, habe ich gekündigt.« Zum Glück habe ich in den letzten Jahren Geld angespart, sodass mir ein Notgroschen zur Verfügung steht. Mit dem kann ich mich eine Weile über Wasser halten, bis ich weiß, was ich mit dem Rest meines Lebens anstellen soll.

»Du hast Zahlen schon immer gemocht«, bemerkt er und ein Lächeln zupft an seinen Mundwinkeln, das mein

Herz etwas höherschlagen lässt.

»Tue ich noch immer. Sie verändern sich nie«, erwidere ich, woraufhin sein Lächeln verschwindet. Wieder einmal würde ich mich gern selbst treten. »Was ist mit dir? Ich weiß, dass du noch fischst, aber warum wohnst du auf deinem Boot?«

»Mein Haus wird gerade renoviert.«

»Oh.«

»Erinnerst du dich an das Manderville-Anwesen?«, fragt er, und ich nicke. Das riesige Blockhaus liegt in unmittelbarer Nähe zum Wasser. Eine umlaufende Veranda und große Fenster geben den Blick auf die Meerenge frei. Ich liebe das Haus seit jeher und habe mir früher oft vorgestellt, dass es eines Tages mir gehören würde.

»Ich habe es vor drei Jahren gekauft und passe es Stück für Stück meinen Bedürfnissen an.«

»Wow«, hauche ich. Als ich die Stadt verließ, war es mit einem Preis von über eine Million Dollar bewertet worden. Nicht auszudenken, wie weit dieser in den letzten Jahren gestiegen ist.

»Ich habe einiges an Arbeit reingesteckt, Ende des Sommers sollte alles fertig sein. Im Winter werde ich einziehen«, meint er und sofort kommt mir Anna in den Sinn. Sie wird dort mit ihm wohnen.

»Ich freue mich für dich«, bringe ich mit einige Mühe hervor, während ich meine Eifersucht zurückkämpfe. »Wie geht es deinen Eltern und Bre?«, wechsle ich das Thema.

»Gut. Mom und Dad sind vor einem Jahr nach Anchorage gezogen, um näher bei Bre und ihrem Mann zu sein.«

»Bre hat geheiratet?« Meine Überraschung könnte nicht

größer sein. Ich kenne Bre nur als einen echten Wildfang. Sie ist drei Jahre älter als Austin und konnte sich nie wirklich irgendwo niederlassen. Immer auf der Suche nach einem Abenteuer.

»Ja, sie und Sean erwarten ihr zweites Kind. Es könnte jeden Augenblick so weit sein.«

»Meine Mom hat das mit keiner Silbe erwähnt«, sage ich und Verärgerung mischt sich in seinen Blick. Ein Piepton erfüllt das Bootsinnere und Austin sieht von mir weg zum Ofen.

»Ich hoffe, du magst noch Peperoni.«

»Tue ich.« Mein Herz macht einen Satz. Ich kann nicht fassen, dass er sich daran erinnert. Er steht auf und zieht die Pizza heraus, dann teilt er sie in gleiche Stücke, gibt diese auf Pappteller und stellt einen davon vor mir auf den Tisch. »Danke«, sage ich lächelnd und sein Blick heftet sich auf meinen Mund. Brummend setzt er sich wieder hin, was mich breiter lächeln lässt. Austin war nie ein großer Redner, auch nicht in unserer Jugend. Er brummte, egal ob er nun seinen Kopf durchsetzen oder verdeutlichen wollte, dass er mit etwas recht behalten hatte. Dass sich daran nichts geändert hat, beruhigt mich innerlich.

»Hast du darüber nachgedacht, was du danach angehen willst?«, fragt er und beißt von seiner Pizza ab.

Ich weiß, was er meint. *Nachdem* Mom von uns gegangen ist.

Ich schüttle den Kopf. »Mom möchte, dass ich Larry frage, ob er mir seine Bürofläche verkauft.«

»Du würdest in der Stadt bleiben?«, hakt er nach und klingt verärgert. Ich wünschte, ich hätte es nie erwähnt. Auch wenn ich hier mit ihm sitze, bedeutet das nicht, dass es ihm gefallen würde, wenn ich wieder in die Stadt ziehe.

»Ich weiß nicht«, murmle ich. »Ich habe nicht viel darüber nachgedacht.«

»Was ist mit deinem Mann?« Die Wut in seiner Stimme ist zu deutlich, um sie zu ignorieren. Ich setze mich gerader hin.

»Exmann«, korrigiere ich ihn.

»Okay, was ist mit deinem Exmann?«

»Was soll mit ihm sein?«

»Wie steht er zu deinen Umzugsplänen?«

»Er ist mein Ex und hat kein Mitspracherecht. Selbst wenn es ihn interessieren würde, wäre Courtney wohl kaum einverstanden damit.«

Austin runzelt die Stirn. »Wer ist Courtney?«

»Seine Freundin, meine Zweitbesetzung.«

»Wie bitte?«, knurrt er und schickt damit ein Kribbeln durch meinen Körper.

»Er hatte in den letzten drei Jahren unserer Ehe eine Affäre.«

»Im Ernst?«

»Ja, und um das Klischee noch mehr zu bedienen, ist Courtney seine Assistentin und zehn Jahre jünger als ich.« Ich verdrehe genervt die Augen, mein üblicher Ärger darüber bleibt aber aus, was mich etwas verwundert.

»Gott, Babe.«

»Ich weiß.« Ich winke ab und nehme einen Bissen von meiner Pizza.

»Du solltest ihn fragen.«

»Wen?«

»Larry, sprich mit ihm.«

»Ich bin nicht sicher, ob ich das möchte«, wende ich

ein.

Austin zuckt mit der Schulter und widmet sich wieder seiner Pizza. Bevor es mir bewusst wird, sind unsere Teller leer und die Uhr an der Wand zeigt an, dass es bereits nach zehn ist.

»Ich begleite dich nach draußen«, bietet er mir an.

»Schon okay, ich finde selbst raus.« Lächelnd ziehe ich meinen Mantel an und wende mich halb zur Treppe. Aus dem Augenwinkel sehe ich, wie sich Austin einen Hoodie überzieht, was den unteren Saum seines Shirts leicht anhebt und mir einen kurzen Blick auf seine Bauchmuskeln gewährt. Ein Kribbeln schießt in meinen Unterleib. Schnell schaue ich weg und eile die Stufen hoch. Er folgt mir. Ich höre ihn etwas hinter mir murmeln, kann es jedoch über das wilde Klopfen meines Herzens hinweg nicht deutlich verstehen. Sobald ich an Deck angelangt bin, atme ich tief ein und wieder aus. Als ich seine Hand an meinem Arm spüre, zucke ich zusammen.

»Nicht so schnell«, sagt er leise und führt mich zum Bootsrand. Er steigt darüber, packt mich an der Taille und hebt mich auf den Steg, dann stellt er mich vor sich auf die Füße. So nah, dass ich einmal mehr erkenne, wie groß er ist.

»Du musst mich wirklich nicht bis zu meinem Wagen bringen.«

»Ich möchte aber.« Mit einer Hand auf meinem unteren Rücken begleitet er mich den Steg hinunter. Ich versuche, die Wärme seiner Berührung zu ignorieren, die sich förmlich durch meinen Mantel brennt, doch mein Körper saugt sie begierig in sich auf. Als wir mein Auto erreichen, öffnet Austin die Tür für mich. Wie betäubt beobachte ich, wie sich sein Gesicht meinem nähert, dann streift er mit den Lippen über meine Wange. »Komm sicher nach Hause.«

»Gute Nacht, Austin«, flüstere ich, steige ein und starte den Motor. Ich verlasse den Parkplatz so schnell wie möglich, bevor ich etwas Dummes tun kann, wie zurückzufahren und ihn zu bitten, mich zu küssen.

Als ich daheim ankomme, ist es im Haus bereits dunkel. Ich ziehe mich in meinem Schlafzimmer bis auf die Unterwäsche aus und lege mich ins Bett, wo ich zur Abwechslung nicht über alles grüble, was in meinem Leben schiefgelaufen ist. Stattdessen denke ich an Austin.

5. Kapitel

Lea

»Bist du okay?«

Ich sehe von meinem Kindle hoch und entdecke Mom im Wohnzimmerdurchgang. Sie mustert mich auf seltsame Weise. »Klar, und du?«, entgegne ich und lege den Kindle zur Seite.

»Du hast dich nicht wieder mit Austin getroffen«, merkt sie an und nimmt neben mir Platz.

»Habe ich nicht. Keine Ahnung, ob ich das noch mal werde. Wir haben beschlossen, Freunde zu sein, Mom. Nach allem, was zwischen uns vorgefallen ist, klingt selbst eine Freundschaft weit hergeholt.«

Mittlerweile sind zwei Wochen vergangen und seit unserem gemeinsamen Abendessen habe ich Austin weder gesehen noch von ihm gehört. Rhonda zufolge arbeitet er, was mir ehrlich gesagt lieber ist. Es ist besser so, ich darf nicht in Erinnerungen schwelgen, sondern muss nach vorn schauen. Im Hier und Jetzt leben und mich auf morgen vorbereiten. Da ich nun weiß, dass er mir nicht mehr böse ist, kann ich das tun. Mehr habe ich mir nie erhofft.

»Ich dachte nur ...«

»Mom«, unterbreche ich sie und ziehe sie in eine Umarmung. »Ich hab dich lieb, aber Austin und ich kommen nicht wieder zusammen. Er hat eine Freundin, mit der er in naher Zukunft zusammenzieht.«

»Wie bitte?«, flüstert sie und klingt ehrlich überrascht.

»Ich freue mich für ihn. Er ist ein guter Mann, der es verdient, glücklich zu sein. Das tun wir beide«, erkläre ich und meine es auch so. Ein bisschen Eifersucht empfinde ich dennoch, aber das ist normal. Das ist es doch, oder?

»Okay.«

»Okay«, wiederhole ich und lehne mich an ihre Schulter. »Was hast du heute vor?«

»Ich habe um drei einen Arzttermin.«

»Davon höre ich zum ersten Mal.« Ich spähe zur Uhr an der Wand, es ist schon zwei.

»Es ist nur zur Kontrolle.«

»Ich begleite dich trotzdem«, bestimme ich. Mom ist stur und obwohl sie krank ist, macht sie an den meisten Tagen, wonach ihr der Sinn steht. Mehr als nur einmal haben wir darüber gestritten, ob sie mit dem Auto fahren darf. In meiner Vorstellung spielt sich immer wieder das Szenario eines möglichen Unfalls ab, bei dem sie einen anderen oder sich selbst verletzt. Daher gebe ich lieber den Chauffeur für sie.

»Ich muss erst noch einen Anruf erledigen, dann können wir los«, erklärt sie und erhebt sich von der Couch. Während sie in Richtung ihres Schlafzimmers verschwindet, gehe ich in mein Zimmer, um nach einem Paar Leggings und einem Sweater zu suchen. Als ich fündig werde, ziehe ich beides an und schlüpfe in meine Stiefel, dann trage ich etwas Mascara und Lipgloss auf. Mit meiner Tasche trete ich in den Flur hinaus und höre Mom in der Küche telefonieren, als ich mich zu ihr geselle, beendet sie gerade ihren Anruf.

»Fertig?«, fragt sie, steckt das Handy in ihre Tasche und öffnet die Hintertür.

»Jepp.« Die Fahrt ins Krankenhaus dauert nur wenige Minuten. Gleich nach der Anmeldung bei der Rezeption werden wir in einen Behandlungsraum geschickt. Bald darauf geht die Tür auf und ein Arzt kommt herein.

»Josie«, grüßt er, während er eine Krankenakte in seiner Hand überfliegt, wodurch ich sein Gesicht nicht erkennen kann. Er ist groß mit breiten Schultern und schmalen Hüften. Sein kurzes Haar ist etwas zerzaust und seine Haut gebräunt. Als er den Kopf hebt, treffen sich unsere Blicke. Er sieht gut aus, kein Vergleich zu Austin, dennoch attraktiv.

»Sie sind nicht Josie.« Mit zusammengezogenen Brauen schaut er zurück auf sein Klemmbrett, was mich zum Lächeln bringt.

»Josie ist meine Mom.«

»Dr. Rubin«, ruft Mom von ihrem Stuhl in der Nähe der Tür. »Das ist meine Tochter Lea.«

»Lea«, wiederholt er und schaut zwischen uns hin und her.

»Freut mich, Sie kennenzulernen.« Ich strecke die Hand aus, und er nimmt sie in seine. Mir fällt auf, dass seine Haut glatt und weich ist, ganz anders als die Rauheit von Austins Fingern. *Verdammt, denk gefälligst nicht an ihn!*

»Ebenso. Ihre Mom hat mir erzählt, dass Sie in die Stadt ziehen.«

»Hat sie das?« Ich blicke zu Mom und hebe eine Braue.

»Dr. Rubin kommt aus Seattle, er lebt noch nicht lange in Cordova. Ich habe ihm geraten, mal vor die Tür zu gehen und die Gegend zu erkunden, anstatt sich den ganzen Tag im Krankenhaus zu verkriechen.«

»Wie Sie sehen, ist meine Mom sehr hilfsbereit.«

»Ja, das habe ich bemerkt.« Er gibt einen amüsierten Laut von sich und zeigt auf sie. »Kommen Sie zu mir, Josie, Sie kennen den Ablauf ja.« Mom erhebt sich von ihrem Stuhl, kommt zu uns an die Behandlungsliege und legt sich darauf. »Wie fühlen Sie sich in letzter Zeit?«, fragt Dr. Rubens und hebt ihr Shirt an, um ihren Bauch abzutasten.

»Okay. Müde und mir fehlt etwas der Appetit, aber sonst geht es mir gut.«

»Welche Lebensmittel können Sie denn bei sich behalten?«

»Beinahe alles, was ich esse.«

»Sie hat öfters getrunken«, klinke ich mich in ihr Gespräch ein, woraufhin mich Mom aus schmalen Augen ansieht. »Was? Das hast du getan. Ich halte es nicht für schlau.«

»Wie oft haben Sie denn Alkohol zu sich genommen?«, fragt Dr. Rubens in ernsterem Ton.

»Nicht oft, ein Glas Bourbon hier und da«, schwindelt sie.

»Mom«, sage ich fest.

»Also schön, ein Glas Bourbon abends vorm Schlafengehen.«

Seine Miene wird sanfter. »Darf ich fragen, warum Sie trinken?«

»Es hilft mir beim Einschlafen«, murmelt sie und weicht meinem Blick aus, als wolle sie nicht, dass ich noch mehr davon mitbekomme.

»Hm«, macht er und tastet noch einmal ihren Bauch ab. »Was ist mit Ihren Schmerzen? Wo liegen wir da auf einer Skala von eins bis zehn?«

»Größtenteils bei sieben oder so um den Dreh«, gesteht sie, und ich beiße mir auf die Lippe. Sie hat nie etwas von Schmerzen erwähnt, und ich fühle mich schuldig, weil ich sie nicht selbst danach gefragt habe. Um ehrlich zu sein, vergesse ich die meiste Zeit, dass sie überhaupt krank ist, denn sie verhält sich noch genauso wie zuvor.

»Nehmen Sie die Medikamente, die ich Ihnen beim letzten Mal verschrieben habe?«

»Nein. Sie machen mich müde ... oder *müder*, als ich es ohnehin schon bin.«

»Mom ...«

»Ich will meine Tage nicht verschlafen.« Sie tätschelt mir die Hand, die nahe ihrer Hüfte ruht, und ich umschließe ihre Finger mit meinen.

»Ich hasse, dass du Schmerzen hast«, sage ich, streiche über ihre Haut, die sich dünn anfühlt, und bemerke, wie zerbrechlich meine Mutter ist.

»Ich würde Sie gern mit einem meiner Kollegen bekannt machen, der auf Schmerztherapie und Palliativpflege spezialisiert ist.«

»Denken Sie, dass es schon an der Zeit dafür ist?«

»Ja«, meint er leise und zieht Moms Shirt wieder über ihren Bauch.

»Wie lange noch?«

»Josie, Sie wissen, dass ich Ihnen das nicht mit

Sicherheit sagen kann.«

»Dann schätzen Sie, um Himmels Willen. Wie hoch stehen meine besten Chancen?«

Er sieht zu mir, dann wieder zu Mom. »Ein Monat, vielleicht zwei.«

»Warten Sie ... ein oder zwei Monate, bis ...? Was passiert dann?« Selbst in meinen Ohren klingt meine Stimme hysterisch, aber ich kann die aufsteigende Panik in meinem Innern nicht kontrollieren. Ich fühle mich, als würde mir jemand den Boden unter den Füßen wegziehen.

Mom wendet ihren Blick zu mir und ihre Miene wird sanfter. »Schatz ...«

»Nein.« Ich schüttle den Kopf und spüre, wie Tränen in meine Augen steigen. »Du hast von ein paar Monaten gesprochen, nicht von einem oder zwei. Was ist mit einer Chemotherapie?«

»In diesem Stadium ist eine solche Behandlung wenig erfolgversprechend«, antwortet Dr. Rubin ruhig, sieht jedoch ebenso traurig aus, wie ich mich fühle.

»Also war es das?« Ich presse die Lippen aufeinander und starre an die Decke, um die Tränen zurückzuhalten, die überzuquellen drohen.

»Wir werden alles in unserer Macht Stehende tun, um es Ihrer Mutter so angenehm wie möglich zu machen.«

»Das tun sie aber nicht, sie hat Schmerzen«, erwidere ich aufgebracht.

»Mir geht es gut«, wirft Mom ein und ich funkle sie an.

»Du stirbst, wie kann es dir da gutgehen? Warum siehst du das nicht ein?«

»Noch atme ich.« Womit sie recht hat. Sie atmet, während ich um jeden Atemzug kämpfen muss. Ich weiß, dass sie stirbt und ich dieser Wahrheit ins Auge sehen muss. Doch zu hören, wie wenig Zeit ihr noch bleibt, ist einfach zu viel. Es bringt mich fast um.

»Ich bin nicht bereit. Ich brauche dich hier bei mir«, schluchze ich, während mir heiße Tränen über die Wangen laufen. »Es ist nicht fair«, wispere ich und schließe die Augen, als Mom die Arme um mich schlingt.

»Ich weiß, dass es das nicht ist, Schatz.«

Ich bringe etwas Abstand zwischen uns, um meine Stirn an ihre zu lehnen, wie ich es als kleines Mädchen getan habe. »Nimm wenigstens die Tabletten. Ich möchte nicht, dass du Schmerzen hast«, flüstere ich.

»Das tue ich, wenn sie unerträglich werden.«

»Sie sind bereits auf einer sieben, Mom.«

»Das ist zum Aushalten.«

»Du bist so stur.«

»Und du hast mich lieb.« Sie schenkt mir ein Lächeln und ich kann nicht anders, als es zu erwidern, muss dabei jedoch schniefen. »Dr. Rubin«, sagt sie, weicht etwas von mir zurück und schaut ihn an. »Haben Sie schon Pläne für heute Abend?«

»Habe ich nicht«, antwortet er und bedenkt sie mit einem sanften Blick.

»Tja, jetzt schon.«

»Ist das so?« Seine Mundwinkel heben sich und ich verspanne mich.

»Dinner heute Abend. Morgen können Sie mich dann mit Ihren Tabletten in einen Zombie verwandeln.«

»Mom«, warne ich.

»Shh«, bringt sie mich zum Schweigen und Dr. Rubin fängt zu lachen an.

»Am üblichen Treffpunkt?«, wendet er sich an sie, und ich runzle die Stirn. Mom hat ihren Arzt nie erwähnt, obwohl sie ihn gut genug kennt, um einen *üblichen Treffpunkt* mit ihm zu haben. Es scheint einiges zu geben, was sie mir nie erzählt hat. Der Gedanke beschert mir ein mulmiges Gefühl, weil mir Austins Kommentar von neulich wieder in den Sinn kommt.

»Jepp, wie wäre es um sechs?«, schlägt sie vor.

»Das gibt mir genug Zeit, hier fertig zu machen. Ich hole euch Ladys ab.«

»Perfekt. Morgen besprechen wir dann den weiteren Verlauf mit Rhonda«, beschließt Mom und unterhält sich noch ein paar Minuten mit Dr. Rubin, bevor sie und ich das Krankenhaus verlassen.

Sobald wir im Auto sitzen, konfrontiere ich sie. »Dir ist klar, dass zwischen mir und Dr. Rubin nichts laufen wird, ja?«

»Natürlich«, sagt sie, doch bei dem Funkeln in ihren Augen schwant mir Übles.

»Ich meine es ernst, Mom.«

»Das ist mir bewusst, Schatz.«

»Gut«, murmle ich und starte den Motor. Während der Fahrt nach Hause versuche ich, mir eine passende Ausrede einfallen zu lassen, um mich aus diesem Treffen heute rauszuwinden. Erfolglos.

»Bist du soweit?«, frage ich, als ich Moms Zimmer betrete, wo sie auf dem Bett liegt.

»Ich habe Kopfschmerzen.«

»Wie schlimm ist es?«, hake ich nach und trete an ihre Seite.

»Nicht allzu schlimm. Migräne, vermute ich.«

»Hast du etwas dagegen genommen?«

»Ja, eine meiner Tabletten. Ich warte nur darauf, dass die Wirkung einsetzt.« Seufzend bedeckt sie die Augen. Ich gehe zum Lichtschalter und knipse die Deckenleuchte aus, sodass nur noch über die Tür das Licht im Flur zu uns hereindringt.

»Wo ist dein Handy? Ich rufe Dr. Rubin an und sage ab«, erkläre ich und suche in den spärlichen Lichtverhältnissen nach Moms Mobiltelefon

»Oh nein, geht ihr zwei ohne mich«, murmelt sie. Ich weiß genau, was sie da ausheckt.

»Mom, ich treffe mich nicht ohne dich mit ihm.«

»Er kennt niemanden in der Stadt, Schatz. Tu es für mich.«

Ich atme tief ein, um mich davon abzuhalten, dem Krebs zuvorzukommen und meine Mutter mit ihrem Kopfkissen zu ersticken. »Mom«, sage ich fest. Sie dreht sich auf die Seite und nuschelt undeutlich vor sich hin. Also setze ich meine Suche nach ihrem Telefon fort, diesmal etwas dringlicher. Zu spät, schon klingelt es an der Tür. »Ich werde dich umbringen.«

»Hab Spaß, Schatz.«

»Sei froh, dass du im Sterben liegst.« Ich gehe in den Flur hinaus, begleitet von ihrem Lachen. »Das habe ich gehört«, rufe ich ihr über meine Schulter hinweg zu, während ich den Eingang ansteuere.

»Hey«, grüße ich, als ich Dr. Rubin die Tür öffne.

»Hi.« Er lächelt sanft, wirkt aber etwas unsicher, als wüsste er nicht, was er sagen soll.

»Mom hat Migräne«, erkläre ich und versuche, nicht allzu genervt zu klingen.

»Wirklich?« Sorge tritt auf seine Züge. »Darf ich reinkommen und sie mir einen Moment ansehen?«

»Natürlich.« Ich mache einen Schritt zurück und führe ihn zu ihrem Zimmer. »Mom, Dr. Rubin ist hier.«

»Sind Sie okay, Josie?«

»Ich habe bloß Kopfschmerzen, nichts Ernstes. Ich sagte Lea bereits, dass ihr zwei ohne mich gehen sollt«.

»Haben Sie etwas eingenommen?«, will er wissen, als er neben dem Bett zum Stehen kommt. Ich folge ihm und schalte die Nachttischlampe für ihn an.

»Ja, eine der Pillen gegen Migräne, die Sie mir verschrieben haben«, erklärt sie mit leiser Stimme und klingt eine Million Mal schwächer, als noch vor ein paar Minuten, als ich nach ihr gesehen habe.

»Sie sollte bald wirken«, erwidert Dr. Rubin.

»Ich sollte dich in diesem Zustand nicht allein lassen, Mom.«

»Oh, hör auf. Geht ihr beiden nur. Ich werde einfach darauf warten, dass die Tablette wirkt. Es gibt nichts, was du für mich tun kannst.«

»Sie sollte schlafen«, befindet Dr. Rubin.

Ich will ihm schon sagen, dass meine Mutter eine schwindelnde Kupplerin ist, halte mich aber zurück. Er würde mich für verrückt halten. Also nicke ich und schalte das Licht aus.

»Hab dich lieb, Mom.«

»Ich dich auch, Schatz. Und Sie passen mir auf mein

Mädchen auf, Doktor.«

»Klar.« Er gibt einen belustigten Laut von sich. Ob er ahnt, was Mom im Schilde führt?

»Wir können das Abendessen gern verschieben«, informiere ich ihn, als wir im Eingangsbereich Halt machen. Hoffentlich hat er Erbarmen mit mir.

»Nicht nötig, es stört mich nicht.« Er zuckt mit den Schultern und hält mir die Tür auf.

Okay, das war ein Fehlschlag. Ich schnappe mir meine Tasche und folge ihm zu seinem Auto. Er umrundet den Wagen, während ich auf der Beifahrerseite einsteige. Dass er mir dabei nicht behilflich war, nervt mich ein wenig, dann rufe ich mir in Erinnerung, dass er nicht mein Date ist. Sobald wir auf dem Weg in die Stadt sind, versuche ich, mir ein Gesprächsthema einfallen zu lassen, aber mein Kopf ist wie leergefegt. Zum Glück dauert die Fahrt nicht lange, sodass wir bald vor einer der Bars auf der Main Street zum Stehen kommen.

»Sie haben doch nichts gegen Baressen?«

»Gar nicht.« Lächelnd steige ich aus und folge ihm in das Lokal. Drinnen erfüllt das Gemurmel der Gäste die Luft, und ich gebe mein Bestes, mich nicht nach bekannten Gesichtern umzuschauen. An einem Freitagabend ist die Bar rappelvoll, dennoch finden wir einen kleinen Tisch in der hinteren Ecke. Sobald wir uns gesetzt haben, nehme ich eine Speisekarte aus dem Halter in der Tischmitte und inspiziere sie, nur um die vielen ungemütlichen Blicke zu vermeiden, die ich auf mich ziehe. Ich weiß, meine Rückkehr hat sich herumgesprochen, aber größtenteils verbringe ich meine Tage zu Hause, daher hatte ich noch mit kaum jemandem hier Kontakt. Jetzt mustern mich die Anwesenden, als würden sie befürchten, ich hätte Lepra.

»Wissen Sie, was Sie essen möchten?«, erkundigt sich Dr. Rubin.

»Einen Baconburger und Pommes«, antworte ich.

»Klingt gut. Ich gehe nach vorn und bestelle für uns. Was möchten Sie denn trinken?«

»Ein Corona, bitte.« Ich versuche mich an einem Lächeln, bis er sich mit einem Nicken erhebt und sich zur Bar aufmacht. Ein paar Minuten später kehrt er mit zwei Bierflaschen zurück, beide Alaskan Amber, das ich hasse. Ich nehme es wortlos entgegen und leere die halbe Flasche.

»Also, Dr. Rubin ...«

»Keith.« Er lächelt und nimmt einen Schluck Bier.

»Okay, Keith. Was hat dich dazu gebracht, nach Cordova zu ziehen?«

»Ich bin nicht sicher. Da war eine Arztstelle in Alaska frei und ich dachte, warum nicht? Solange ich weder Frau noch Kinder habe, um die ich mich sorgen muss, kann ich mir das Leben hier mal ansehen und herausfinden, wie es mir gefällt. Was ist mit dir? Hast du vor, in der Gegend zu bleiben?«

»Ich weiß es noch nicht«, erwidere ich, als sich plötzlich die feinen Härchen in meinem Nacken aufrichten. Ich schaue zur Tür, durch die gerade Austin zusammen mit Ben und Rhonda hereinkommt. Rhonda entdeckt mich und winkt mir zu, worauf auch Austins Aufmerksamkeit in meine Richtung gelenkt wird. Sofort drücke ich den Rücken durch. Als sich unsere Blicke treffen, spüre ich, wie eine Welle durch mich hindurchschwappt. Er bemerkt Keith und sein Gesichtsausdruck verändert sich, aber ich kann die Emotion darauf nicht deuten. Vielleicht ist es so besser.

»Möchtest du, dass sie sich zu uns setzen?«, fragt Keith und ich schaue ruckartig zu ihm.

»Ich bin sicher, sie besorgen sich einen eigenen Tisch«, erkläre ich und versuche mich an einem Lächeln, woran ich kläglich scheitere.

»Wir haben genug Platz«, befindet er und rutscht näher zu mir.

»Hey, Lea. Hi, Dr. Rubin«, grüßt Rhonda, zieht ihren Mantel aus und hängt ihn über die Lehne eines der zwei leeren Stühle an unserem Tisch. »Ist es okay, wenn wir uns zu euch gesellen? Es ist ziemlich voll hier.«

Ich schaue von ihr zu Ben, dann zu Austin, der beide Hände an seinen Seiten zu Fäusten ballt. Mein Puls schießt in die Höhe. Das ist eine ganz blöde Idee. »Sicher«, sage ich so freundlich wie möglich, woraufhin Rhonda Platz nimmt. Auf einem Stuhl, nicht auf der Bank neben mir. Ben tut es ihr gleich, was Austin dazu zwingt, sich neben mich zu setzen. »Keith, das sind Austin und Ben. Rhonda kennst du ja bereits.« Ben gibt ein *Hey* von sich, Rhonda lächelt zur Begrüßung, Austin hebt das Kinn in Keiths Richtung und brummt.

»Ich habe schon den ganzen Tag Lust auf einen extra großen Hamburger, also habe ich die Jungs zusammengetrommelt, um mit ihnen Essen zu gehen«, berichtet Rhonda.

»Wir haben gerade bestellt«, sagt Keith, was Austin mit einem weiteren Brummen zur Kenntnis nimmt, dann legt er den Arm hinter mir auf die Rückenlehne. Ich will mich nach vorn beugen, um Abstand zwischen uns zu bringen, doch er lässt die Hand in mein Haar wandern und hält mich zurück.

»Woher kennt ihr euch?«, wendet sich Ben an Keith und mich. Unbehagen überkommt mich.

»Mom ist bei Keith in Behandlung«, erkläre ich, was Austin auf seine typische Art quittiert. »Sie sollte uns begleiten, bekam aber Kopfschmerzen.«

»Ist sie okay?«, fragt Rhonda, doch es liegt keine Sorge in ihrer Stimme, was mich verwundert.

»Sie ist in Ordnung«, murmle ich und inspiziere das Etikett meiner Bierflasche, als wäre irgendetwas interessant daran.

»Weißt du schon, was du willst, Wolf?«, will Ben wissen, nimmt den Arm von Rhondas Schultern und steht auf.

»Das Übliche«, erwidert Austin, woraufhin Ben den Kopf neigt, um Rhonda anzusehen.

»Was möchtest du trinken, Babe?«

»Einen Virgin Daiquiri.« Sie lächelt und Belustigung tritt auf seine Züge, ehe er sich bückt und ihr einen Kuss gibt, dann macht er sich auf zur Bar.

»Ich verschwinde mal kurz zur Toilette«, sage ich und bete darum, dass Austin meine Haare loslässt, damit ich aufstehen kann, ohne ein Schleudertrauma zu erleiden. Sobald ich mich erhebe, werde ich mir eines weiteren Dilemmas bewusst. Austin sitzt auf meiner einen Seite, Keith auf der anderen. Ich bin zwischen ihnen gefangen. »Entschuldige bitte«, wende ich mich an Austin und rutsche vor ihm vorbei. Dabei stolpere ich über meine eigenen Füße und lande mit einem überraschten Keuchen auf seinem Schoß. Er schlingt die Arme um mich und sein

Bart kitzelt mich am Hals, als er an meiner Haut scharf einatmet. Ein Ziehen geht durch meinen Körper und endet zwischen meinen Beinen.

»S-sorry«, stammle ich, und sein Griff um mich verstärkt sich, bevor er mir wieder auf die Beine hilft. »Danke«, murmle ich, ohne ihn anzusehen, dann eile ich zur Toilette und verriegle die Tür hinter mir. Ich trete zum Waschbecken, um die Hände unter das kühle Wasser zu halten.

»Lea«, höre ich Rhondas gedämpfte Stimme. Offenbar ist sie mir gefolgt. Ich schließe auf und lasse sie herein. »Bist du okay?«

»Jepp.« Ich beiße mir auf die Lippe und sie verengt die Augen.

»Willst du darüber reden?«

»Austin ist hier«, platzt es aus mir heraus und ich bedecke das Gesicht mit den Händen. Als Rhonda zu lachen beginnt, sehe ich sie an. »Was ist so lustig?«

»Das waren auch Austins Worte, als er dich hier mit Keith erblickt hat. Eigentlich war es mehr ein Knurren.«

»Ich bin nicht *mit* Keith hier.« Sie hebt eine Braue. »Nicht auf diese Weise. Moms Kopfschmerzen sind eine faule Ausrede.«

»Das weiß Austin nicht.«

»Kann er sich das nicht denken? Ich habe es euch außerdem vorhin erklärt.«

»Okay, dann *wusste* er es nicht, bis wir an euren Tisch kamen. Nichtsdestotrotz hat er dich mit einem anderen Mann gesehen und die Fassung verloren.«

»Hat er nicht«, entgegne ich leise.

»Lea, mach endlich die Augen auf.«

»Er hat mir ins Gesicht gesagt, dass er mich hasst. Auch wenn er beteuert, es nicht so gemeint zu haben und seither nett zu mir ist ... Ich kann den Ausdruck in seinen Augen einfach nicht vergessen, als er mir diese Worte an den Kopf geworfen hat.«

»Mittlerweile habt ihr mehrmals geredet und einmal sogar zusammen gegessen.«

»Er spricht schon eine Weile nicht mehr mit mir«, versuche ich es erneut, weil ich mich nicht der Hoffnung hingeben will, dass Rhonda womöglich recht hat.

»Ich glaube, er versucht, seine Gedanken zu ordnen.«

»Er hat eine Freundin«, erinnere ich sie und diese Wahrheit trifft mich wie ein Schlag.

»Wen? Etwa Anna?« Sie lacht und winkt ab.

»Sie ziehen zusammen.« Ich schnaube, woraufhin sie etwas murmelt, das ich nicht verstehe, dann ergreift sie meine Hand.

»Ein paar Tage vor der Babyparty hat Anna mir erzählt, dass er sich nicht mehr mit ihr treffen will.«

»Wie bitte?«, entfährt es mir und ich löse mich aus ihrem Griff.

»Ich behaupte nicht, dass du der Grund dafür bist. Doch so ist es.«

»Oh Gott.« Ich reiße die Augen auf und mir rutscht das Herz in die Kniekehlen.

»Lea, es ist okay. Habe ich dir nicht gesagt, dass die Sache zwischen ihnen nicht so ernst ist, wie Anna dich glauben lassen wollte?«

Das hat sie, dennoch fühle ich mich für ihre Trennung verantwortlich. Wäre ich nicht in die Stadt zurückgekommen, wären die zwei vielleicht noch zusammen.

»Lass den Dingen einfach ihren Lauf«, rät mir Rhonda mit heiterer Stimme.

»Den Dingen ihren Lauf lassen?« Ich schüttle den Kopf.

»Genau. Was immer passiert, war auch so geplant. Lehn dich zurück und genieß die Fahrt.«

»Bist du betrunken?«

»Schön wär's.« Sie grinst, dann entsperrt sie die Tür. »Jetzt lass uns zurückgehen. Ich bin am Verhungern.«

Am Tisch unterhalten sich die Männer angeregt, während sie auf den Fernseher starren, der in einer Ecke hängt. Erneut überlege ich, auf welche Weise ich auf meinen Platz gelangen soll. Wie peinlich wäre es, wenn ich den Weg unter dem Tisch hindurch wähle? Mein Blick wandert zu Austin, der mich bereits betrachtet. Ich schwöre, den Anflug eines Grinsens auf seinen Lippen zu erkennen, bevor ich mich noch mal dazu genötigt sehe, mich vor ihm vorbeizuzwängen. *Bitte lass mich nicht noch mal auf seinen Schoß taumeln.* Austins Hände umfassen meine Hüften und er hilft mir, das Gleichgewicht zu halten, bis ich mich auf meinen Platz fallen lasse. »Danke«, flüstere ich, und als ich Rhonda vom anderen Ende des Tisches aus lachen höre, funkle ich sie finster an.

»Bist du okay?«, erkundigt sich Keith leise und ich wende mich ihm zu.

»Alles gut.« Trotz eines leichten Ziehens an meinen Haaren, schaffe ich es, mir ein Lächeln abzuringen. Eine Kunst, die ich mittlerweile perfektioniert habe.

»Hast du morgen etwas vor?«, fragt er.

Oh Gott, das war's. Sobald ich zu Hause bin, hat Moms letztes Stündchen geschlagen. »Ich ...«

»Ja, mit mir«, fällt Austin mir ins Wort und mein Blick schnellt zu ihm. »Sorry, Mann.« Er beugt sich nach vorne, stützt die Ellenbogen auf den Tisch und schaut von Keith zu mir. »Ich habe Larry angerufen und wir sehen uns morgen seine Bürofläche an.«

»Wie bitte?«, flüstere ich atemlos. Keine Ahnung, was sich da gerade vor meinen Augen abspielt.

Er zuckt mit den Schultern und nimmt einen Schluck Bier. »Ich dachte mir, es könnte nicht schaden, sich dort mal umzuschauen.«

»Ich ...« Mein Blick fällt in die Runde; alle mustern mich interessiert und Keith wirkt etwas enttäuscht, aber nicht sehr. »Tut mir leid«, sage ich zu ihm, doch er winkt ab.

»Schon okay. Der Lachs schwimmt uns ja nicht weg. Ich nehme dich einfach ein anderes Mal zum Fischen mit.«

»Stimmt«, erwidere ich und spüre ein weiteres Ziehen an meinen Haaren. Ich ignoriere auch dieses.

Zum Glück schlägt der Rest des Abendessens eine angenehmere Richtung ein. Das leise Geplänkel und Gelächter gibt mir das Gefühl, als wäre ich genau dort, wo ich hingehöre.

6. Kapitel

Lea

Ich begleite Rhonda zu ihrem Truck und umarme sie fest. Wir haben gerade Moms Pflegeplan zusammengestellt. Zu wissen, was im weiteren Verlauf ihrer Krankheit geschehen wird, stimmt mich zwar traurig, aber ich bin froh, dass wir nun vorbereitet sind.

»Wenn du irgendetwas brauchst, ruf mich an.«

»Mache ich.« Ich lächle und wische mir über die Augen.

»Auch wenn du nur mit jemandem darüber reden möchtest, wie heiß Austin ist.« Bei ihren Worten beginnt etwas, das sich sehr nach Schmetterlingen anfühlt, in meinem Bauch zu flattern.

Gestern Abend nach dem Essen hat Austin mich zu Keiths Auto gebracht. Erneut streifte er mit den Lippen über meine Wange und weckte in mir das Verlangen nach mehr. Er öffnete mir die Tür und schloss sie erst, als ich angeschnallt war. Ich weiß nicht, was sein Verhalten zu bedeuten hat, aber ich versuche, Rhondas Rat zu befolgen und den Dingen ihren Lauf zu lassen.

»Danke. Nicht nur dafür, dass du dich um meine Mom kümmerst, sondern auch für deine Freundschaft.«

»Ich bin gern für dich da. Als ich wieder nach Hause

gezogen bin, waren die Umstände schwierig und ich hatte leider keine Freundin hier.«

Ich mustere sie für einen Moment. »Wenn du mal mit mir darüber sprechen willst, würde ich gern mehr hören.«

»Es ist bloß eine dieser Geschichten über einen Exfreund und viel unnötiges Drama.«

»Und über Ben«, füge ich leise hinzu und der Ausdruck in ihren Augen verändert sich. Sie legt die Hand auf ihren Bauch.

»Und über Ben. Mit ihm hatte ich nicht gerechnet.«

»Manchmal ist das Leben verrückt.«

»So ist es.« Ihr Lächeln wird breiter. »Ich sollte besser los. Einen Stopp muss ich noch einlegen, bevor ich nach Hause fahren kann. Melde dich, wenn du etwas brauchst, egal was.«

»Mache ich.« Ich trete zurück, damit sie in ihren Truck steigen kann, und winke ihr nach. Als ich zurück im Haus angelangt bin, sitzt Mom mit einem Notizblock am Küchentisch, den sie schließt. Vielleicht möchte sie nicht, dass ich sehe, was sie schreibt.

»Austin wird bald da sein«, erinnere ich sie und schenke mir einen weiteren Becher Kaffee ein.

»Ich werde nicht mitkommen.«

»Mom.« Ich seufze.

»Ihr beide geht allein, und wenn du zurückkommst, kannst du mir alles erzählen.«

»Ich möchte dich nicht allein lassen.«

»Ich weiß. Es wird eine Zeit kommen, in der du in meiner Nähe bleiben musst, aber noch nicht.«

»Bist du sicher?«, hake ich nach, woraufhin sie das Gesicht auf eine Weise verzieht, dass ich lachen muss.

»Schön. Soll ich dir etwas aus der Stadt mitbringe?«

»Nein«, murmelt sie und schaut zur Tür. Ich höre, wie ein Auto vorfährt. Mom lächelt mich an. »Er ist da.«

Schon spielen die Schmetterlinge in meinem Bauch verrückt. »Wir sehen uns in ungefähr einer Stunde.« Ich beuge mich runter und küsse sie auf die Wange. »Ruf an, wenn ich früher heimkommen soll.«

»Das wird nicht passieren«, erwidert sie, reicht mir meine Tasche und schiebt mich Richtung Tür. Als ich die Veranda betrete, ist Austin bereits auf halbem Weg zum Haus. Ich gehe ihm entgegen, und als ich nah genug bin, bückt er sich und lässt seine Lippen wie sonst auch über meine Wange streifen. Ich liebe und hasse das gleichermaßen. Wie gern würde ich den Kopf neigen, um seinen Mund auf meinem zu spüren, aber aus Angst begnüge ich mich damit, leicht seinen Arm zu drücken.

»Bereit?«, fragt er.

»Jepp«, antworte ich. Er führt mich zu seinem Truck und ist mir beim Einsteigen behilflich, bevor er sich hinter das Lenkrad setzt.

»Wie geht es deiner Mom?«, will er wissen und durchbricht damit die Stille.

»Das kann ich nicht sagen.« Ich streiche eine lose Haarsträhne hinter mein Ohr. »Sie ist so ziemlich wie immer, nur dass sie etwas weniger Energie hat. Wüsste ich nicht, dass sie krank ist, würde ich glauben, dass alles nur ein böser Traum war. Erst gestern habe ich von ihren Schmerzen erfahren. Sie hat diese auf sieben eingestuft, was schlimm ist, dennoch hatte ich keine Ahnung. Sie benimmt sich, als wäre alles in Ordnung«, erzähle ich und atme tief ein. Ich hatte nicht vor, Austin mein Herz auszuschütten, aber es fühlt sich richtig an, mit ihm zu teilen, was vor sich geht.

»Es tut mir leid, Baby. Das ist nicht einfach für dich.« Er nimmt meine Hand in seine. Seine Worte und die Berührung legen sich schützend um mich und dringen zu einem Teil tief in mir durch.

»Ich wünschte, Mom wäre das erspart geblieben«, flüstere ich, und er drückt stumm meine Finger.

Ich möchte fragen, was zwischen ihm und ihr vorgefallen ist, aber ich glaube nicht, dass ich es im Moment kann. Als würde ich bereits ahnen, warum sie so abweisend zueinander sind.

Nach einer Weile bemerke ich, dass wir die Richtung zum Manderville-Anwesen eingeschlagen haben, und mein Herz beginnt, wie wild zu klopfen. Als wir rechts auf eine unbefestigte Straße einbiegen, beruhigt es sich wieder. Sie führt uns näher ans Wasser, wo sich drei kleine Gebäude nahtlos aneinanderreihen. Als der Truck zum Stehen kommt, beäuge ich die Gegend. Die Gebäude stehen auf einer Klippe, mit Aussicht auf die Meerenge und umringt von einem Wald. Ich weiß, das Manderville-Anwesen wird für mich immer ein Traum bleiben, aber hier ein Büro zu besitzen, kommt diesem sehr nahe.

»Wie viel verlangt er dafür?«

»Sechshunderttausend.«

»Wow.«

»Ich weiß. Larry und seine Frau haben ein bequemes Leben geführt. Sie musste nie arbeiten und konnte ihre drei Kinder versorgen, die alle in einem anderen Staat aufs College gegangen sind. Es ist viel Geld, aber in dieser Stadt gibt es mehr als genug Firmen und Leute, die nach einer Buchhalterin suchen.«

»Ich habe etwas Geld gespart«, erwähne ich und schaue wieder aus dem Fenster. Ich bin nicht sicher, was die Zukunft für mich bereithält, aber je mehr ich darüber nachdenke, desto lauter verlangt eine Stimme in mir, dass ich mich hier niederlasse und der Sache eine echte Chance gebe.

»Larry scheint drinnen auf uns zu warten.« Austin gibt meine Hand frei. So wenig mir aufgefallen war, dass er sie noch gehalten hatte, so deutlich spüre ich nun das Fehlen seiner Berührung. Sobald er aus dem Truck gestiegen ist, schnalle ich mich ab und öffne die Tür, um seinem Beispiel zu folgen. Doch meine Finger rutschen vom Griff ab und ich verliere das Gleichgewicht. Ein Schrei löst sich aus meiner Kehle, doch anstatt auf dem harten Boden lande ich in Austins starken Armen. Ich atme erleichtert auf.

»Danke«, murmle ich an seinem Hemd.

»Ich kann mich nicht daran erinnern, dass du früher so ungeschickt warst.«

Ich lege den Kopf in den Nacken, um ihn anzusehen. Er ist mir so nah, dass ich den braunen Sprenkel in seinem linken Auge erkenne, der aus dem Blau hervorsticht.

»War ich auch nicht ... das glaube ich zumindest«, erwidere ich und beiße mir auf die Lippe. Sein Blick fällt auf meinen Mund und ich verlagere unruhig das Gewicht von einem Bein auf das andere. Dabei unterdrücke ich den Drang, mich auf die Zehenspitzen zu stellen.

»Kommt ihr bald mal rein oder wollt ihr den ganzen Tag da draußen rumstehen?«

Ich schaue an Austin vorbei und entdecke einen älteren

Herrn in einem Flanellhemd und Jeans in der Tür zu dem Gebäude vor uns. Er betrachtet uns mit einem Lächeln auf dem Gesicht. Austin knurrt etwas Unverständliches, nimmt meine Hand und führt mich hinüber zum Eingang.

»Larry, das ist Lea. Lea, Larry«, stellt Austin uns einander vor und gibt meine Finger frei, um die Hand auf meinen unteren Rücken zu legen.

»Nett, Sie kennenzulernen«, sage ich lächelnd.

»Ebenso, Püppchen. Das mit deiner Mom tut mir leid.«

»Danke«, sage ich leise. Er nickt und tritt zur Seite, um uns reinzulassen.

Sobald ich das Innere sehe, weiß ich, dass das hier mein Büro ist. Der Platz ist ausreichend, nicht riesig, aber es gibt ein großes, deckenhohes Fenster mit Blick auf die Meerenge. Es ist nicht das Manderville-Anwesen, dennoch umwerfend schön. Ich gehe zum Fenster und schaue auf den Ozean hinaus, bevor ich mich grinsend einmal herumdrehe. Die Wände sind frisch gestrichen und eine offen stehende Tür führt vermutlich zu einer Toilette. Drei große Bücherregale befinden sich an einer Wand, zusammen mit zwei hohen Aktenschränken aus Metall.

»Die Regale und Schränke bleiben hier im Büro.«

»Verkaufen Sie nur oder vermieten Sie auch?«

»Verkaufen. Wir ziehen nach Florida. Meine müden Knochen halten keinen weiteren Winter in Alaska aus«, antwortet er.

»Haben Sie schon Angebote bekommen?«

»Es ist noch nicht mal am Markt. Ich bin erst vor ein paar Tagen mit dem Ausmalen fertiggeworden und am

Wochenende verlege ich neue Böden«, erzählt er und ich blicke auf den alten, zerschlissenen Teppich unter meinen Füßen hinunter. »Ich habe Linoleum besorgt; das Zeug ist feuchtebeständiger, was gerade im Winter und bei Regen nicht uninteressant ist.«

»Das ist gut. Wo liegen wir bei den Betriebskosten?«

»Im Winter bei ungefähr dreihundert im Monat, während der Sommermonate bei null.«

»Ist der Kaufpreis verhandelbar?«

»Was schwebt dir vor?« Er verschränkt die Arme vor der Brust und drückt die Schultern etwas nach hinten, also ahme ich seine Haltung nach.

»Fünfzigtausend weniger und Sie übernehmen die Kaufnebenkosten«, schlage ich vor. Larry schüttelt den Kopf und sieht kurz zu Austin.

»Wie bald können wir den Kauf abschließen?«, wendet er sich wieder an mich.

»Ich muss nur mit der Bank reden.«

»Wenn du den Kredit bekommst, steht der Deal, Püppchen.«

»Wirklich?«, frage ich vor Schock. Ich habe nicht damit gerechnet, dass er mein Angebot annimmt, ohne mir zumindest ein Gegenangebot zu machen.

»Wirklich.«

»Heiliger Bimbam!«, entfährt es mir und ich halte mir schnell den Mund zu, bevor mir ein echter Fluch rausrutschen kann. Larry lacht, und als ich zu Austin schaue, umspielt seine Lippen ein stolzes Lächeln, das ich noch von früher kenne. Sehr gut sogar. »Danke, Larry.« Ich reiche ihm die Hand und er zieht mich in eine Umarmung.

»Grüß deine Mom von mir.«

»Mache ich«, verspreche ich, als ich zurücktrete.

»Benimm dich«, wendet er sich an Austin und klopft ihm auf den Rücken. Sein zustimmendes Brummen entlockt Larry ein weiteres Lachen.

Als wir wieder zum Wagen gehen, fühle ich mich wie im Rausch. So sehr, dass mir erst auffällt, wo wir hinfahren, als wir um eine Kurve biegen und direkt vorm Manderville-Anwesen zum Stehen kommen. Als kleines Mädchen war ich mal mit Dad hier, als er den Besitzern Fisch für eine Party geliefert hatte. Ich erinnere mich daran, dass ich im ersten Moment dachte, es sei ein Schloss. Wenn ich mir die Villa jetzt so ansehe, lag ich nur knapp daneben. Die Wohnfläche muss mindestens vierhundertfünfzig Quadratmeter betragen. Das Haus steht zur Hälfte auf Stelzen, was heißt, dass es dort nach unten hin offen ist, um ein Boot oder ein Auto darunter zu parken, wenn man keine der Garagen benutzen will.

»Ich kann nicht fassen, dass du es wirklich gekauft hast.«

»Du hast mir mal von der Aussicht erzählt. Als es auf den Markt kam, musste ich selbst einen Blick darauf werfen.« Er fährt sich mit einer Hand durchs Haar und schaut aus dem Fenster. »Ich habe noch am selben Tag ein Angebot gemacht. Voller Preis. Ich war nicht auf der Suche nach einem Haus, aber ich wusste, ich durfte diese Chance nicht verstreichen lassen.«

»Ich freue mich für dich. Du verdienst ein gutes Leben«, erwidere ich leise. Ich spüre einen brennenden Schmerz in meiner Brust, und als Austin mich wieder ansieht, steht derselbe Schmerz in seinen Augen. Ich schlucke die aufsteigenden Tränen hinunter. Am liebsten würde ich ihn um Verzeihung bitten, doch indem ich die Vergangenheit heraufbeschwöre, könnte ich das bisschen Freundschaft zwischen uns zerstören. Außerdem habe ich Angst, dass er mir nicht vergeben wird, wenn ich mich entschuldige.

»Du auch, Lea.« Er öffnet die Tür, steigt aus, dann lehnt er sich mit dem Oberkörper zurück in den Wagen. »Willst du sehen, was ich daraus gemacht habe?«

»Absolut.«

»Steig auf dieser Seite raus, Babe«, weist er mich an. Anstatt nach dem Warum zu fragen, rutsche ich über den langen Sitz und lasse mir von ihm runterhelfen. Er umfasst meine Taille, zieht mich an sich und lässt mich an seinem Körper entlang zu Boden gleiten.

»Sie arbeiten gerade an der Küche.« Er führt mich ein paar Stufen hoch zu einer großen Veranda. Ich bleibe oben stehen und nehme die Aussicht in mich auf. Auch die in Larrys Büro ist umwerfend, aber diese hier raubt mir den Atem.

»Noch schöner als in meiner Erinnerung«, befinde ich, lehne mich an das Geländer vor mir und lasse die Sonne meine Haut wärmen, während der Geruch des Ozeans und die Geräusche der Vögel meine Sinne fluten.

»Und wie.« Ich schaue zu Austin und sein Blick liegt auf mir. Darin erkenne ich etwas, das anders ist als alles, was ich bisher gesehen habe, aber nicht weniger besonders. »Willst du eine Führung?«

Unfähig zu sprechen, nicke ich nur, bevor ich ihm durch eine Glasschiebetür ins Haus folge. Wir treten in eine offen gestaltete Küche, von der man beinahe das gesamte Erdgeschoss einsehen kann. Ein paar geschlossene Türen an den entfernten Wänden verbergen weitere Räume. Die Küchenschränke sind weiß gehalten und die Wände graublau gestrichen, wodurch der Fliesenspiegel mit seinen beigen, braunen und blauen Farbtönen gut zur Geltung kommt. Die Arbeitsflächen bestehen aus einem rustikal wirkenden Granit, der von langen Linien durchzogen ist. Eine breite Kücheninsel bildet eine optische Trennung zum Wohnzimmer. Sie ist groß genug, dass sechs Leute bequem daran Platz finden. Ich gehe um sie herum ins Wohnzimmer.

Die Fenster reichen bis hoch an die Decke und rahmen den einmaligen Ausblick ein. Der Ozean wirkt zum Greifen nah, so auch die großen Landstriche die beiderseits aus dem Wasser ragen. Diese Aussicht allein würde Käufer magisch anziehen. In meiner Vorstellung sehe ich ausladende Sofas mit übergroßen Zierkissen darauf, die sich um den Kamin reihen, der aus Steinen unterschiedlicher Form und Größe besteht. Als wäre sein Erbauer runter zum Wasser gegangen und hätte sie dort händisch eingesammelt. Ich wette, man könnte Stunden lesend vor diesem Kamin verbringen oder in eine weiche Decke gehüllt dasitzen, während man die Aussicht genießt.

»Die Schlafzimmer befinden sich oben«, sagt Austin, und ich löse den Blick von den Fenstern, um ihm eine Treppe in den oberen Stock zu folgen, die sich nahtlos in das Dekor einfügt.

Wie unten ist auch dieser Bereich offen gestaltet; die Galerie führt zu vier Türen, drei befinden sich auf der einen Seite, eine auf der anderen. Ich weiß sofort, dass hinter der einzelnen das Hauptschlafzimmer liegt. Der

Raum dahinter ist leer; zwei Fenster zeigen diesmal nicht die Meerenge, sondern die tiefer gelegene Stadt. Die Aussicht ist nicht so überwältigend wie im Wohnzimmer, aber verschafft einem ein unglaubliches Gefühl, als wäre man der Herrscher dieser Stadt. »Das Badezimmer ist eines meiner Lieblingsdinge am Haus«, gesteht Austin.

»Wirklich? Würde ich hier leben, würde ich meine Tage unten vor dem Kamin verbringen«, sage ich, ohne groß über meine Worte nachzudenken.

Er lächelt. »Nur, weil du die Wanne noch nicht gesehen hast«, murmelt er und öffnet die Tür zum Bad.

Ich komme aus dem Staunen gar nicht mehr raus. Die große Wanne steht auf einem Podest, ein paar Stufen führen hinauf und der Ausblick auf die Meerenge ist ergreifend. An der Wand daneben entdecke ich eine verglaste Dusche; von dort könnte man problemlos seinem Partner beim Baden zusehen.

»Okay, ich würde meine Zeit zwischen beiden Räumen aufteilen.« Ich gehe die drei Stufen hinauf, steige in die Wanne und mache es mir darin bequem.

»Dachte mir, dass dir das gefällt.« Austin lehnt grinsend am Türrahmen und ich erwidere sein Lächeln, auch wenn sich in mir etwas Wehmut regt. Das hier wird niemals mir gehören. Ich werde hier nie ein Bad nehmen, während Austin unter der Dusche steht. Oder im Wohnzimmer auf der Couch vor einem knisternden Kaminfeuer faulenzen, den Ozean beobachten und darauf warten, dass er nach Hause kommt. Das hier wird nie mein Leben sein; es wird einer anderen gehören. Während meiner Abwesenheit ist Austin erwachsen und ein noch besserer Mann geworden, als er ohnehin schon war. Es wird eine

Frau kommen, die darum kämpft, mit ihm zusammen zu sein, und um die er genauso kämpfen wird.

»Es ist wunderschön. Du hast fantastische Arbeit geleistet«, sage ich und zwinge den Schmerz hinunter. Ich muss stark sein. Austin ist ein Freund, und wenn es an der Zeit für ihn ist, sich neu zu verlieben, werde ich ihm mit derselben Umsicht begegnen, wie er mir in den letzten Tagen. Zumindest werde ich das versuchen. »Ich sollte langsam nach Mom sehen. Ich will sie nicht zu lange allein lassen«, erkläre ich, ohne in seine Richtung zu schauen, steige aus der Wanne und gehe die drei Stufen vom Podest hinunter.

»Bist du okay?«, fragt er, als ich vor ihm stehen bleibe, und mustert mein Gesicht. Sein Blick scheint mich zu ergründen, als würde er nach einer ganz bestimmten Antwort suchen.

»Ja, mir schwirrt nur viel im Kopf rum.« Mein falsches Lächeln lenkt seine Aufmerksamkeit auf meinen Mund und er zieht die Brauen zusammen.

»Etwas, wobei ich dir helfen kann?«

»Keine Ahnung«, antworte ich und stelle mich dumm.

»Sprich mit mir.« Er nimmt meine Hand in seine.

»Seit ich mir Larrys Büroflächen angesehen habe, plagen mich Schuldgefühle. Es fühlt sich falsch an, eine Zukunft zu planen, in der meine Mom nicht vorkommt«, gestehe ich ihm. Eine Halbwahrheit. Dass *er* darin auch keine Rolle spielt, bringt mich genauso um.

»Dein Leben wird weitergehen, Baby. Ich verstehe, dass es für dich im Moment schwer zu akzeptieren ist, aber deine Mom wird bald nicht mehr hier sein, du schon. Dir einen Plan für diese Zeit zurechtzulegen, wird es für dich einfacher machen, nach diesem Verlust weiterzuleben.«

Ich weiß, er hat recht. Doch in diesem Zimmer zu stehen und mit Austins Zukunft konfrontiert zu sein, weckt in mir den Wunsch, dass sie mit meiner verflochten ist.

7. Kapitel

Lea

Drei Wochen. Drei Wochen und plötzlich steht meine Welt auf dem Kopf. Mom ist bisher so stark gewesen, doch in den letzten Tagen hat sich ihr Zustand radikal verschlechtert. Auch wenn ich mir eingeredet habe, bereit dafür zu sein, sie zu verlieren ... zu erleben, wie sie mich verlässt, ist kaum zu ertragen.

»Hey.«

Ich blicke zu Rhonda und spüre, wie eine frische Flut von Tränen in meine Augen steigt. Ohne sie, Ben und Austin würde ich vermutlich durchdrehen. »Hi«, sage ich leise und spüre, wie sie den Arm um mich legt und den Kopf auf meine Schulter lehnt.

»Sie hat es bequem«, versichert sie mir.

»Ja«, stimme ich zu. Mom wirkt, als würde sie friedlich schlafen.

Vor drei Wochen, als ich von meinem Ausflug mit Austin zurückgekehrt bin, führte ich ein langes Gespräch mit ihr. Ich erzählte ihr von Larrys Büro, wie gut es mir gefiel und dass ich ein Angebot dafür gemacht hatte. Auch Austins Haus blieb nicht unerwähnt; wie viel Arbeit er hineingesteckt hat und wie schön es ist. Wir sprachen über Dad und ich wusste, wir hatten uns beide mit seinem Verlust arrangiert. In den letzten drei Wochen haben wir über vieles geredet, aber mit jedem Tag fiel mir auf, dass sie immer kraftloser wurde. Sie verbrachte mehr und mehr Zeit im Bett, und als ich sie vor zwei Tagen zum Mittagessen wecken wollte, rührte sie sich nicht mehr.

Ich versuchte alles in meiner Macht Stehende, um sie wachzukriegen, erhielt aber keine Reaktion. Mein erster Instinkt war, einen Krankenwagen zu rufen, doch Moms Pflegeplan sah ausdrücklich vor, Rhonda zu verständigen. Ich erinnere mich nicht daran, was ich am Telefon zu ihr gesagt habe, ob etwas davon überhaupt Sinn ergab. Nichtsdestotrotz hat sie verstanden, was es bedeuten sollte, und tauchte bald danach auf. Ich bemühte mich zu diesem Zeitpunkt immer noch, Mom aufzuwecken. Ich hatte keine Ahnung, wie schnell sich die Dinge verändern, wie rapide es bergab gehen kann.

»Es tut mir so leid«, beteuert Rhonda und holt mich damit aus meinen Gedanken.

»Mir auch.« Stumm weinend sehe ich einer Krankenschwester dabei zu, wie sie ein frisches Codeinpflaster oberhalb von Moms Brust platziert, bevor sie die Decke wieder zurechtzupft.

»Ich bin bis sieben hier, drückt auf den Knopf, wenn ihr mich braucht«, erklärt Liv, Moms Palliativpflegerin, und schenkt mir ein sanftes Lächeln.

»Danke dir, Liv.« Ich drücke ihre Hand, dann verlässt sie das Zimmer.

»Ich weiß, deine Mom wäre lieber zu Hause, aber sie hier zu haben, wird es angenehmer für sie machen. Für euch beide«, meint Rhonda, als ich zum Bett hinübergehe.

»Du hast recht. Es ist besser so. Ich glaube nicht, dass ich in dem Haus leben könnte, in dem sie gestorben ist«, gebe ich zu und Schuldgefühle überfallen mich.

»Das ist verständlich, Lea, und du hast ein Recht auf deine Gefühle«, versichert Rhonda mir leise. Mein schlechtes Gewissen nagt jedoch weiterhin an mir, weil ich Mom nicht alles ermögliche, was sie sich gewünscht hat.

»Danke, dass du alles mit dem Krankenhaus geregelt hast.« Da Mom eigentlich zu Hause betreut werden wollte, musste das Krankenhauspersonal ein paar andere Patienten verlegen, damit sie während ihres Aufenthalts ein eigenes Zimmer hat.

»Du weißt, ich würde alles für euch beide tun.«

»Tue ich«, stimme ich zu und setze mich auf die Bettkante neben Mom. »Ich werde das Gefühl nicht los, dass sie geahnt hat, was kommen würde.«

»Was meinst du?«

»Bevor sie sich hingelegt hatte, nahm sie mein Gesicht in die Hände und küsste mich auf die Stirn. Sie sagte mir, wie sehr sie mich liebt. Erst dann ging sie ins Bett.« Ich wünschte, mir wäre klar gewesen, dass es das letzte Mal sein würde, dass ich ihre Stimme höre und sie umarmen kann.

»Vielleicht hat sie es gespürt«, entgegnet Rhonda, wodurch ich mir weniger wie eine Verrückte vorkomme.

»Ich vermisse sie jetzt schon, dabei ist sie noch hier«, flüstere ich und spüre, wie meine Wangen feucht werden.

»Rede mit ihr. Studien zeigen, dass eine Person immer noch hören kann, was um sie herum geschieht, auch wenn sie nicht ansprechbar ist.«

»Sie hat nichts gegessen.«

»Sie erhält alles, was sie gerade braucht«, beschwichtigt Rhonda mich.

»Sie isst nicht, trinkt nicht. Wie lang kann sie so leben?«, wimmere ich, als mir die Realität vollends bewusst wird. *Das ist das Ende?*

»Das kann man nicht mit Sicherheit sagen«, antwortet sie und kommt zu mir, um sich auf den Stuhl neben dem Bett zu setzen.

Vier Tage. So lange hat es gedauert, bis meine Mutter ihren letzten Atemzug nahm. In dieser Zeit erzählte ich ihr all die Geschichten über sie und Dad, an die ich mich erinnern konnte. Über uns als Familie. Was auch immer mir einfiel. Ich wusste nicht, ob sie mich hörte, aber die Worte sprudelten nur so aus mir heraus, wie auch meine Tränen, während ich ihr beim Atmen zuhörte. Ich prägte mir das Geräusch genau ein; den Takt und die sanften Bewegungen ihres Brustkorbs, bis sich Stille über den Raum legte. Ich wartete noch eine Weile darauf, dass diese Ruhe verging. Keine Ahnung, wie lange ich an die Decke starrte, bis ein Alarmton die Luft erfüllte und das Krankenhauspersonal ins Zimmer gelaufen kam.

Ich weinte nicht, konnte mich nicht bewegen. Es fühlte sich an, als wäre alles nur ein Traum, als wäre nichts davon real. Ich lag da und schaute hoch zur Decke, kämpfte mit meinem nächsten Atemzug, dann schlangen sich Austins Arme um mich und er brachte mich fort. Ich vergrub das Gesicht an seinem Hals; der Geruch seiner Haut erdete mich. Austin hielt mich fest, dicht an sich gedrückt, und redete sanft auf mich ein, bis ich wieder Luft bekam.

»Was soll ich mit den Keksen machen, die Mr und Mrs Grates gerade vorbeigebracht haben?«, fragt Ben, als er zu mir in die Küche kommt, wo ich den Abwasch erledige.

»Stell sie einfach zu dem ganzen anderen Zeug«, murmle ich mit Blick auf den Tisch, der vor herzhaften und süßen Speisen beinahe überquillt.

»Das wirst du nie alles essen können«, stellt er zutreffend fest.

Seit ich gestern in unser Haus zurückgekehrt bin, versorgt mich die ganze Stadt mit Mahlzeiten. Mir war nicht bewusst, wie viele Leute Mom gekannt hat. Ob all diesen Menschen klar ist, dass nur noch ich allein hier wohne?

»Weißt du, sie hat nie über Cordova gesprochen«, erwähne ich leise und starre in das Spülwasser.

»Was meinst du?«, fragt Ben etwas abwesend, während er die Servierplatten und Auflaufformen auf dem Tisch neu anordnet, damit er den Teller der Grates irgendwo unterbringen kann.

»Sie hat nie mit mir über die Stadt geredet. Nachdem ich von hier weg bin, zumindest am Anfang, habe ich mich nach alten Bekannten erkundigt und Mom gab mir kleine Updates, wie sich das Leben hier entwickelte. Mit der Zeit wurden diese Details immer weniger, bis sie kein Wort mehr über jemanden aus der Gegend verlor. Neuigkeiten bekam ich nur zufällig mit, wenn sie sich verplapperte und etwas versehentlich erwähnte.«

»Im Ernst?«, fragt er und sieht mich über die Schulter hinweg an.

»Ich habe nie verstanden, warum sie Stillschweigen darüber bewahrte, habe jedoch nicht weiter nachgehakt, aus Angst, sie hätte einen guten Grund, gewisse Dinge nicht mit mir zu teilen. Dass sie einen Freund hatte, zum Beispiel.« *Oder dass Austin eine Frau und Kinder haben könnte*, füge ich in Gedanken hinzu.

»Möglicherweise wollte sie nur nicht, dass du diesen Ort vermisst.«

»Ja, vielleicht«, stimme ich zu und räume das frisch gespülte Geschirr weg, während ich flüstere: »Ich wünschte, ich wäre vor Jahren zurückgekommen und nicht aus Angst fortgeblieben. Ich hätte mich diesem Ort und den Leuten hier stellen sollen. Das und andere Dinge.« Ich spüre, wie sich mir die Kehle zuschnürt, dann nehme ich Ben an meiner Seite wahr, der den Am um meine Schultern legt.

»Ich glaube, alle Eltern sind der Meinung, sie würden wissen, was das Beste für ihre Kinder ist, doch so ist es nicht. Auch ihre Gedanken werden von eigenen Ängsten regiert.«

»Wovor hätte sie sich fürchten sollen?«

»Ich weiß nicht, Lea«, meint er leise, bevor er mir einen Kuss auf die Schläfe drückt und einen Schritt zurücktritt. »Weißt du, ich bin froh darüber, dass du in der Stadt bleibst.«

»Für den Moment«, füge ich hinzu und Verwirrung macht sich auf seinem Gesicht breit.

»Was bedeutet das?«

»Ich kann nicht sagen, was die Zukunft bringt«, winke ich ab. In Wahrheit kenne ich den Grund. Ich werde an dem Tag aus dieser Stadt verschwinden, an dem Austin mir erzählt, dass er mit einer anderen ein gemeinsames Leben beginnen wird. Mir ist klar, dass ich nicht hierbleiben und ihm dabei zusehen kann.

»Du wirst Austin nicht wieder einfach so stehen lassen, oder?«

»Natürlich nicht.« Wenn ich gehe, wird Austin glücklich sein und mit seinem Leben weitermachen. So wie ich. Irgendwann.

»Fuck«, murmelt er.

»Was, wenn ich morgen ein paar Leute hierher einlade?«, wechsle ich das Thema. »So könnte ich etwas von all dem Essen loswerden und vielleicht hilft es den anderen, mit ihrem Verlust klarzukommen.«

Ben mustert mich mit zusammengekniffenen Brauen. Als ich aus dem Augenwinkel Rhonda in der Küchentür stehen sehe, wende ich mich zu ihr um.

»Das ist eine tolle Idee«, befindet sie mit sanfter Stimme. »Ich mache ein paar Anrufe und bereite alles vor.«

»Danke«, erwidere ich, woraufhin sie sich wieder entfernt.

»Ich gebe Austin Bescheid«, informiert mich Ben.

Ich schenke ihm ein Lächeln, begebe mich zum Tisch und sinke erschöpft auf einen der Stühle. In den letzten paar Tagen habe ich nicht wirklich viel geschlafen. Sobald ich die Augen schließe, habe ich Moms letzten Atemzug in Dauerschleife im Ohr. Am liebsten würde ich Keith darum bitten, mir ein leichtes Schlafmittel zu verschreiben, gleichzeitig missfällt mir die Vorstellung, mich freiwillig unter Medikamenteneinfluss zu begeben.

»Die Telefonkette wurde in Gang gesetzt. Ich hab den Leuten gesagt, sie sollen gegen fünf vorbeikommen und nichts mitbringen«, meint Rhonda, als sie mir gegenüber Platz nimmt. Sie mustert mich eingehend. »Du siehst müde aus.«

»Ich komme in letzter Zeit nur schwer zur Ruhe.« Ich zucke mit den Schultern, schnappe mir einen Keks von einem Teller, breche ihn in zwei Hälften und nehme einen Bissen. »Jedes Mal, wenn ich mich hinlege, drehen sich meine Gedanken im Kreis.«

»Soll ich Keith bitten, dir ein Rezept auszustellen?«

»Ein Rezept wofür?«, unterbricht uns eine tiefe Stimme. Mein Blick wandert von Rhonda zu Austin, der im Türrahmen steht, Ben gleich hinter ihm. Als sich unsere Blicke treffen, breitet sich etwas in meinem Innern aus. Seit er mich gestern vom Krankenhaus nach Hause gebracht und sichergestellt hat, dass ich versorgt bin, habe ich ihn nicht mehr gesehen. Während der letzten vierundzwanzig Stunden habe ich ihn vermisst, nur war mir bis jetzt nicht klar, wie sehr.

»Sie kann nicht schlafen«, hilft Rhonda ihm auf die Sprünge und er zieht die Brauen zusammen.

»Würden Tabletten helfen?«, fragt er an mich gewandt, macht einen Schritt auf mich zu, hält dann jedoch inne und ballt die Hände an seinen Seiten zu Fäusten.

Mein Blick bleibt an ihnen hängen und ich runzle die Stirn. »Keine Ahnung«, murmle ich.

»Du musst schlafen, Lea«, bemerkt er sanft und ich schaue wieder hoch.

»Ich weiß.« Tue ich wirklich, aber ich kann es einfach nicht, noch nicht. Vielleicht in ein paar Tagen, wenn sich die Lage beruhigt hat. Hoffentlich lege ich mich dann hin, ohne sie zu hören.

»Hast du Keiths Nummer?«, fragt er Rhonda, dann betrachtet er den Keks in meiner Hand. »Hast du heute schon etwas Anständiges gegessen?«

Ich setze mich aufrechter hin. »Habe ich und ich möchte keine Tabletten.« Ich wende mich von ihm zu Rhonda. »Du musst Keith nicht anrufen.«

»Du brauchst Schlaf«, knurrt Austin und ich wirble in meinem Stuhl zu ihm herum.

»Das ist mir klar«, sage ich fest.

»Außerdem musst du etwas essen.«

Auch wenn er sich nur Sorgen um mich macht, geht mir sein Verhalten gerade auf die Nerven. »Ich habe gegessen, und wenn ich das Gefühl habe, ein Schlafmittel zu brauchen, werde ich selbst mit Keith darüber sprechen.«

»Lea ...« Er seufzt und reibt sich über den Bart. Als ich die Erschöpfung in seinen Augen erkenne, überrollt mich eine Flut von Schuldgefühlen und ich frage mich, wie lange es her ist, dass er geschlafen hat.

»Ich weiß, ihr sorgt euch alle um mich«, sage ich leise und schaue auf den übervollen Tisch hinunter. »Es wird eine Weile dauern, aber ich verspreche, ich werde damit klarkommen.« Daran glaube ich fest. Es wird nicht einfach, aber ich werde weitermachen und diesen Verlust überwinden. Das muss ich. Ich kann nicht mit diesem Schmerz leben.

»Das ist normal, Lea. Bei Trauer gibt es kein richtig

oder falsch«, erklärt Ronda, steht von ihrem Stuhl auf, und schlingt ihre Arme um mich. Als ich sie nickend ansehe, kommt Austin auf mich zu und bleibt neben mir stehen, um mit einem Finger an meiner Wange hinabzustreichen. Die Berührung löst eine Welle an Emotionen in mir aus.

»Es wird einfacher«, sagt er und ich bin nicht sicher, ob er über den Verlust meiner Mom spricht oder über die Art, wie ich mich fühle, wenn ich in seiner Nähe bin. Ich hoffe, er behält mit beidem recht.

Ich schlüpfe durch die Hintertür und setze mich auf die Verandastufen, ehe ich tief einatme. Ich schwöre, die ganze Stadt hat sich im Haus meiner Mom zusammengefunden, um ihr zu gedenken. Ich weiß, eine Totenwache abzuhalten, war meine Idee, aber mit so vielen Leuten hatte ich nicht gerechnet. Ich hätte mir das genauer überlegen sollen. Unter so vielen Menschen zu sein, mir ein Lächeln abzuringen und Beileidsbekundungen anzunehmen, ist im Moment nicht einfach für mich. Sobald jemand Moms Namen erwähnt oder ich an sie denken muss, will ich in Tränen ausbrechen.

»Ich habe nach dir gesucht«, erklärt Austin, als er durch die Hintertür kommt und sie leise hinter sich schließt. Nachdem Rhonda und Ben gestern gegangen waren, blieb Austin bei mir und wir setzten uns zusammen vor den Fernseher, bis ich einschlief. Er half mir ins Bett, dann ist er gegangen. Als er fort war, starrte ich stundenlang zur Decke hinauf, ohne noch mal einschlafen zu können.

»Ich brauchte etwas frische Luft«, versichere ich ihm und rutsche zur Seite, damit er an mir vorbeigehen kann. Doch das tut er nicht, stattdessen nimmt er neben mir Platz und schlingt den Arm um mich. »Wirst du klarkommen?«, murmelt er.

Ich begegne seinem Blick und mir wird klar, wie nah wir uns sind. So nah, dass ich die Sorge in seinem gutaussenden Gesicht erkennen kann. »Nach einer Weile. Auch wenn es vielleicht schrecklich klingt, aber ich bin froh, dass sie gestorben ist. Mir war nicht klar, welche Schmerzen sie ertragen musste. Ich wollte sie nicht leiden sehen.« Meine Tränen fortblinzelnd, mustere ich einen Faden, der sich vom Saum meines Sweaters gelöst hat.

»Es ist nicht einfach, aber Ben, Rhonda und ich sind für dich da. Egal was du brauchst, und sei es nur eine Schulter zum Anlehnen.«

»Ich weiß«, stimme ich zu und lege den Kopf in den Nacken, um ihn wieder anzusehen. Ich könnte mich immer noch stundenlang in seinen Augen verlieren.

»Gut«, sagt er leise. Kurz fällt sein Blick auf meinen Mund, dann begegnet er wieder meinem. Ohne nachzudenken, beuge ich mich vor und streiche mit den Lippen zärtlich über seine. Die Berührung ist flüchtig, dennoch breitet sich eine sanfte Wärme in mir aus. Austin legt die Hand in meinen Nacken und zieht mich enger an sich, um den Kuss zu vertiefen. Ich kann ein Wimmern nicht zurückhalten. Sein Körper spannt sich an, dann löst er sich unverwandt von mir und ich breche innerlich beinahe zusammen.

»Nicht.« Wut und Verwirrung stehen in seinen Augen und er wendet sich ab. Tränen der Erniedrigung steigen in mir auf, während ich beobachte, wie er zur Hausecke geht. Als er hinter ihr verschwindet, sinkt mein Herz in meiner Brust. Eine Weile ringe ich um Fassung, dann stehe ich auf und wische mir den Verandastaub von meiner Kleidung. Ob es jemand bemerken würde, wenn ich einfach abhaue?

»Hey«, höre ich Rhonda in meinem Rücken. Als ich mich zu ihr umdrehe, mustert sie mein Gesicht und verzieht den Mund, bevor sie zu mir nach draußen tritt und die Tür hinter sich schließt. »Bist du okay? Ich habe gerade Austin wegfahren sehen.«

»Ich habe Mist gebaut«, gestehe ich ihr und das Grauen über meine gedankenlose Tat erfüllt meinen Körper. Austin und ich sind gerade erst wieder Freunde geworden, und ich habe das einfach so weggeworfen. Ich weiß nicht mal, was passiert ist.

»Inwiefern hast du Mist gebaut?«

»Ich habe ihn geküsst«, sage ich und spüre immer noch, wie seine Zunge meine berührt. Seine Hand in meinem Nacken, mit der er mich fest an sich gezogen hat.

»Du hast Austin geküsst?«, erwidert sie so überrascht, dass ich ein paar Schritte zurückweiche, bis ich auf der Grasfläche stehe. Sie kommt zu mir herunter.

»Es war nicht wirklich ein Kuss.« Ich schüttle den Kopf. »Eine flüchtige Berührung. Ich habe mich vorgelehnt und ... Oh Gott.« Ich bedecke das Gesicht mit den Händen und spähe zwischen meinen Fingern hindurch zu Rhonda. »Er hat mich weggestoßen und ist gegangen.«

»Oh, scheiße«, flüstert sie.

»Keine Ahnung, was mich da geritten hat.«

»Es ist okay.« Sie nimmt meine Hände und zieht sie von meinem Gesicht weg.

»Ist es nicht«, wispere ich. »Du hast nicht den Ausdruck in seinen Augen gesehen, als ihm klar wurde, was wir da machen.«

»Lea, es ist okay. Deine Gefühlswelt wurde gerade erst heftig durchgeschüttelt, Austin versteht das, da bin ich sicher.«

Damit mag sie recht haben, aber wie soll ich ihm je wieder gegenübertreten? Das kann ich nicht, nicht nach dieser Sache. Auch wenn ich momentan völlig durch den Wind bin, habe ich gedacht, Austin und ich würden auf etwas hinarbeiten. Hätte ich den Emotionen, die ich immer wieder in seinem Blick entdecken konnte, mehr Beachtung geschenkt, wäre mir klar gewesen, dass er die Dinge zwischen uns ganz anders sieht. »Du hast recht«, lüge ich und wische mir über die feuchten Augen. »Ich will nur keinen von euch verlieren.«

»Das wirst du nicht, Lea, nicht mehr«, versichert sie mir.

Ich gehe zu ihr und schlinge wegen ihres Babybauchs vorsichtig die Arme um sie. »Danke«, flüstere ich, bevor ich sie wieder freigebe. »Dafür sind Freunde da.« Sie lächelt und nimmt meine Hand. »Lass uns wieder reingehen«, schlägt sie vor und ich folge ihr ins Haus, wo ich die nächsten zwei Stunden damit verbringe, Geschichten über Mom zu lauschen. Ich verteile Lächeln, wenn es von mir erwartet wird, und Umarmungen, wenn sie gebraucht werden. Größtenteils stehe ich jedoch da, umringt von Menschen, und fühle mich völlig allein.

8. Kapitel

Austin

Ich leere mein Whiskyglas und heiße das Brennen willkommen, das Leas Geschmack von meiner Zunge vertreiben soll. Ich hätte sie verdammt noch mal nicht küssen sollen. Ich hätte dem Drang widerstehen müssen, aber alles an ihr rief nach mir – ihr Duft, ihr weicher Körper und die Art, wie sie mich ansah. Als würde ich ihr etwas zurückgeben, das sie einst verloren hat.

Ich liebe diesen Blick. Ich liebe es, in ihre Augen zu schauen und ein Licht in ihnen zu erkennen, das nur mir gehört. Ständig sieht sie mich auf diese Weise an; weckt in mir den Wunsch, sie in meine Arme zu ziehen und ihr zu sagen, dass alles gutwerden wird. Und das wird es, dafür werde ich sorgen. Doch zuerst muss ich wissen, dass sie nicht noch einmal wegläuft. Sie soll nicht wegen dem Tod ihrer Mom zu mir kommen, sondern weil sie bei mir sein möchte. An meiner Seite als meine Frau, diesmal für immer.

»Ich dachte, du wolltest sie zurück, Mann?«, fragt Ben, als er zu mir an Bord kommt. Sein Erscheinen überrascht mich nicht. Rhonda hat mich wegfahren sehen, daher war es nur eine Frage der Zeit, wann er hier auftaucht.

»Nicht auf diese Weise, Kumpel.« Ich fülle mein Glas auf und trinke es in einem Zug leer. »Nicht, solange dieser Schmerz in ihren Augen steht. Sie hat gerade erst ihre Mom verloren.«

»Du hast Scheiße gebaut. Sie braucht dich jetzt und du bist einfach weggegangen ...« Er schüttelt den Kopf. »Sie kämpft, das ist nicht zu übersehen, aber in einem Raum voller Leute geht sie unter. Sie steht völlig neben sich, Mann.«

»Ich kann sie nicht retten«, erinnere ich ihn, »so sehr ich das auch möchte. Ich werde sie unterstützen, für sie da sein, aber ich kann sie nicht retten. Sobald etwas passiert, wird sie weg sein, und das verdiene ich kein zweites Mal. Im Vergleich zu damals sind meine Gefühle, die Liebe, die ich für sie empfinde, lächerlich. Versteh mich nicht falsch, ich will sie und das zurück, was uns gestohlen wurde. Ob vor fünfzehn Jahren oder jetzt, alles in mir weiß, dass sie meine Zukunft ist. Doch bevor sie das sein kann, müssen wir uns mit einer Menge Mist herumschlagen. Sind wir erst zusammen, gibt es kein Zurück mehr. Lea muss stark genug sein, um für uns zu kämpfen. Das brauche ich von ihr. Nie im Leben schafft sie das, während sie noch um ihre Mom trauert.«

»Da bin ich nicht so sicher.« Ben setzt sich an den Bootsrand und fährt sich durch das Haar.

»Willst du behaupten, du hättest nicht darauf gewartet, dass Rhondas Durcheinander mit ihrem Ex geklärt war, bevor du deine Absichten deutlich gemacht hast?«, frage ich, obwohl ich die Antwort bereits kenne. Ben wollte sie von dem Augenblick an, als er sie gesehen hat. Er wusste allerdings, dass er sie nicht für sich gewinnen konnte, solange ihr Ex noch in ihrem Kopf rumspukte. Damit meine ich nicht, dass sie noch in ihn verliebt war, sondern die Psychospielchen, die dieser Dreckskerl mit ihr getrieben hat und die tiefe, seelische Wunden bei ihr hinterlassen haben. Sie musste viel verarbeiten und ihr Selbstbild nach jahrelanger verbaler Misshandlung von Grund auf neu errichten.

»Okay, damit hast du recht«, gibt er zu, dann beginnt das Handy in seiner Hosentasche zu klingeln. Er holt es hervor und zieht die Brauen zusammen. »Hey, Babe«, sagt er, dann fällt sein Blick auf mich, ehe er sich kopfschüttelnd durch die Haare fährt. »Fuck, wann ist er aufgetaucht?« Seufzend erhebt er sich. »Wir sind auf dem Weg.«

»Was ist los?«, frage ich und folge ihm vom Boot.

»Du glaubst nie, wer gerade beim Haus von Leas Mom aufgekreuzt ist«, knurrt er.

»Rhondas Ex?«, meine ich, sicher, dass wir diesen miesen Typen durch unsere Unterhaltung heraufbeschworen haben.

»Nein. Leas.«

»Ernsthaft?« Ich spüre die Wut, die sich in meiner Brust staut. »Was zum Teufel will er hier?«

»Keine Ahnung. Rhonda hat nur gesagt, er hätte an die Tür geklopft. Sie erkannte ihn wegen Josies Erzählungen und den Fotos, die sie ihr von den beiden gezeigt hat.« Er bleibt stehen und schaut mich grinsend über seine Schulter hinweg an. »Gut, dass du ein paar Drinks hattest. Das sollte dir helfen, nicht den Kopf zu verlieren, wenn wir ankommen.«

»Oder auch nicht.« Das leichte Brennen des Alkohols

ist mittlerweile verraucht und von einer andere Art Rausch ersetzt worden, bei der sich meine Muskeln in Erwartung anspannen. Ich kenne Leas Ex nicht, aber die Tatsache, dass er Lea berührt, sie geliebt, ihr einen Ring an den Finger gesteckt hat, schürt etwas in mir, das sich verdammt nach Hass anfühlt.

Wir brauchen keine fünfzehn Minuten, um Leas Haus zu erreichen. Ein Toyota Camry parkt in der Einfahrt, offensichtlich ein Mietwagen vom Flughafen. Ich öffne die Tür von Bens Truck, steige aus und steuere das Haus an. Im Wohnzimmer entdecke ich Lea. Sie sitzt mit Rhonda auf der Couch, im Sessel neben ihnen erblicke ich einen schlank gebauten Mann. Er trägt dunkle Jeans, die brandneu wirken, einen Fleecepullover und Sneaker. Sein Haar hat er auf einer Seite gescheitelt. Er sieht aus, als gehöre er in einen Eddie-Bauer-Katalog. Als hätte er noch nie in seinem Leben Jeans getragen, wäre in ein Geschäft spaziert und hätte sich dort einkleiden lassen.

»Was ist hier los?«, verlange ich zu erfahren und Leas Kopf schnellt in meine Richtung. Sie erblasst.

»Austin«, flüstert sie.

»*Austin*?«, wiederholt der Kerl und ein Muskel in seinem Kiefer beginnt zu zucken. »Wundert mich nicht, dass er hier auftaucht.« Er starrt Lea finster an, als hätte er ihr gerade etwas bewiesen.

»Und du bist?«, frage ich an ihn gewandt, als wüsste ich das nicht.

Er mahlt mit dem Kiefer, dann verzieht sich sein Mund zu einem Grinsen. »Ihr Ehemann«, antwortet er und steht auf. Ich hebe eine Braue und schaue zu Lea, die ziemlich aufgebracht wirkt.

»Ex-Ehemann«, korrigiert sie und sieht ihn aus schmalen Augen an. Ihre Hände auf ihren jeansbedeckten Oberschenkeln ballen sich zu Fäusten. »Du hast immer noch nicht erwähnt, wieso du hier bist, Ken.«

»Wir haben eine Menge zu bereden, und ich musste sicherstellen, dass du okay bist. Deine Mom war krank und ich hörte, dass sie verstorben ist. Da du weder auf meine Anrufe noch auf meine Nachrichten geantwortet hast, bin ich hergeflogen, um nach dir zu sehen.«

»Ich habe mich nicht zurückgemeldet, weil ich nicht mit dir reden wollte. Wir haben einander nichts zu sagen«, macht sie ihm deutlich.

»Ich sorge mich um dich, Peaches. Seit du weggezogen bist, hast du mit keinem deiner Freunde gesprochen. Du schottest dich von jedem ab, mich eingeschlossen.«

»Das mag sein, wie du jedoch sehen kannst, bin ich wohl auf. Du kannst also gehen.« Sie weist ihm den Weg hinaus, indem sie die Tür aufreißt und in einer schwungvollen Geste mit dem Arm nach draußen zeigt.

»Peach...«

Sie hebt die Hand. »Nenn. Mich. Nicht so.«

»Du hast den Spitznamen immer geliebt«, wendet er ein und mustert ihre Hand. Er zieht die Brauen zusammen.

Frustriert lässt Lea den Kopf in den Nacken fallen und schließt die Augen. Ohne nachzudenken, trete ich an ihre Seite, umfasse ihren Nacken und ziehe sie an meinen Oberkörper.

»Zeit, zu gehen«, sage ich zu ihrem Ex, und als sich Lea aus meinem Griff zu winden versucht, drücke ich sie noch fester an mich. Jedoch nicht fest genug, sodass sie den Kopf wenden und ihren Ex finster anstarren kann.

»Du hast mir nichts zu befehlen. Ich will mit meiner Frau sprechen.«

»Sie ist nicht mehr *deine* Frau«, knurre ich und spüre, wie ich mich anspanne, um Lea nah bei mir zu behalten.

»Es würde dir gefallen, wenn sie das nicht mehr wäre, richtig? Dumm nur, dass sie es noch ist. Ich habe die Scheidungspapiere nicht unterschrieben. Ich will unsere Beziehung kitten«, entgegnet er, woraufhin sich Lea erneut bemüht, sich aus meiner Umarmung zu lösen. Ich kann sie allerdings nicht freigeben. Wenn ich das tue, lege ich die Hände vielleicht um den Hals dieses Dreckskerls und werde wenig später verhaftet.

»Du Arsch!«, ruft sie mit Blick auf ihren Ex und stemmt die Hände gegen meinen Oberkörper. »Du mieser Arsch«, wiederholt sie. »Warum tust du mir das an?«, flüstert sie und klingt geschlagen. »Warum kannst du mich nicht in Ruhe lassen?«

Ich neige den Kopf, um sie anzusehen, doch ihre Augen sind geschlossen und ihr Atem kommt in rauen Zügen. Wut kocht in mir hoch. Dieses Drama kann sie gerade nicht gebrauchen, sie hat schon genug zu kämpfen. Mein Blick fällt auf Ben, der seinen Arm um die Schultern einer blass aussehenden Rhonda geschlungen hat, und ich nicke ihm zu. Sobald er auch Lea schützend festhält, stelle ich mich vor Leas Ex und baue mich vor ihm auf. »Zum letzten Mal: Geh, ansonsten sorge ich selbst dafür.«

»Es gibt keine freien Hotelzimmer in der Stadt. Ich kann nirgendwo sonst hin«, behauptet er und sieht zwischen Lea und mir hin und her.

»Du hast ein Auto«, stelle ich fest und mache einen

weiteren Schritt auf ihn zu.

Er weicht zurück. »Ich schlafe bestimmt nicht in meinem Wagen.«

»Pech gehabt«, sage ich, ehe ich die Stimme senke, sodass nur er mich hören kann. »Leah gehört zu mir, also wirst du bestimmt nicht hier übernachten.«

»Sie gehört nicht zu dir«, zischt er und rempelt mich an. Ich bewege mich keinen Zentimeter.

»Sie hat immer mir gehört und ich glaube, das weißt du, oder?«

»Fick dich.« Erneut rempelt er mich an, anstatt es ihm gleichzutun nutze ich meine Größe, um ihn weiter Richtung Tür zu drängen. Sobald er auf der Veranda steht, schließe ich die Tür zwischen uns. Ich war schon in einige Schlägereien verwickelt, allerdings nie zuvor so wütend. Am liebsten würde ich rausgehen und dem Dreckskerl geben, was er verdient. Stattdessen balle ich die Hände zu Fäusten und zwinge mich, meinen Ärger unter Kontrolle zu halten.

»Ich hasse ihn«, flüstert Lea hinter mir. Als ich mich zu ihr umdrehe, lässt sie sich gerade auf die Couch sinken und vergräbt den Kopf in den Händen.

»Bist du noch mit ihm verheiratet?«, fragt Rhonda sanft, während sie ihr über den Rücken streicht.

»Nein ... ich weiß nicht.« Sie schaut auf und unsere Blicke treffen sich. »Seit ich vom Krankenhaus nach Hause gekommen bin, habe ich weder mein Handy eingeschaltet, noch meine Emails gecheckt.«

»Mieses ...« Der Rest von Bens Satz geht in einem tiefen Knurren unter, als er zwischen den Lamellen der Jalousien hindurch aus dem Fenster sieht.

»Ist er fort?«, erkundigt sich Lea.

»Nein, er hockt noch draußen auf der Veranda.«

»Sollten wir die Cops rufen?«, fragt Rhonda von ihrem Platz auf der Couch und klingt besorgt, fast ängstlich.

Ben spannt sich an und wendet sich zu ihr um »Nein, Babe. Ich glaube nicht, dass er gefährlich ist«, versichert er ihr sanft, tritt vom Fenster zurück und kniet sich vor ihr hin.

»Er ist nur ein Idiot«, fügt Lea hinzu, als sie die Furcht im Gesicht ihrer Freundin erkennt. Rhonda atmet erleichtert aus.

»Geh dein Handy holen, Baby«, sage ich und Leas Aufmerksamkeit fällt auf mich. »Ich möchte, dass du deinen Anwalt anrufst und fragst, was verdammt noch mal los ist.«

»Gute Idee.« Sie erhebt sich von der Couch und verschwindet den Gang runter, ehe sie mit ihrem Telefon und einem Ladekabel zurückkehrt. Sie steckt beides an, dann schaltet sie das Gerät ein. »Der Akku ist leer«, erklärt sie und mir fällt die leichte Röte auf ihren Wangen auf. Auch ihre Unterlippe wirkt dunkler, als hätte sie darauf herumgekaut. Bei dem Anblick überfällt mich der Drang, sie erneut zu küssen.

»Ich habe fünfzig neue Nachrichten in meiner Mailbox«, murmelt sie abwesend, ehe sie einen Anruf macht. »Hi, Elaine, Lea hier. Ist Tom zu sprechen? Okay, danke.« Sie schaut hoch zu mir. »Er ist da«, meint sie, also nicke ich, muss dabei jedoch gegen ein Lächeln ankämpfen. Sie ist so verdammt süß.

»Hi, Tom. Ja, das habe ich gehört. Er hat mir die Neuigkeiten sogar persönlich überbracht«, erklärt sie und ballt die Finger, bis ihre Knöchel weiß hervortreten. »Nein, ich will nicht mehr mit ihm verheiratet sein. Deswegen habe ich dich engagiert und die Scheidung eingereicht.« Sie schließt die Augen. »Wenn wir das tun müssen, bin ich einverstanden. Schick mir einfach die Papiere.« Sie seufzt, und als sie die Lider wieder hebt, begegnet sie meinem Blick. »Okay, wir reden morgen. Danke, Tom.« Sie legt auf und lässt das Handy auf den Tisch fallen. »Er hat nicht gelogen. Er hat nichts unterschrieben, also muss ich bei Gericht einen Antrag stellen.«

»Mistkerl«, wirft Rhonda ein, woraufhin sich Ben auf die Couchlehne neben sie setzt und einen Arm um sie schlingt.

»Ich verstehe nicht, warum er das macht«, vermeldet Lea mit entnervtem Ton.

»Weil er ein mieser Arsch ist«, erinnere ich sie.

»Wo du recht hast, hast du recht. Mom hat ihn vom ersten Moment an gehasst.«

»Wirklich?« Das überrascht mich. Ich habe angenommen, dass Josie zumindest anfangs glaubte, er wäre gut für ihre Tochter. Gut genug, um vor mir zu verschweigen, wo sich Lea aufhielt. Gut genug, um uns fünfzehn Jahre lang voneinander fernzuhalten.

»Er kam ihr hinterhältig vor«, fährt sie fort, was mich wütend macht.

»Warum hast du ihn dann geheiratet?«, knurre ich und ihr Blick schweift kurz zu Rhonda und Ben, ehe sie wieder zu mir sieht. Tränen füllen ihre Augen.

»Entschuldigt mich bitte.« Sie eilt an mir vorbei in den Flur. Ich balle die Hände zu Fäusten und schaue zu Ben, der einmal entschieden nickt. Ich weiß, ich muss die

Fassung bewahren, aber ich halte den Gedanken von ihr mit einem anderen nicht aus, schon gar nicht wenn sie dieser Kerl schlecht behandelt hat.

»Fuck«, murmle ich und gehe Lea nach. Ich klopfe an ihre Zimmertür, bevor ich eintrete. Sie steht mitten im Raum, starrt zu Boden und hat die Arme um sich selbst geschlungen.

»Gib mir nur eine Minute«, wispert sie, und als ich Tränen in ihrer Stimme höre, zieht sich meine Brust zusammen.

»Komm her, Lea.« Sie schüttelt den Kopf und verstärkt ihren Griff um sich.

»Lea.«

»Nein«, wimmert sie, als leide sie Schmerzen. »Warum ich Ken geheiratet habe, ist nichts, was ich mit dir besprechen kann.«

»Das musst du nicht, zumindest nicht im Moment, Baby«, erwidere ich sanfter, bleibe jedoch in der Tür stehen.

»Ich wünschte nur, die Dinge würden einmal in meinem Leben so laufen, wie ich das möchte.«

Bei diesen Worten kann ich nicht anders, als zu ihr zu gehen. Ich drehe sie zu mir herum, drücke sie an meinem Oberkörper und lasse das Kinn auf ihrem Scheitel ruhen. »Es wird besser werden, Lämmchen.«

»Es tut mir leid wegen dem Kuss. Ich hätte das nicht tun sollen. Keine Ahnung, was in mich gefahren ist«, flüstert sie und vergräbt das Gesicht in meinem T-Shirt.

»Ich habe den Kuss erwidert«, erinnere ich sie. Sie blickt auf und in ihren wunderschönen Augen schimmern Tränen, doch ich entdecke auch Verwirrung. »Wir müssen über einige Dinge reden, Lea«, erkläre ich sanft und schiebe eine Haarsträhne aus ihrem Gesicht, dabei streichle ich über ihre Wange. »Nicht jetzt, denn das ist nicht der richtige Moment dafür, aber bald. Zuerst möchte ich jedoch, dass du daran arbeitest, stärker zu werden.«

»Ich bin es leid, stark zu sein«, wispert sie und drückt das Gesicht wieder gegen meinen Oberkörper. »Ich wünschte, es würde sich nur einmal jemand um mich kümmern«, murmelt sie beinah unverständlich.

Fuck. Lea das sagen zu hören, bringt mich fast um. Ich schlinge die Arme fester um sie, auch wenn ich sie am liebsten wegbringen würde, um sie vor allem und jedem zu beschützen. Mir war bis zu diesem Moment nicht bewusst, wie stark sie ist. Wie viel Kraft es sie gekostet haben muss, ihren Dad zu verlieren, ihr Zuhause zu verlassen, sich von mir fernzuhalten. Dazu noch ihre Scheidung und die Krankheit ihrer Mutter, der sie beim Sterben zusehen musste. Lea muss nicht lernen, stark zu sein, sie braucht jemanden, der es für sie ist. Der ihre Hand hält und ihr den Weg zeigt. Es wird nicht einfach werden, doch solange wir das zusammen durchstehen können, bin ich bereit, dieser jemand für sie zu sein. Komme, was wolle. Hoffentlich fliegt mir die Sache nicht wieder um die Ohren.

»Schaffst du es, wieder rauszugehen?«, frage ich nach einer Weile und streiche ihr beruhigend über den Rücken.

»Ja.« Sie macht einen Schritt von mir weg und wischt sich über die Augen, dann legt sie den Kopf in den Nacken, bis sich unsere Blicke treffen. »Danke, dass ...« Sie schluckt und neuerliche Tränen steigen in ihre Augen.

»Danke, dass du mit mir befreundet bist«, murmelt sie und verlässt das Zimmer, ohne mir eine Chance zu geben, ihr zu antworten.

»Der Kerl sitzt noch vorm Haus in seinem Auto. Sollen wir Zach anrufen und erwähnen, dass er sich ohne Erlaubnis auf diesem Grundstück befindet?«, fragt Ben und verweist damit auf einen unserer Freunde, der zufällig der Sherriff der Stadt ist.

»Lass uns erst mal selbst mit ihm reden«, entgegne ich und ein Grinsen breitet sich auf Bens Gesicht aus.

»Ich rede mit ihm«, meint Lea und läuft an mir vorbei zum Eingang. Ich schlinge den Arm um ihre Taille und ziehe sie an mich, dann beuge ich mich runter zu ihrem Ohr.

»Du wirst nicht mit ihm sprechen«, raune ich ihr zu.

»Das ist meine Angelegenheit, Austin, nicht deine«, erwidert sie frech.

»Das sehe ich anders, Lämmchen.« Ich befördere sie hinter mich, öffne die Tür und gehe die drei Stufen runter zur mit Kies bedeckten Auffahrt. Ken scheint mich zu bemerken, denn er blickt auf und sieht mich durch die Windschutzscheibe an.

»Austin«, sagt Lea hinter mir und ich wende mich kurz zu ihr um. Ich bedeute Ben, aufzupassen, dass sie in Sicherheit bleibt, woraufhin er einen Arm um ihre Schultern legt und sie zurückhält. Rhonda lächelt mich an.

»Ich schwöre zu Gott, Austin, ich trete dir in den Arsch!«, ruft Lea aus, was mich zum Lachen bringt, während ich rüber zur Fahrertür von Kens Leihwagen marschiere und ans Fenster klopfe. Er kurbelt es ein paar Zentimeter runter.

»Gibt es einen Grund, warum du noch hier bist?«, will ich wissen.

Er spannt den Kiefer an und umklammert das Lenkrad. »Es gibt keine freien Zimmer in dieser verdammten Stadt.«

Was wahrscheinlich sogar wahr ist. Diese Stadt hat zwei Hotels, die jedes Jahr von Beginn bis Ende der allgemeinen Angelsaison ausgebucht sind. Die Leute reservieren Monate im Voraus, um eines der begehrten Zimmer zu ergattern.

»Ich weiß nicht, was ich dir sagen soll. Das hättest du bedenken müssen, bevor du unangekündigt hier aufgetaucht bist.« Ich zucke die Schultern und verschränke die Arme vor der Brust.

»Scheiße.« Stöhnend lässt er den Hinterkopf gegen die Lehne des Sitzes fallen.

»Was genau hast du denn gedacht, was passieren würde, wenn du herkommst? Du hast sie aufgegeben und betrogen. Ihre Mom stirbt und diese Gelegenheit nutzt du, um *was* zu erreichen?«, knurre ich und balle die Hände an meinen Seiten zu Fäusten. Er knirscht mit den Zähnen und reißt den Blick von mir los, um durch die Windschutzscheibe zu starren. Doch nicht schnell genug, denn ich sehe einen Ausdruck in seinen Augen, der mir nur allzu bekannt ist. *Sehnsucht.*

»Glaub, was immer du willst, aber du kannst dir nicht im Mindesten vorstellen, wie es sich anfühlt, jemanden zu lieben, der in einen anderen verliebt ist. Wenn du nur existierst, um eine Lücke zu füllen, in du die niemals passen wirst. Denk nicht, dass ich sie nicht liebe«, sagt er und klingt, als hätte er aufgegeben.

»Nein, aber selbst wenn, hätte ich sie nie betrogen. Ich hätte um uns gekämpft, auch wenn das bedeutet, sie genug für uns beide zu lieben.«

»Du hast ja keine Ahnung, was ich alles versucht habe«, entgegnet er.

»Das ist jetzt egal.« Ich zucke mit den Schultern und mache einen Schritt zurück. »Sie ist zu Hause, wo sie hingehört. Zu mir. Der Unterschied zwischen dir und mir ist, dass ich sie nicht einfach so gehen lassen werde.« Damit trete ich zurück und klopfe auf das Autodach. »Verlass dieses Grundstück oder ich rufe den Sherriff.«

Leas Ex starrt mich finster an, dann startet er den Motor und fährt rückwärts auf die Straße. Mit vor der Brust verschränkten Armen bleibe ich in der Einfahrt stehen, bis er fort ist.

»Ich kann nicht fassen, dass du das gerade gemacht hast«, teilt Lea mir mit, als ich auf die Veranda zurückkehre.

»Wolltest du, dass er hierbleibt?«, frage ich mit gehobener Braue und ihre Mundwinkel ziehen sich nach unten.

»Nein, aber ich hätte ihm auch selber sagen können, dass er verschwinden soll.«

»Ja, das hättest du, aber das habe ich für dich übernommen.« Ein Feuer, das ich seit einer Weile nicht mehr gesehen habe, lodert in ihren Augen auf.

»Tja, lass es«, entgegnet sie in festem Ton, ehe sie ins Haus eilt und die Fliegengittertür hinter sich zuknallt.

»Schnall dich an, Babe«, sagt Ben und schlingt die Arme um Rhondas Babykugel. »Offenbar wird es jetzt ernst zwischen den beiden.«.

»Bin ich ein schlechter Mensch, weil ich neugierig bin,

wie es weitergeht? Es fühlt sich an, als würde ich mir *Wie ein einziger Tag* ansehen, nur im echten Leben«, flüstert sie laut.

»Gott.« Stöhnend fahre ich mir über den Bart.

»Was? Stimmt doch.« Sie zieht zuerst die Brauen zusammen, dann lächelt sie mich an. »Nur bist du viel schärfer als Ryan Gosling.«

»Hast du Austin gerade *scharf* genannt?«, knurrt Ben an ihrem Hals, was sie zum Lachen bringt.

»Du bist immer noch der schärfste von allen, Schatz«, beschwichtigt sie ihn grinsend, ehe sie mich erneut mit ihrer Aufmerksamkeit bedenkt. Sorge spiegelt sich auf ihrem Gesicht wider. »Wieso der Sinneswandel?«, fragt sie geradeheraus.

»Du weißt, dass ich sie immer zurückwollte«, stelle ich klar.

»Ja, aber nach der Sache heute Nachmittag dachte ich, du hättest es dir anders überlegt«, meint sie sanft und blickt zum Haus.

»Daran liegt es nicht, Ro«, versichere ich ihr leise.

»Du bist ein guter Mann, Austin, und ich weiß, du würdest ihr nie absichtlich wehtun. Gib dennoch Acht, ja?«

Da ich keine Lust habe, diese Angelegenheit mit ihr zu bereden, hebe ich zur Antwort nur das Kinn. Rhonda würde mein Vorhaben nicht gutheißen, was mich nicht davon abhält. Ich werde mich auf Lea einlassen, trotz aller Risiken, und darum beten, dass am Ende alles glattläuft.

»Geh schon mal rein, Babe«, wendet sich Ben an seine Frau, und Rhonda küsst ihn auf den Kiefer, bevor sie nach drinnen verschwindet. »Wie sieht dein Plan aus?«, fragt Ben und stützt die Unterarme auf das Geländer der

Veranda hinter ihm.

»Ich habe keinen«, murmle ich.

»Ich kann nicht fassen, dass ihr Ex hier aufgekreuzt ist.«

»Ich schon. In den letzten fünfzehn Jahren hatte ich mehr als genug Frauen, aber keine konnte Lea das Wasser reichen und das wird auch nie passieren. Was ich will, kann nur Lea mir geben.« Ich reibe mir mit beiden Händen übers Gesicht, dann schaue ich durch das Wohnzimmerfenster. Mit einem Lächeln auf den Lippen berührt Lea Rhondas Babybauch und wirkt dabei noch schöner als sonst. »Leas Ex hat es verbockt. Ich will nicht entschuldigen, was er getan hat, aber er ist herkommen, um für sie da zu sein. Er dachte, sie hätte niemand sonst, und er wollte noch mal versuchen, die Lücke zu füllen, die all ihre Verluste in ihrem Leben hinterlassen haben.«

»Trotzdem eine Scheißaktion«, grummelt Ben, doch ich sehe ihn nicht an. Mein Blick liegt auf Lea, die glücklich über Rhondas Bauch streichelt.

»Jepp«, stimme ich zu. Es war eine miese Nummer, aber nachvollziehbar. Manchmal bekommt man nur eine Chance, um etwas Schönes für sich zu gewinnen. Gehört es einem, tut man alles, um es zu behalten. Darauf bedacht, es nicht zu erdrücken. Wie ich Lea so in diesem Moment beobachte, weiß ich, dass sie hierhergehört. Uns wurden fünfzehn Jahre geraubt, sollten die Dinge jedoch so laufen, wie ich mir das vorstelle, haben wir sechzig Jahre, um alles nachzuholen, was uns entgangen ist. Daran hege ich keinen Zweifel.

9. Kapitel

Lea

Ich liege im Bett und starre zur Decke hinauf. Licht fällt von draußen durchs Fenster und malt Schatten auf den Putz, während ich um Schlaf bete. Obwohl es nach ein Uhr morgens ist und stockfinstere Nacht herrschen sollte, dämmert es draußen. Wenn ich hier in Alaska bleibe, muss ich mir andere Vorhänge und Jalousien besorgen, die den Raum am besten in völlige Dunkelheit hüllen. Das hereindringende Licht und mein unermüdlicher Verstand hindern mich am Schlafen, was an meinen Kraftreserven zehrt. Ich bin erschöpft, kann die Augen allerdings nicht schließen. Vielleicht ist das gut, immerhin befindet sich mein Exmann in der Stadt.

Nein, das ist nicht wahr, denn Ken ist nicht mein Ex. Noch nicht. Und was Austin betrifft ... Keine Ahnung, was momentan in ihm vorgeht. Etwas hat sich verändert, das erkenne ich in der Art, wie er mich ansieht, mich berührt. Ich weiß nicht, was diesen Umschwung ausgelöst hat, aber ich fürchte mich vor dem, was noch kommt.

Ich kehre dem Fenster den Rücken zu, als plötzlich ein leises *Tap, Tap, Tap* ertönt. Es kommt von der Eingangstür. Als ich es erneut höre, ziehe ich die Brauen zusammen. Ben und Rhonda sind um neun los, Austin um zehn. Müsste er morgen nicht um vier Uhr aufstehen, um zur Frühschicht anzutreten, wäre er vermutlich länger geblieben. Als ich ihn zur Tür brachte, hat er mich lange umarmt und mir einen Kuss auf die Stirn gedrückt. Hauchzart strich er die Lippen über meine, bevor er zu seinem Truck ging und mich wieder mal mit einem Verlangen nach mehr zurückließ.

Gedankenverloren fahre ich mit dem Finger über meinen Mund, ehe ich aufstehe und das Licht einschalte. Ich ziehe mir meinen übergroßen Kaschmirsweater an und schleiche hinüber ins Wohnzimmer, dann luge ich zwischen den Jalousien vor dem Fenster nach draußen. Den Wagen in der Einfahrt erkenne ich sofort: Kens Mietauto.

»Gottverdammt«, murmle ich und Wut steigt in mir auf, als das Tappgeräusch von Neuem beginnt.

»Lea, ich weiß, ich hätte nicht herkommen und die Scheidungspapiere unterzeichnen sollen. Es tut mir leid, Peaches, aber ich kann nirgendwo sonst hin. Die Hotels sind alle ausgebucht und das nächste verfügbare Flugzeug startet erst am Sonntag. Kann ich bitte reinkommen? Ich schlafe auch auf der Couch.«

Ich stöhne auf. »Das passiert gerade nicht wirklich.« Ich möchte nicht mal im selben Staat wie mein Exmann sein, schon gar nicht im selben Haus. Dennoch glaube ich ihm bezüglich der Hotels und der Flüge. Hin und her gerissen, wünschte ich, mein Gewissen würde die Klappe halten.

Ich kaue auf meiner Unterlippe herum und überlege, welche Möglichkeiten mir zur Wahl stehen. Lichter flackern durch das dunkle Wohnzimmer, ein Motorengeräusch verklingt und eine Tür fällt zu.

»Was zum Teufel suchst du hier?«, meint Ken und ich runzle die Stirn, dann klopft jemand laut an die Tür.

»Lea, mach auf.« *Austin? Ist das ein Scherz? Bin ich im falschen Film?*

Sobald ich ihm öffne, legt er die Hand an meine Taille und drängt mich zurück ins Haus, während er die Tür hinter sich schließt und einen verdutzten Ken zurücklässt. »Was machst du hier?«, will ich wissen und ziehe die Brauen zusammen.

»Ich habe Zach gebeten, vorbeizufahren und mich anzurufen, falls er Kens Auto in der Nähe entdeckt«, erklärt er und wirft einen dunklen Blick über die Schulter.

»Lea, kann ich bitte alleine mit dir reden?«, ruft Ken von draußen. Meine Gedanken beginnen zu rasen. Ich kann dieses Drama gerade nicht gebrauchen – nicht, wenn ich mich fühle, als könnte ich vor lauter Stress und Schlafmangel jede Sekunde zusammenbrechen.

»Ken hat erzählt, dass es bis Sonntag weder Flüge noch freie Zimmer gibt. Ich kann ihn nicht zwei Tage lang im Auto übernachten lassen.«

»Er kann bleiben, aber das tue ich auch«, sagt Austin und ein Kribbeln huscht meine Wirbelsäule hinab.

»Wie bitte?«

»Du hast mich gehört.«

Habe ich, aber was zum Teufel spielt sich hier ab? »Das passiert gerade nicht wirklich«, wiederhole ich meine Worte von vorhin und stöhne erneut vor Frustration auf.

»Das Zimmer meiner Mom ist keine Option. Somit bleiben nur die Couch und mein Bett übrig. Wenn du also nicht neben *ihm* schlafen willst«, ich zeige zur Tür, »wird das wohl nichts.«

»Ich schlafe bei dir.«

»Nein.«

»Dann wird er in seinem Auto übernachten müssen.«

»Musst du morgen nicht früh zur Arbeit?«

»Ich bin mein eigener Boss, Baby.« Er zuckt mit den Schultern.

»Also schön.« Ich sollte Ken sich selbst überlassen, dabei würde ich mich jedoch schrecklich fühlen. »Blödes Gewissen«, murmle ich vor mich her und gehe zur Tür. Ich ziehe sie schwungvoll auf und schaue meinen Ex an. Den Mann, den ich zu lieben glaubte; von dem ich meinte, dass er mich ebenso liebt. Gott, lag ich falsch damit. So sehr, dass mich deswegen Schuldgefühle plagen. »Du kannst die Couch haben«, biete ich ihm an, bevor ich den Flur hinunter zu meinem Zimmer laufe und mich darin verschanze. Austin wird mit mir in einem Bett schlafen. Besser, ich denke nicht zu genau darüber nach. Ich bin einfach nur erleichtert, dass er auch hier im Haus ist.

Ich ziehe den Sweater aus, sodass ich nur noch meine Schlafshorts und ein Tanktop trage, dann schlüpfe ich unter die Bettdecke. Kurz darauf öffnet sich meine Tür und Austin betritt den Raum. Sein Blick wandert über mich, dann schaltet er die Deckenlampe aus. Dank des dämmrigen Lichts von draußen kann ich dennoch sehen, wie er den Hoodie abstreift, dann sein Shirt. Auf seinem nackten Oberkörper entdecke ich ein Tattoo, von dem ich nichts wusste. Seine Bauchmuskeln sind definiert, nicht übertrieben, sondern genau richtig. Er knöpft die Jeans auf und zieht sich bis auf die schwarzen

Boxershorts aus, sodass ich auch seine trainierten Oberschenkel betrachten kann.

Sein Körper ist breit gebaut, und es hat etwas Imposantes an sich, wie Austin so auf das Bett zusteuert. Mein Blick verfolgt jede seiner Bewegungen, bis hin zu der Art, wie sich sein Bizeps anspannt. Als wir in unserer Jugend ein Paar waren, hatten wir auch Sex und ich liebte, welche Gefühle er in mir auslöste. Groß und rau wie er schon damals war, kam ich mir an seiner Seite klein und feminin vor. Doch der Austin von heute ist ein ganz anderes Kaliber. Er steht nicht einfach so in meinem Raum, er nimmt ihn in Besitz, wie es seine Wikingervorfahren vermutlich auch getan haben. Zum ersten Mal erkenne ich eine Ähnlichkeit zu ihnen in Austins Zügen, die ihn noch attraktiver, aber zugleich ein wenig einschüchternd wirken lassen.

Je weiter er sich mir nähert, desto mehr frage ich mich, wie zum Teufel das funktionieren soll. Das Bett ist groß genug für zwei Leute, aber nicht für Austin und mich. Seine Präsenz ist so einnehmend, dass ich mich die ganze Nacht über fühlen werde, als würden wir uns ein Einzelbett teilen.

»Ich habe ihm ein paar Decken und so Zeug aus dem Wandschrank gegeben.«

»Oh.« *Daran habe ich nicht mal gedacht.* »Danke.«

»Hm«, brummt er, zieht die Decke beiseite und legt sich neben mich. Augenblicklich spüre ich die Hitze seines Körpers, wo sich unsere Haut berührt. Ich kann ihn nicht mal bitten, rüberzurutschen, weil er das ganze verdammte Bett einnimmt. Meine Anspannung verstärkt sich, als sich Austin zu mir dreht und einen Arm unter meinen Nacken schiebt und den andere über meine Taille legt. Mein Atem stockt und wie erstarrt warte ich darauf, dass noch etwas passiert. Als sich Austin nicht weiter rührt, wende ich mich Richtung Tür. Ich ziehe die Knie an meine Brust und mache mich so klein wie möglich, dann zupfe ich an dem Kissen, bis es Austins Arm als meinen Kopfkissen ersetzt. Da mir immer noch viel zu warm ist, kämpfe ich ein wenig mit der Decke, bis ich ein Bein daraus befreie. Ich ziehe es an und lege mich leicht auf den Bauch.

»Gott«, knurrt Austin, verstärkt den Griff um meine Taille und zieht mich nach hinten, bis ich mich ungewollt an seine Brust schmiege.

»Austin«, flüstere ich etwas aufgebracht und versuche, mich aus seiner Umarmung zu lösen, woraufhin er mich noch fester an sich drückt. Es hat keinen Sinn, also gebe ich auf. Erschöpft und frustriert schlafe ich ein, während ich zu ignorieren versuche, wie gut es sich anfühlt, in Austins Armen zu liegen.

Als ich aufwache ist mir heiß – zu heiß – und ein schweres Gewicht drückt mich in die Matratze. Es dauert einen Moment, bis mir einfällt, dass sich Austin bei mir im Bett befindet. Irgendwann in der Nacht hat sich unsere Position verändert, denn jetzt bedeckt mich sein Körper zur Hälfte, sein Arm ist um mich geschlungen und sein Oberschenkel ruht auf meinen. Ich werfe einen Blick zur Uhr. Die roten Ziffern zeigen mir an, dass es kurz nach sechs ist. Ich bin immer noch müde, habe aber schon lange nicht mehr so gut geschlafen. Eine Weile überlege ich, wie ich am besten aus dem Bett kommen soll, dann schlage ich einfach die Decke zurück. Austin grummelt etwas Unverständliches, rückt jedoch leicht von mir ab. Er gibt meine Oberschenkel frei, nur um den Arm fester um mich zu legen. Ich lausche dem Klang seines leisen Schnarchens, bis meine Lider wieder schwer werden. Ehe ich mich versehe, döse ich wieder ein.

Als ich wieder zu mir komme, spüre ich raue Hände, die über meine Oberschenkel hoch zu meinem Hintern fahren, bevor sie in meinem Kreuz zum Ruhen kommen. »Baby, du musst dich bewegen«, knurrt Austin leise und mein Herz beginnt, heftig zu pochen. Als ich die Augen aufblinzle, schlägt mein Magen einen Salto. Mit der Wange ruhe ich auf einer behaarten Brust, meine Beine befinden sich zu beiden Seiten von Austins Hüfte und ich spüre etwas Hartes an meiner Mitte. Als mir klar wird, dass ich rittlings auf ihm sitze, erhebe ich mich so rasch, dass sich meine Füße in der Decke verwickeln und ich aus dem Bett falle. Ich lande unsanft auf dem Hintern.

»Mist«, murmelt er und hebt mich zurück aufs Bett, als wöge ich nichts. Er lässt mich vor sich runter und fährt mit den Händen über meinen Körper. »Alles okay?«

Ich nicke. Ich bin okay, aber meinem Ego geht es weniger gut. Hitze steigt in meine Wangen, und den amüsierten Zug um Austins Lippen nach zu urteilen, bin ich knallrot im Gesicht. Als er laut zu lachen beginnt, schnaube ich entrüstet. »Das ist nicht witzig«, sage ich und stelle mir vor, wie ich aussehen muss. Ich halte mir den Mund zu, als mir ein Kichern zu entschlüpfen droht.

»Baby, das war verdammt lustig.« Austin lacht heftiger, also schnappe ich mir ein Kissen und vergrabe das Gesicht darin, um meine eigene Heiterkeit zu ersticken.

»Bist du sicher, dass du dir nicht wehgetan hast?«, will er wissen und die Belustigung in seiner Stimme ist etwas abgeflaut.

Ich schaue auf. »Ja, alles gut.« Ich drücke die Wange gegen das weiche Bettzeug und löse meinen Blick von seinem.

»Wie spät ist es?« Bei seiner Frage wende ich den Kopf Richtung Uhr und mir entschlüpft ein leiser Fluch. »Was?« Austin sieht selbst nach. »Es ist erst zehn.«

»Ich habe seit einer Ewigkeit nicht mehr so lange geschlafen, meistens nur bis kurz nach sechs«, murmle ich. Ich weiß, dass *er* dieses Wunder vollbracht hat. Dank ihm konnte ich endlich mal wieder zur Ruhe finden.

»Das hattest du nötig, deshalb wollte ich dich nicht wecken. Jetzt muss ich aber zur Toilette«, erklärt er, womit er mich an etwas erinnert, das erneut Hitze in mir auslöst. Wie lange ich wohl auf ihm geschlafen habe, während er wach dalag?

Ich beobachte, wie er aus dem Bett steigt, seine Jeans vom Boden nimmt und sie anzieht. Während er den Reißverschluss schließt, bleibt mein Blick an der Stelle haften, bis sich Austin zur Tür wendet und den Raum verlässt. Ich schüttle den Kopf und frage mich, was darin vorgeht. Erst vor ein paar Tagen habe ich meine Mom verloren und immer noch spüre ich ein Stechen in meiner Brust, doch da ist auch noch etwas anderes. Ein leichter Anflug von Glück, das sacht durch meinen Körper fließt. Es ist etwas seltsam, gleichzeitig traurig und glücklich zu sein, doch genauso fühle ich mich.

Wann habe ich zuletzt derart heftig gelacht? So sehr, dass meine Bauchmuskeln noch ein wenig davon schmerzen? Da ich mich nicht erinnern kann, steige ich aus dem Bett, schnappe mir den Sweater von gestern und wickle ihn um meine Schultern, bevor ich in einer Schublade nach einem Paar Kaschmirstrümpfen suche. Sie reichen mir bis zur Mitte meiner Oberschenkel. Die Tür öffnet sich wieder und ich zwinge mich dazu, nicht in Austins Richtung zu schauen. Erst bei seinem Knurren wirble ich zu ihm herum.

»So gehst du bestimmt nicht da raus.«

»Was?«, frage ich verdutzt.

»Diese Socken.« Er schüttelt den Kopf und seine Miene verdunkelt sich. »Mit denen verlässt du nicht diesen Raum.«

»Warum nicht?«

»Der Mistkerl ist noch anwesend.«

»Das ist mir klar, Austin.« Ich verdrehe die Augen und rücke das weiche Material zurecht, dann stehe ich vom Bett auf.

»Zieh sie aus.«

»Nein.« Ich verschränke die Arme vor der Brust – dann falle ich zurück aufs Bett. Ich keuche, als die Matratze meinen Sturz abfedert. »Was zum Teufel soll das?«, will ich wissen, als Austin meine Knöchel umfasst. Ich versuche, mich aus seinem Griff zu winden, aber er schlingt einen Arm um meine Oberschenkel und hält mich fest. Langsam streift er mir erst den einen, dann den anderen Strumpf ab. Entrüstet starre ich ihn an und versuche, mich aufzusetzen, um meine Sachen wiederzuholen. »Rück sie raus.«

»Nein. Zieh dir normale Socken an.«

»Oh mein Gott. Gib sie schon her.«

»Du wirst die verdammten Dinger nicht tragen, komm damit klar«, entgegnet er mit fester Stimme.

»Du kannst mir nicht vorschreiben, was ich anziehen darf und was nicht«, erwidere ich empört.

»Habe ich nicht genau das gerade getan«, bemerkt er und hält meine Strümpfe außer Reichweite.

»Austin, so wahr mir Gott helfe.« Frustriert lege ich den Kopf in den Nacken. »Rück die Strümpfe raus oder ich trete dir in den Hintern.«

Er beugt sich über mich und senkt die Stimme. »Versuch es, Baby, dann versohle ich dir deinen.«

»Das hast du gerade nicht gesagt.«

»Habe ich. Vertrau mir, das war kein leeres Versprechen.« Er verschränkt die Arme vor der nackten Brust, meine Sachen fest im Griff.

»Bitte gibt mir mein Zeug zurück«, versuche ich es mit einer anderen Taktik, in der Hoffnung, dass mein sanfterer Ton ihn erkennen lässt, wie albern das alles ist.

»Nein.«

»Schön.« Ich zucke mit den Schultern, laufe zu meiner Kommode und hole ein weiteres Paar in einer anderen Farbe hervor. Ich glaube, aus dem Schneider zu sein, da nimmt er mir auch dieses ab. »Warum verhältst du dich so kindisch?«

»Wie gesagt: In deinem Haus befindet sich ein Mistkerl.«

»Und was hat das mit der Geiselnahme meiner Strümpfe zu tun?«

»Als ich vorhin ins Zimmer kam und dich in den Dingern sah, konnte ich bloß daran denken, wie du sie trägst und sonst nichts. Wie deine Beine in diesen Socken um meine Hüften geschlungen aussehen würden, während ich dich nehme«, sagt er gefährlich leise.

Ich keuche auf. Dieses Bild von mir unter ihm, meinen Beinen um seine Hüften, seinem Gesicht nah bei meinem, unseren Körpern synchron und verschwitzt ... »Oh.«

»Ja, *oh.*« Er gibt die Socken zurück in die Schublade und schließt sie, bevor er sein Shirt vom Boden holt und es überzieht. Ich beobachte ihn, immer noch benommen von dem, was er mir gerade offenbar hat. Er hat zwar erst gestern betont, dass er meinen Kuss erwidert hat, und ich weiß, dass sich etwas zwischen uns verändert. Dennoch hätte ich nie damit gerechnet, ihn je wieder sagen zu hören, dass er mich will.

»Was passiert hier gerade?«, frage ich so leise, dass ich nicht sicher bin, ob Austin mich verstanden hat.

Er mustert mein Gesicht, dann überwindet er den Abstand zwischen uns, kommt mir so nah, dass ich seine Lippen an meinem Ohr spüre. »Etwas wunderschönes, Lämmchen«, raunt er, ehe er zurückweicht, um seinen Mund flüchtig gegen meinen zu drücken. Anschließend öffnet er die Tür und lässt mich atemlos in dem Zimmer allein. Doch zur Abwechslung ringe ich nicht aus Schmerz um meinen nächsten Atemzug.

Es dauert einige Minuten, bis ich genug Mut gesammelt habe, um ihm zu folgen. Ich gehe in die Küche und sehe etwas, von dem ich nie zu träumen gewagt hätte. Austin in meiner Küche, barfüßig, in Jeans und T-Shirt, während er sich einen Becher Kaffee einschenkt. Ken lehnt mit einer Tasse in der Hand an der Arbeitsfläche und ist ähnlich gekleidet wie Austin. Zwischen den beiden hin- und herschauend, trete ich den Rückzug an, bevor mich einer der beiden bemerkt.

»Willst du Kaffee, Baby?«, fragt Austin und aus dem Augenwinkel erkenne ich, wie sich Kens Körper anspannt. Ich wende den Kopf in seine Richtung und unsere Blicke treffen sich. Unbehagen macht sich in meinem Innern breit. Ich liebe Ken nicht mehr. Ehrlich gesagt kann ich ihn kaum noch leiden, auch wenn ich ihn früher geliebt habe. Vielleicht nicht aus ganzem Herzen, aber genug, um den Rest seines Lebens mit ihm verbringen zu wollen. Keine Ahnung, wo wir nun in unserer Beziehung stehen würden, wenn die Dinge anders verlaufen und er mir treu geblieben wäre.

Ich spüre, wie ich die Nägel in meine Haut grabe, in einem Versuch, das Gefühl von vor ein paar Minuten festzuhalten. Der glückliche Moment mit Austin wird von dem säuerlichen Ausdruck in Kens Gesicht vertrieben. Als ich eine warme Hand an meiner Wange spüre, schaue ich auf in Austins blaue Augen. Ich senke die Lider und atme langsam aus. Ich weiß nicht, wie ein Blick oder eine simple Berührung den Rest der Welt verschwinden lassen kann.

»Kann ich mit dir sprechen, Lea?«, ergreift Ken das Wort und ich kneife die Augen fest zu, ehe ich mich meinem Schicksal ergebe. Anstatt Ken gegenüberzustehen, ist da immer noch Austin, dessen besorgter Blick mein Gesicht absucht.

»Bitte?«, fragt Ken ungeduldig.

»Wir haben nichts zu besprechen. Ich habe mit Tom geredet und ich stelle einen Antrag bei Gericht.«

»Darum geht es nicht. Ich unterschreibe die verfluchten Scheidungspapiere.«

»Pass auf«, knurrt Austin.

»Kann ich mich mit meiner gottverdammten Frau unterhalten?«, brüllt Ken, und bevor ich blinzeln kann, steht Austin direkt vor ihm.

»Heb in ihrer Gegenwart nicht deine Stimme. Sie ist dir nichts schuldig.«

Ken plustert sich auf, dann sacken seine Schultern nach unten und er nimmt den Nasenrücken zwischen Daumen und Zeigefinger. »Ich will nur mit ihr reden.«

Ich lege die Hand auf Austins Rücken und spüre, wie er sich unter meiner Berührung zu entspannen beginnt. »Es ist okay«, beschwichtige ich ihn sanft.

»Ich lasse dich nicht mit ihm allein. Wenn er reden will, dann tut er das in meiner Anwesenheit oder gar nicht.«

»Ich komme schon klar.«

»Nein«, sagt er bestimmt und Ken knallt seine Tasse auf die Arbeitsfläche, wodurch Kaffee über den Rand schwappt.

»Es tut mir leid, okay?«, entfährt es Ken und er fängt meinen Blick auf. »Es tut mir leid, dass ich niemals genug war, ich mich nicht mehr bemüht habe und deine Mom gestorben ist. Vor allem aber, dass ich eine Affäre hatte.«

Mein Herz pocht so heftig, dass ein Rauschen meine Ohren erfüllt. *Wusch, Wusch, Wusch.* Es übertönt beinahe Kens nächste Worte.

»Es tut mir so verdammt leid, Lea. Ich weiß, dadurch ändert sich nichts, aber du sollst wissen, dass ich alles anders machen würde, wenn ich die Zeit zurückdrehen könnte.« Er sieht zwischen Austin und mir hin und her, woraufhin sich Kummer auf seine Züge legt. »Doch auch das würde keinen Unterschied machen, oder? Du bist genau da, wo du sein sollst.«

Es sind Worte des Abschieds, was mir klar wird, als er die Küche verlässt und ein paar Sekunden später die Eingangstür lautstark ins Schloss fällt. Ich zucke zusammen und schließe die Augen, als der Knall die Wände erzittern lässt. Arme schlingen sich um mich, halten mich fest und beschützen mich. Kein Schimmer, wie lange wir in dieser Position verharren, aber nach einer Weile lässt Austin mich los und geht hinüber zur Kaffeekanne. Er schenkt mir einen Becher ein und gibt ihn mir.

»Wir sollten darüber reden.« Er lehnt sich an die Arbeitsfläche und nimmt einen Schluck von seiner eigenen Tasse. Obwohl er sich lässig gibt, wirkt sein Blick wachsam. Er scheint zu versuchen, meine Gedanken und Gefühle zu lesen. Dabei verstehe ich nicht mal selbst, was sich in mir abspielt.

»Ich bin nicht sicher, ob das etwas ist, worüber ich mit dir reden sollte.«

»Mir ist bewusst, dass du mit ihm verheiratet warst, Lea. Ich weiß, du hast ihn geliebt und warst mit ihm im Bett. Ich glaube nicht, dass noch etwas übrig ist, das mich schockieren würde.«

»Tja, ich *will* aber nicht mit dir darüber reden.«

»Sprich mit mir«, wiederholt er.

»Ich kann mich nicht daran erinnern, dass du früher schon so herrisch und nervig warst«, grummle ich, bevor ich einen Schluck Kaffee nehme.

»Vor fünfzehn Jahren habe ich nicht aufgepasst und du bist mir entwischt. Du hast mich gefragt, ob ich diesen Ort jemals verlassen wollen würde. Ob ich je darüber nachgedacht habe, etwas anderes mit meinem Leben zu machen, als zu fischen. Ich habe dir nicht richtig zugehört und diesen Fehler begehe ich nicht noch einmal, Lea«, erklärt er sanft, dennoch hinterlassen seine Worte einen schneidenden Schmerz in mir. Alte Wunden klaffen auseinander und bringen mich dazu, mich verletzlich zu fühlen, wie ich da so vor ihm stehe.

Tränen brennen in meiner Nase. »Was passiert da zwischen uns? In der einen Minute sagst du mir, dass du mich hasst, in der nächsten küsst du mich, nur um mich stehen zu lassen. Und heute Morgen ...« Ich verstumme und senke den Blick, damit er nicht sieht, wie ich erröte. Als wäre ich eine Teenagerin und keine erwachsene Frau.

»Ich habe dir bereits erklärt, dass ich dich nicht hasse.« Er legt die Finger unter mein Kinn und hebt es an, sodass sich unsere Blicke treffen. »Das habe ich nie. Ja, der Kuss war auch für mich überraschend. Deine Mom ist gerade gestorben. Ich möchte nicht, dass du das, was sich zwischen uns anbahnt, dazu benutzt, um vor dem Schmerz deines Verlusts zu fliehen. Du würdest es bereuen, sobald du wieder bei klarem Verstand bist. Was dich und mich betrifft ...« Seine Miene wird sanft und er senkt die Stimme zu einem Flüstern. »Das zwischen uns ist unausweichlich, Lea, und ich weiß, du spürst es auch. Etwas verbindet uns, das mich selbst nach fünfzig Jahren noch dazu bringen wird, mich nach dir zu sehnen.«

»Ich ...« Die Worte bleiben mir im Hals stecken, während ich ihn ansehe. Ich weiß, er hat recht. So viel hat sich über die Jahre verändert, nur nicht das, was wir einst miteinander geteilt haben. Es ist noch da, fühlt sich etwas anders an, aber immer noch vertraut.

»Sprich mit mir, Baby«, bittet er erneut.

Ich mache einen Schritt von ihm weg und lehne mich gegen die Arbeitsfläche. Unter dem Vorwand, einen Schluck Kaffee zu brauchen, ordne ich meine Gedanken, bevor ich erkläre, was in mir vorgeht. »Ich weiß, es ist lächerlich, aber ich empfinde Schuld. Als ich Ken mit seiner Affäre konfrontiert habe, gab es keine Entschuldigung. Stattdessen machte er mir weis, ich hätte ihn dazu gedrängt.« Diese Unterstellung kam mir wie ein Schlag ins Gesicht vor, der immer noch nachhallt, wann immer ich an seine gebrüllten Worte zurückdenke. An demselben Tag hatte ich Nachrichten zwischen ihm und Courtney entdeckt, in denen es um mehr als nur das Geschäft ging. »*Du liebst mich nicht, also habe ich jemanden gefunden, der das tut.* So lautete seine Erklärung.«

»Kann ich dich etwas fragen?« Mit einem Nicken gebe ich Austin die Erlaubnis. »Wärst du noch mit ihm verheiratet gewesen, als du wegen deiner Mom hergekommen bist, wärst du dann zu mir gekommen?«

»Du meinst, ob ich eine Affäre mit dir angefangen hätte?«, hake ich nach.

»Ja, hättest du der Sache zwischen uns eine Chance gegeben, obwohl du noch mit einem anderem verheiratet gewesen wärst?«

»Nein«, beschließe ich, ohne darüber nachdenken zu müssen. Ich hätte es vielleicht gewollt, aber so was würde ich nie im Leben tun. »Ich habe mein Gelübde ernstgenommen. Meine Hoffnung war, dass die Gefühle, die ich für Ken hegte, mit der Zeit wachsen würden. Ich weiß, ich habe ihn nicht so geliebt, wie es sich gehört, aber ich habe es versucht.«

»Darauf will ich hinaus, Lea. Er hat Mist gebaut, daran

trägst du keine Schuld. Er hätte dir geradeheraus sagen müssen, dass er die Scheidung will, bevor er los ist und dich betrogen hat. Das war nicht dein Fehler. Es ist seiner. Du wurdest verletzt, und das hat er zu verantworten, nicht du.«

»Ich war erleichtert«, flüstere ich und senke erneut den Blick.

»Wie bitte?«, fragt er und neigt das Gesicht weiter zu meinem, damit er mich anschauen kann.

Ich räuspere mich. »Ich war erleichtert, als ich einen Grund hatte, mich von ihm zu trennen«, gestehe ich und spüre, wie Tränen auf meine Finger tropfen, mit denen ich den Kaffeebecher umklammere.

»Warum hattest du keine Kinder mit ihm?«

Ich hebe den Kopf und öffne den Mund, doch bleibe still. Als Austin und ich jung waren, sprachen wir oft darüber, eine Familie zu gründen und wie wir uns als Eltern anstellen würden. Ich wollte immer schon Mutter werden und wünschte mir ein Baby, aber Ken hatte stets eine Ausrede parat. Das Timing würde nicht stimmen, wir sollten noch warten. Irgendwann brachte ich das Thema nicht mehr zur Sprache, doch dass er mir diesen Wunsch verweigerte, hinterließ einen Schmerz in mir, den nichts lindern konnte.

»Ich kenne dich, Lea. Ich weiß, du wolltest Kinder. Nicht nur eins sondern fünf. Ich kann mir nicht vorstellen, dass du ihm das nie gesagt hast.«

»Das habe ich.«

»Doch er wollte nicht?«

»Ja.« Ich zucke mit den Schultern, als hätte es nicht jedes Mal wehgetan, wenn er mich abwies.

»Was hat er dir denn gegeben?«, will Austin wissen und klingt aufgebracht.

»Was meinst du?«, frage ich verwirrt.

»Was hat er dir gegeben, das dich dazu bringen würde, ihm treu zu bleiben?«

»Ich verstehe nicht ...« Ich schüttle den Kopf.

»Er wollte deine Liebe, Lea. Du warst sein, aber er wollte mehr. Womit hat er versucht, sich all deine Liebe zu verdienen?«

»Du sagst das, als wäre Liebe ein Tauschgeschäft«, erwidere ich beleidigt.

Seine Miene wird sanfter, als er die Hand hebt und meine Wange berührt. »Das ist sie, Baby. Liebe ist, wenn sich zwei Menschen dazu entschließen, die Bedürfnisse des anderen zu erfüllen. Um der anderen Person zu geben, was sie will, was sie braucht.«

»Wie kannst du das so sehen?«

»Weil ich weiß, dass ich das gemacht hätte, Lea, wäre ich an seiner Stelle gewesen.«

»Ken war aber nicht du.« Genau das war das Problem, nicht wahr? Niemand würde für mich jemals sein, was Austin einst war. Oder die Lücke in meinem Leben füllen, die erst durch seine Abwesenheit entstanden ist. *Niemand außer ihm.*

»Niemand konnte dich je ersetzen, Baby«, sagt er und ich umfasse meinen Becher etwas fester. Seine Worte sind wie Balsam für mein Herz, das mich beruhigt und heilt. Keine Ahnung, wohin diese Sache zwischen uns führen wird, aber es fühlt sich gut an, mit ihm darüber zu reden.

»Was ist mit dir?«, frage ich und mustere ihn.

»Was soll mit mir sein?«

»Du bist über meine Vergangenheit im Bilde, ich weiß jedoch nicht viel über deine«, erkläre ich.

»Ich hatte ein paar Beziehungen. Ein paar der Frauen haben mir viel bedeutet und mit einer wollte ich den nächsten Schritt wagen, dazu ist es aber nie gekommen.«

»Was meinst du?«, hake ich nach und bereue diese Worte sofort.

»Ich dachte mal, ich wäre verliebt. Sie hing immer noch ihrem Ex nach, aber ich habe trotzdem geglaubt, dass sie am Ende mir gehören würde.«

»Oh.« Ein Stechen geht durch meine Brust.

»Sie ist weggezogen und erneut mit ihrem Ex zusammengekommen, die beiden haben ihre Beziehung wieder in die richtigen Bahnen gelenkt und mittlerweile haben sie ein Baby. Sie sind immer noch glücklich miteinander. Diese Frau war mir wichtig. Sie ist ein guter Mensch, aber wir waren nicht füreinander bestimmt. Ich freue mich für sie. Sie verdient ihr Glück.«

Ich hebe den Becher an meine Lippen und nehme noch einen Schluck, ohne den Kaffee zu schmecken. Ich habe kein Recht, Eifersucht zu verspüren, aber das tue ich. Das Gefühl nistet sich in mir ein, streckt die Finger nach meinem Hals aus.

»Wir haben beide eine Vergangenheit, Lea«, merkt Austin an und betrachtet mich dabei eindringlich.

»Ich weiß«, erwidere ich und erst jetzt wird mir klar, wie stark er ist. So viel stärker und besser als ich. Ich will nichts über seine Vergangenheit erfahren. Ich will nicht hören, dass er in eine andere verliebt war. So selbstsüchtig es klingt, aber es ist ätzend, dass er ein Leben ohne mich hatte. Doch ich bin nicht mutig genug, um ihn zu fragen, warum er mich nicht zurückgeholt hat, wenn es so schwer für ihn war, ohne mich zu sein. Ehrlich gesagt will ich die Wahrheit nicht wissen, wie auch immer sie lauten mag. Ich würde lieber im Augenblick leben und so tun, als gäbe es nicht eine Million Dinge, über die wir sprechen müssen. Eine Million Dinge, die zwischen uns stehen.

10. Kapitel

Lea

»Ich kann nicht fassen, dass Ken *und* Austin bei dir übernachtet haben«, meint Rhonda, rutscht auf dem Bett nach unten und lehnt sich an das Kopfteil.

Nach dem Gespräch mit Austin und einem anschließenden Frühstück rief Ben an und fragte mich, ob ich den Tag mit Rhonda verbringen möchte. Der Arzt hatte ihr Bettruhe verschrieben und er wollte sie nicht allein lassen. Zu diesem Zeitpunkt war Ken noch nicht wieder aufgetaucht und ich wollte lieber nicht zu Hause sein, wenn er es schließlich doch tat. Also stimmte ich zu und Austin hat mich auf dem Weg zum Dock abgesetzt. Mit einem langen Kuss verabschiedete er sich von mir, um an seinem Boot zu arbeiten.

»Es war definitiv seltsam«, stimme ich zu und setze mich neben sie.

»Austin ist bei der Arbeit?«

»Ja, zwar muss er die nächsten paar Tage nicht mehr früh aufs Wasser raus, aber er will das Boot auf Vordermann bringen«, sage ich und sie nickt, bevor sich ihr Blick mit Sorge füllt.

»Wie war es, mit den beiden zu frühstücken?«, will sie neugierig wissen.

»Wir haben nicht gefrühstückt, sondern Kaffee getrunken. Bis Austin die Fassung verlor und Ken sich dafür entschuldigte, sich während unserer Ehe wie ein Arsch verhalten zu haben. Schließlich ist er aus dem Haus gestürmt.«

»Übernachtet er heute auch bei dir?«

»Gut möglich. Es sei denn, er nimmt mit seinem Auto vorlieb. Was mehr als unwahrscheinlich ist«, stelle ich fest und bin darüber ebenso wenig erfreut wie gestern.

»Austin wird bei dir sein.«

»Ich weiß.« Erleichtert schließe ich die Augen und lehne den Hinterkopf gegen die Polsterung hinter mir.

»Willst du darüber reden, was zwischen euch vor sich geht?«, fragt sie sanft und ich schaue sie von der Seite her an.

»Ich glaube, das versuchen wir selbst noch herauszufinden.« Ich setze mich auf und wringe die Hände in meinem Schoß. »Denkst du, es ist eigenartig, dass ich mich wieder in ihn verliebe?«, frage ich leise.

»Nein«, erwidert sie bestimmt. »Jedem in der Highschool war damals klar, dass die Liebe zwischen euch etwas Besonderes ist. Daran hat sich nichts geändert, auch wenn ihr fünfzehn Jahre lang getrennt wart. Ihr müsst über einiges sprechen und viel Mist durcharbeiten. Doch jeder, der einmal mit euch in demselben Raum war, kann sehen und spüren, was ihr füreinander empfindet.«

»Ich habe Angst.«

»Das kann ich verstehen, aber ich glaube, wenn du mutig bist, kannst du mit Austin etwas Wunderschönes aufbauen.« Sie lässt ihre Worte nachklingen und schnappt sich die Fernbedienung vom Nachttisch, um den Fernseher einzuschalten. »Willst du *Wie ein einziger Tag* gucken?«

»Den habe ich nie gesehen.« Ich zucke mit den Schultern und ihre Augen werden riesig.

»Tja, halte ein paar Taschentücher griffbereit. Die wirst du brauchen.«

»Ich komme auch ohne aus«, versichere ich ihr, kicke die Schuhe von den Füßen und mache es mir auf dem Bett gemütlich.

»Was zum Teufel geht hier ab?«, fragt Ben von der Tür aus, als er das Schlafzimmer betritt und Rhonda und mich sowie unsere vor lauter Weinen vermutlich geröteten Augen entdeckt.

»Deine Frau hat mich gezwungen, mir *Wie ein einziger Tag* anzusehen«, krächze ich und bedecke mein Gesicht.

»Fuck, ernsthaft, Babe?«

»Es ist ein toller Film«, antwortet Rhonda und schluchzt.

»Er ... er ist so traurig und schön«, wimmere ich und nehme eins der tausend Taschentücher, die uns umringen, um mir die Augen damit abzutupfen.

»Gott.« Ben schaut kopfschüttelnd zwischen uns hin und her, als wüsste er nicht, was er mit uns anfangen soll.

»Ich habe Hunger«, platzt Rhonda hervor und Ben lacht, ehe er die Arme links und rechts von ihr am Bett abstützt.

»Was willst du essen, Babe?«

»Corn Dogs mit Senf und Jalapeños vom *Wheelhouse*«,

sagt sie sofort.

»So soll es sein.« Er küsst sie auf die Nase, dann wendet er sich an mich. »Kann ich dir auch etwas mitbringen?«

»Nein, aber könntest du mich auf dem Weg zu Hause absetzen?«, frage ich, während ich das Chaos beseitige, das ich hinterlassen habe.

»Wolf sollte bald fertig sein«, antwortet er und richtet sich auf.

»Ich weiß, aber ich möchte ihn deswegen nicht stressen. Außerdem muss ich noch ein paar Dinge erledigen.«

»Kommst du klar, Baby?«, richtet er sich wieder an Rhonda, und als sie nickt, gibt er ihr einen weiteren Kuss. Unterdessen steige ich aus dem Bett und schlüpfe in meine Schuhe. Anschließend gehe ich zu Rhonda hinüber und lege die Arme um sie.

»Bis später«, murmle ich, ehe ich Ben aus dem Zimmer und zu seinem Truck folge. Als wir wenig später an meinem Haus ankommen, ist Kens Auto nirgendwo zu sehen und ich atme erleichtert auf. Ich bin froh, mich nicht mit ihm herumschlagen zu müssen. »Danke fürs Herbringen. Lass es mich wissen, wenn du irgendetwas brauchst«, sage ich zu Ben und schnalle mich ab.

»Danke fürs Abhängen«, meint er lächelnd und nach einem Nicken steige ich aus dem Truck. Ich winke ihm zum Abschied, dann betrete ich das Haus und verschließe die Tür hinter mir.

Meine Tasche und die Schlüssel lege ich auf den Beistelltisch im Eingangsbereich, dann halte ich inne und mein Herz beginnt, heftig gegen meinen Brustkorb zu hämmern. Seit dem Tod meiner Mom hatte ich nicht viel Zeit, um darüber nachzudenken, dass sie nicht mehr hier ist. Es war immer jemand um mich, der mich von der Stille abgelenkt hat. Während ich nun in dem geräuschlosen Haus stehe und mit der eingekehrten Leere darin konfrontiert bin, wird mir klar, dass Mom mich niemals wieder beim Nachhausekommen begrüßen wird. Wir werden nie wieder ein Gespräch führen. Sie ist fort und ich bin allein. Ein erstickter Laut dringt aus meiner Kehle. Ich lehne mich gegen die Tür in meinem Rücken, sinke zu Boden und ziehe die Knie an die Brust. Ich schlinge beide Arme darum und beginne zu weinen. Ich weiß nicht, wie lange ich so dasitze, aber irgendwann fährt ein Auto draußen vor und ich höre, wie eine Tür geschlossen wird. Schritte ertönen auf der Veranda, dann schallt ein Klopfen durch den Flur. Ich wische mir mit der Innenseite meines Shirts über das feuchte Gesicht und komme zittrig auf die Beine, um zu öffnen.

»Baby, was zur Hölle ist passiert?«, fragt Austin, und ehe ich mich versehe, liege ich in seinen Armen und klammere mich an ihn. Am liebsten würde ich mich für immer vor dem Schmerz verstecken.

»Es ist so still«, wimmere ich an seinem Hals. »Sie ist fort.«

»Es ist okay, Baby. Lass los, ich hab dich«, beteuert er und ich schluchze heftiger, als alles an die Oberfläche kommt, das ich in mir verschlossen hatte.

»Ich bin so alleine«, gestehe ich ihm, als er sich mit mir auf seinem Schoß auf der Couch niederlässt.

»Du bist nicht alleine«, brummt er und umfasst schützend meinen Hinterkopf.

»Bitte verlass mich nicht«, flehe ich.

»Ich gehe nirgendwohin«, verspricht er, woraufhin

noch mehr Tränen folgen. Ich habe ihn nicht verdient, nicht nachdem ich damals abgehauen bin. Dennoch kann ich nicht anders, als ihn verzweifelt darum zu bitten, mich nicht zu verlassen. »Du wirst mich immer haben, Lämmchen.« Er schlingt die Arme fest um mich, erdet mich, während ich all den Kummer rauslasse.

Als meine Tränen versickern, fühle ich mich ausgelaugt und leer. Austin trägt mich in mein Schlafzimmer und legt sich hinter mich ins Bett. Ich schlafe in seinen Armen ein.

Als ich aufwache, habe ich Kopfschmerzen; eine Erinnerung an die vielen Tränen, die ich geweint habe. Sonnenschein flutet den Raum, also habe ich nicht allzu lange geschlafen. Ich nehme mir einen Moment Zeit, um einfach dazuliegen, dann höre ich Stimmen, die von irgendwo aus dem Haus zu mir dringen. Nachdem ich aufgestanden bin, ziehe ich meinen Sweater aus, sodass ich nur noch ein dünnes Shirt und meine Jeans trage. Im Wohnzimmer treffe ich auf Ken und Austin, die auf der Couch sitzen und leise miteinander reden. Ich glaube nicht, dass ich mich je daran gewöhnen werde, die beiden im selben Raum zu sehen.

Austin sieht auf, und als sich unsere Blicke treffen, wird der Ausdruck in seinen Augen sanfter. »Hey.«

»Hey«, wiederhole ich und schaue auf meine Füße hinunter, die heute in gewöhnlichen Socken stecken. Ich fühle mich etwas befangen, wegen der Art, wie ich vorhin zusammengebrochen bin.

»Abendessen ist fast fertig. Hast du Hunger?«

Ich nicke und schlinge die Arme um meine Taille. Mein

Blick fällt auf Ken, der mich eindringlich betrachtet.

»Ich habe einen früheren Flug bekommen. Ich bin nur hier, um dir mitzuteilen, dass ich verschwinde. Sobald ich zu Hause ankomme, werde ich die Scheidungspapiere unterzeichnen.«

»Das weiß ich zu schätzen.«

Er sieht mich auf eine Weise an, wie er es getan hat, kurz nachdem wir ein Paar wurden. »Schreib mir mal eine Mail, damit ich weiß, dass du wohlauf bist.«

»Klar«, stimme ich zu, auch wenn es gelogen ist. Das wird die letzte Unterhaltung zwischen uns sein. Er erhebt sich und geht Richtung Eingang, neben mir hält er jedoch inne. Mein Körper verspannt sich in der Erwartung, dass er mich umarmen wird. Stattdessen bückt er sich und küsst mich auf die Stirn.

»Gib auf dich Acht, Lea.«

»Du auch«, murmle ich und beobachte, wie er die Tür öffnet und sie hinter sich schließt. Mein Herz bleibt stumm, obwohl ich weiß, dass ich ihn nie wieder sehen werde.

»Wie fühlst du dich?«, fragt Austin, während er seine starken Arme von hinten um mich legt.

»Okay ... besser.«

Seine Lippen streichen über meine Schläfe, dann über mein Ohr, bevor er sie gegen meine Halsbeuge drückt. »Gut«, flüstert er an meiner Haut.

»Tut mir leid wegen vorhin.«

Er dreht mich in seinen Armen um und sucht meinen Blick. »Mir nicht.« Behutsam nimmt er mein Gesicht in die Hände, während ich meine seitlich an seinen Körper lege. »Wenn dir das nächste Mal nach Weinen ist, rufst du mich an.«

»Der Schmerz kam so plötzlich«, erkläre ich und wende den Blick ab.

»Ich weiß, und wenn es wieder passiert«, er streicht mit den Daumen über meine Wangen, »rufst du mich an, und ich werde alles stehen und liegen lassen, um bei dir zu sein.«

»Ich will dich nicht belasten.«

»Du bist keine Belastung. Behaupte nicht das Gegenteil, damit machst du mich nur wütend, Baby.«

Ich runzle betrübt die Stirn. »Wieso stört es dich, dass ich keine Belastung für dich sein will?«

»Als dein Mann ist es mein Job, auf dich achtzugeben, Lea. Auch wenn das bedeutet, nicht mehr als eine Schulter zum Anlehnen zu sein, wenn du eine brauchst.«

»Oh«, flüstere ich, weil er gerade gesagt hat, er wäre mein Mann und diese Aussage meinen Körper von innen heraus zum Glühen bringt.

»Ja, *oh*«, wiederholt er und klingt noch etwas genervt.

»Ähm ...« Ich schaue über seine Schulter und er drückt die Finger leicht in meine Wange, damit ich ihn wieder ansehe. »Das wusste ich nicht.«

»Du wusstest nicht, dass du zu mir gehörst?«, fragt er und ich nicke. »Du hast schon immer zu mir gehört, aber du musst mir dabei helfen, auf dich aufzupassen, Lea.« Bei seinem Ton und der Art, wie mich diese Worte einhüllen, schmiege ich meinen Körper an seinen. Meine Brust drückt sich an seine und ich stelle mich auf die Zehenspitzen, um seinem Gesicht noch näher zu sein.

»Es gefällt mir, dass du dich um mich kümmern willst«, gestehe ich. Brummend zieht er mich enger an sich, dann senkt er den Mund auf meinen und leckt mir über die Lippen, während er mit beiden Händen über meinen Hintern streicht. Er umfasst meinen Po und zieht meine untere Körperhälfte fest an sich.

»Du musst etwas essen«, sagt er, anstatt jedoch zurückzuweichen, vergräbt er die Finger in meinem Haar und erobert mich in einem weiteren Kuss. Seine Lippen wandern meinen Hals hinab, wodurch feuchte Hitze zwischen meine Beine schießt. Ich klammere mich an seinen Armen fest, um das Gleichgewicht zu wahren. Eine tiefe Welle an Verlangen pulsiert durch mich hindurch.

»Austin«, wimmere ich, als er sich wieder zu meinem Mund hochküsst.

»Ich bin hier, Baby«, knurrt er und hebt mich hoch. Ich schlinge die Beine um seine Hüften und er presst mich mit dem Rücken an die Wand. Ich spüre seine Erektion an meiner Mitte. Als er den Kopf neigt, um mit den Zähnen durch das Material meines Shirts und BHs über meinen Nippel zu fahren, stöhne ich laut auf. Ich lasse die Hände von seinen Schultern in sein Haar wandern, um mich an etwas festhalten zu können.

»Wir müssen langsamer machen.«

»Ja«, stimme ich zu und beiße in seine Unterlippe, dann ist er weg. Ich blinzle ein paar Mal und lehne mich gegen die Wand, um wieder zu Atem zu kommen, während Austin ein paar Meter von mir entfernt steht. Seine Brust hebt und senkt sich.

»Fuck.« Stöhnend legt er die Hand an seine Jeans und rückt seine Erektion zurecht. »Geh in die Küche, Baby. Ich kann dich im Moment nicht ansehen oder ich verliere die Kontrolle. Geh schon mal in die Küche und gib mir fünf Minuten.«

Schwer schluckend lasse ich den Blick wieder auf die Hand auf seiner Hose gleiten und sein Knurren hallt durch den Raum. Ich zucke zusammen und eile durch die Tür in die Küche. Dort presse ich den Rücken gegen die Wand, schließe die Augen und befehle meinem Körper, sich zu beruhigen. Als sich Austin fünf Minuten später zu mir gesellt, sind wir beide in der Lage, ein stilles Abendessen einzunehmen, bevor wir uns auf der Couch einen Film angucken. Ich bitte Austin nicht darum, wieder über Nacht hierzubleiben, beschwere mich aber nicht, als er mich ins Bett bringt und sich neben mich legt.

Als ich aufwache, streicht Austins Atem über mein Ohr. Seine Hand ist um eine meiner Brüste gelegt und unsere Beine sind miteinander verschlungen. Ken hat mich nachts nie gehalten, nicht mal nach dem Sex. Er drehte sich immer zur Seite und schlief ein. Kuscheln war höchstens eine Art Vorspiel. Zwei Tage hintereinander in Austins Armen aufzuwachen, gewährt mir einen Einblick in das Leben, das ich hätte führen können, wäre alles anders verlaufen.

Ich versuche seinen Arm etwas anzuheben, um mein Tanktop geradezurücken. Das bringt mir nur ein Drücken meiner Brust von ihm ein. Zur Antwort ziehen sich die Muskeln in meinem Inneren zusammen.

»Schlaf weiter.« Die Worte streichen über mein Ohr und mein Nippel richtet sich unter seiner Handfläche auf. Ich unterdrücke ein Keuchen. Austins Atmung wird tiefer, dann zieht er mir das Tanktop aus. Er liebkost meine Brustspitze und ich biege den Rücken durch, als ich zugleich seinen harten Schwanz an meiner Seite spüre.

»Austin«, hauche ich. Mit einem Brummen streichelt er über meine Haut, um sich der anderen Seite zu widmen. Seine Hände sind rau, wandern nach einer Weile noch tiefer, und meine Muskeln ziehen sich unter seiner Berührung zusammen. Ich drücke die Nägel in seinen Arm.

»Gib mir deinen Mund«, verlangt er und ich bringe meine Lippen zu seinen. Er umspielt meine Zunge mit seiner, während er die Finger unter den Bund meiner Schlafshorts gleiten lässt. Als sie meine Klit erreichen, löst sich ein Wimmern aus meiner Kehle. »Du bist klatschnass, Lämmchen«, knurrt er und dringt mit einem Finger in mich ein, was mir ein Stöhnen entlockt. Ich hebe ihm das Becken entgegen.

Er lässt von meinem Mund ab und hält meinen Blick gefangen, während er meine Klit umkreist. Meine Atmung wird schwer, als sich etwas unter der Oberfläche meiner Haut zusammenbraut.

Über mich gelehnt, senkt Austin den Kopf zu meinem Nippel und saugt daran, während er zwei Fingern in mich stößt. Mein Körper spannt sich an. Kühler Atem streift über meine feuchte Haut, ehe sich Austin meiner anderen Brust zuwendet. Als sein Daumen beginnt, über meine empfindsamste Stelle zu reiben, ziehen sich meine inneren Muskeln zusammen. Ich vergrabe eine Hand in seinem Haar, die andere lasse ich seinen Oberkörper entlang nach unten wandern, ehe ich seinen harten Schwanz durch die Boxershorts umfasse. Zärtlich streiche ich darüber.

Austin gibt meine Brust frei und sein Blick trifft meinen. Ich stehe so kurz vor dem Abgrund, dass ich die Lider zusammenpressen muss. Hitze schießt direkt zwischen meine Beine. Es fühlt sich an, als würde ich verbrennen.

»Sieh mich an.« Erneut treffen sich unsere Blicke. Austin betrachtet erst mein Gesicht, dann meine Brüste und meinen Bauch, bevor er mir wieder in die Augen sieht. »Du bist so schön«, sagt er und stöhnt, als ich den Daumen über die Spitze seines Schwanzes gleiten lasse. »Sogar noch schöner, als vor fünfzehn Jahren.«

»Austin ...« Ich keuche auf. Die Stöße seiner Finger werden schneller und schüren das Feuer in meinem Innern, bis ich in Flammen stehe. Ich wölbe den Rücken durch und mein Becken beginnt zu zucken. Austin bedeckt meinen Mund mit seinem, erstickt mein Stöhnen, und ich klammere mich an sein Haar. Meine Hand an seinem Schwanz erstarrt und eine Welle der Lust überrollt mich.

Austin küsst mich immer noch, als sich der Nebel in meinen Gedanken lichtet. Seine Finger sind in mir, bewegen sich jedoch langsamer als zuvor. Ich hatte schon viele Orgasmen, aber keiner hat mich je so erschüttert wie dieser. Als hätte er jede Faser meines Körpers zum Leben erweckt.

Ich löse meine Lippen von Austins und atme tief ein. Seine Finger verlassen mich, und als er sie in den Mund nimmt, wimmere ich auf. Er beugt sich vor und küsst mich, sodass ich ihn und mich zusammen schmecken kann. Ich fahre damit fort, seinen Schwanz zu massieren, doch er zieht meine Hand weg und haucht einen Kuss auf meine Knöchel.

»Ich ...«, setze ich zu einem Protest an, aber er unterbricht mich.

»Wenn ich das erste Mal mit dir komme, werde ich tief in dir sein.«

»Oh«, flüstere ich und lächelnd drückt er seine Lippen erneut gegen meine, dann stützt er den Ellenbogen nahe meinem Kopf aufs Bett.

»Bist du okay?« Das Nachbeben meines Höhepunkts, seine sanfte Stimme und die Art, wie er liebevoll über meine Wange streichelt, entspannt mich so sehr, dass ich tiefer in der Matratze versinke.

»Ja und du?« Ich schiebe ihm das Haar aus der Stirn.

»Sehr sogar.« Erneut küsst er mich. »Willst du heute bei mir übernachten?«

»Auf dem Boot?«

»Nein, in meinem Haus. Heute wird das Bett geliefert. Die Küche ist bereits fertiggestellt, also würde ich diese Nacht gern dort verbringen. Mit dir.«

»Ich weiß nicht«, murmle ich und fühle mich hin und her gerissen. Geht das nicht zu schnell? Es gibt so vieles, über das wir noch nicht geredet haben. Dinge, die uns im Weg liegen wie eine Schlange, die jeden Moment nach uns schnappen könnte. Ihr Biss wäre tödlich für das, was sich gerade zwischen uns anbahnt.

»Ich möchte heute neben dir in meinem Haus einschlafen und am Morgen mit dir an meiner Seite aufwachen. Es muss nichts zwischen uns passieren, Lea. Ich will dich nur in meiner Nähe wissen«, erklärt er und ein warmes Gefühl breitet sich in meiner Brust aus, bis ich beinahe dahinschmelze.

»Okay«, stimme ich zu und drücke ihm einen flüchtigen Kuss auf den Mund.

»Kommst du klar, während ich an meinem Boot

arbeite?«

»Ja, ich muss hier ein paar Sachen erledigen, bevor ich mit der Bank über den Kredit für das Büro spreche.«

»Ich bin froh, dass du wieder zu Hause bist, Lämmchen.«

Zu Hause. Auch wenn Mom nicht mehr da ist, Austin füllt diese Räume und macht sie heimelig. Hoffentlich schaffe ich es diesmal, gegen die Flut an Gefühlen anzukämpfen, die sich tief in mir aufbauen.

11. Kapitel

Lea

Ich parke vor Austins Haus und schaue durch die Windschutzscheibe zum Gebäude hoch. Austin steht auf der Veranda und lächelt mir entgegen.

Heute war ein guter Tag. Nachdem Austin morgens gegangen ist, habe ich angefangen, Moms Sachen durchzusehen. Den Großteil hat sie selbst sortiert, ein kleiner Rest war noch übrig, weil sie den zum Ende ihrer Krankheit hin nicht mehr geschafft hat. Ihr bei dieser Arbeit zuzuschauen, tat weh. Sie fragte mich, was ich behalten wollte und was sie spenden durfte. Mittlerweile ist mir klar, dass sie das nicht für sich, sondern für mich getan hat, damit ich mich nicht alleine durch die Erinnerungen wühlen musste.

Nachdem ich ein paar Schachteln voller Fotos und alten Unterlagen sortiert hatte, ging ich zur Bank, um die Papiere für meinen Kredit aufsetzen zu lassen. Als ich dort ankam, war ich überrascht, auf Shelby zu treffen. In der Highschool waren wir befreundet, aber wie mit allen Leuten aus meiner Vergangenheit, hatte ich den Kontakt zu ihr abgebrochen. Doch sie wirkte nicht böse und schien sogar zu verstehen, warum ich damals die Stadt verlassen hatte.

Sie war selbst kurz vor ihrem Abschluss gegangen und noch nicht lange wieder hier. Ich hatte gehört, dass sie wegzog, nachdem sie und ihre Highschoolliebe – Zach, der heute der Sherriff ist – ein Baby zur Adoption freigegeben hatten. Ich kannte nicht viel von ihrer Geschichte, als sie jedoch von ihrer Rückkehr sprach, stand Schmerz in ihren Augen. Doch das änderte sich, als sie Bilder von ihrem Sohn hervorholte, der gerade sieben geworden war. Der Ausdruck auf ihrem Gesicht machte deutlich, dass all der Schmerz egal war, solange sie nur ihr Kind bei sich hatte. Es war ein Gefühl, das nur ein Elternteil wirklich verstehen konnte.

»Willst du die ganze Nacht im Wagen sitzen oder kommst du rein?«, reißt mich Austin aus meinen Gedanken und öffnet die Fahrertür. Ich habe nicht bemerkt, wie er die Verandastufen heruntergegangen ist.

»Ich komme rein«, antworte ich, bevor er seinen Mund über meinen streicht. Er löst meinen Gurt, zieht mich zu sich hinaus und schließt die Wagentür.

»Hast du eine Übernachtungstasche im Kofferraum?«

Ich schüttle verneinend den Kopf und präsentiere ihm meine Handtasche. »Hier drinnen sind ein Slip und eine Zahnbürste. Ich dachte, zum Schlafen könnte ich eines deiner Shirts anziehen.«

»Oder gar nichts.« Er grinst, und ein aufgeregtes Flattern geht durch meinen Bauch, während meine Wangen heiß werden. Ich räuspere mich und trete einen Schritt von ihm weg, um mich noch mal meinem Wagen zuzuwenden. Ich öffne die Tür zum Rücksitz und hole ein paar Tüten hervor, die ich mitgebracht habe. »Was ist das?«, will Austin wissen.

»Ich war nicht sicher, ob deine Küche eine Grundausstattung hat, also bin ich auf dem Weg beim Laden stehen geblieben, um das Notwendigste zu besorgen. Außerdem habe ich ein paar Zutaten gekauft, um dir Abendessen zu kochen.«

»Du kochst für mich?«

»So in der Art. Ich werde eine Tiefkühllasagne in den Ofen schieben, eine Packung Salat aufreißen und ein Baguette in Scheiben schneiden.« Ich zucke mit den Schultern.

»Besserwisserin.« Er klopft mir liebevoll auf den Hintern.

»Ich war nicht sicher, ob du etwas zum Kochen hier hast.«

»Hab ich auch nicht, nur eine Pfanne und eine Kaffeemaschine.«

»Ich wusste es.« Lächelnd erlaube ich ihm, mir die Tüten abzunehmen, und folge ihm ins Haus.

»Möchtest du ein Glas Wein?«

»Ja, bitte.« Ich ziehe meinen Mantel aus und lege ihn am Rand der großen Kücheninsel ab, bevor ich mich meinem Einkauf widme. Sobald ich die Lasagne ausgepackt habe, stelle ich den Ofen auf die gewünschte Hitze und gebe sie hinein.

»Ich habe draußen etwas für dich.«

»Du hast etwas für mich?«, frage ich, doch anstelle einer Antwort zu erhalten, nimmt Austin meine Hand und führt mich auf die Veranda, wo er ein großes Teleskop mit einer roten Schleife aufgebaut hat.

»Hier ist der perfekte Ort, um es zu benutzen.« Er will mich näherziehen, aber ich bin wie festgefroren. Von diesem Moment habe ich früher immer geträumt. Ein lang gehegter Wunsch, von dem ich Austin einmal erzählt habe, in dem Glauben, er würde sich nie erfüllen. Doch gerade befinde ich mich in dem Haus, in das ich mich als kleines Mädchen verliebt habe, mit dem Mann, der mein Herz in seinen Händen hält. Und er schenkt mir ein Stück einer Wirklichkeit, von der ich so lange nicht zu träumen gewagt habe.

»Du hast mir ein Teleskop gekauft?«, flüstere ich und blicke von dem Equipment zu Austin.

»Habe ich.«

»Du erinnerst dich.« Überwältigt von Emotionen schließe ich die Augen. Als ich sie wieder öffne, begegne ich Austins sanftem Blick.

Er macht einen Schritt auf mich zu und streichelt über meine Wange. »Ich erinnere mich an alles, Lea. Jedes Gespräch, jede Berührung, jeden Kuss, jede Kleinigkeit. An dich, an uns. Ich erinnere mich an alles davon.«

Eine Frage brennt mir auf der Zunge. Ich will wissen, was passiert ist. Warum hat er nie nach mir gesucht? Warum ließ er mich gehen? Da ich diesen Moment nicht ruinieren will, spreche ich nichts davon aus und mache stattdessen einen Schritt auf ihn zu. »Danke«, wispere ich, schlinge die Arme um ihn und lehne die Stirn an seinen Oberkörper. Sein darauffolgendes Brummen bringt mich zum Lächeln und ich blicke zu ihm auf, dann zum Teleskop und schließlich hoch zum Himmel. Es beginnt zu dämmern. »Ich wünschte, es würde richtig dunkel werden.«

»In ein paar Monaten wird es jeden Tag so lange dunkel sein, dass du stundenlang draußen unter den Sternen sitzen kannst«, verspricht er mir.

»Stimmt, trotzdem werde ich mein Geschenk heute ausprobieren«, informiere ich ihn, stelle mich auf die Zehenspitzen und küsse ihn. Er lächelt an meinem Mund, dann führt er mich wieder nach drinnen und wir essen unser Abendbrot im Stehen.

»Mom und Dad kommen dieses Wochenende her. Sie bringen einige Möbel aus Anchorage vorbei«, sagt Austin, als er sich auf einen der Liegesessel auf der Veranda setzt und mich auf seinen Schoß bugsiert. Ich kuschle mich an ihn.

»Das ist nett.« Ich ziehe meinen Sweater fester um mich, während ich auf den Ozean hinausblicke und gebannt den Sonnenuntergang betrachte.

»Wie würdest du es finden, mit ihnen und mir zu Abend zu essen?«, erkundigt sich Austin leise, beinahe so, als hätte er Angst vor meiner Antwort. Ich verspanne mich.

»Ich weiß nicht.« Ich hebe mein Weinglas hoch und nehme einen weiteren Schluck, um nichts Falsches zu sagen. Als Austin und ich noch ein Paar waren, gehörte seine Mom nicht zu meinen liebsten Menschen. Was auf Gegenseitigkeit beruhte. So sehr sie ihren Sohn liebt, mich schien sie nie besonders gut zu leiden. Das hat sie mehr als einmal deutlich gemacht.

Austin umfasst mein Kinn und zwingt mich, ihn wieder

anzusehen. »Ein paar Leute in der Stadt haben sie schon über unseren Beziehungsstatus informiert«, lässt er mich wissen.

»Klasse«, grummle ich, was seine Mundwinkel zum Zucken bringt.

»Es ist nur ein Abendessen, mehr verlange ich nicht«, meint er leise.

»In Ordnung«, stimme ich zu, überlege mir jedoch bereits, wie oft ich mich bis dahin bloß in ein Handtuch gewickelt und mit nassen Haaren in die Kälte stellen muss, um mir eine Lungenentzündung einzufangen und diesem Abendessen auf diese Weise zu entgehen.

»Es wird gut verlaufen.«

»Ich weiß. Du wirst bei mir sein, also mache ich mir keine Sorgen.« Ich versuche mich an einem Lächeln, bin aber recht sicher, dass es eher wie eine Grimasse rüberkommt. Also kuschle ich mich wieder an ihn und bette den Kopf auf seinem Oberkörper, direkt unter seinem Kinn.

»Sie hat nie eine gemocht«, murmelt er.

»Wie bitte?«, frage ich und schaue wieder zu ihm auf.

»Nicht eine der Frauen, mit denen ich mich getroffen habe, gefiel ihr. Sobald ich ihr jemanden vorstellte, begann sie über dich zu sprechen und erzählte unsere Geschichte. Sie stellte es wie eine dramatische Liebestragödie dar.«

»Sie mochte mich genauso wenig«, erinnere ich ihn kopfschüttelnd.

»Nein, die anderen mochte sie noch weniger, Baby.«

»Versuch nicht, mir das als Kompliment zu verkaufen«, entgegne ich und bringe ihn damit zum Lachen.

Kopfschüttelnd entspanne ich mich wieder und sehe dabei zu, wie die Sonne vollständig hinter dem Horizont verschwindet und sich der Himmel rosa färbt.

»Bist du müde?« Austin liebkost meinen Hals. Gänsehaut breitet sich auf meinem Körper aus und meine Nippel werden hart.

»Nein.« Lächelnd schmiege ich mich enger an ihn.

»Hm.« Ich spüre, wie sich seine Mundwinkel verziehen, dann hebt er mich hoch und trägt mich ins Haus. Wir durchqueren das leere Wohnzimmer und gehen die Treppe hoch ins Schlafzimmer, wo er mich auf sein Bett legt.

»Ich muss mich umziehen«, erkläre ich und versuche, mich aufzusetzen, aber er hält mich unter sich gefangen. Ich kann mich keinen Zentimeter von ihm wegbewegen.

»Alles, was du mitgebracht hast, sind ein Slip und eine Zahnbürste«, erinnert er mich, während er die Hände unter den Saum meines Shirts schiebt und über meinen Bauch streichelt.

»Ich weiß.«

»Du hast nichts zum Anziehen dabei.«

»Oh«, flüstere ich, als er den Mund auf meinen senkt und sacht in meine Unterlippe beißt, bevor er sich meinen Hals entlang nach unten arbeitet. Er zieht mir den Sweater über die Schultern, sodass ich nur noch mein locker sitzendes Oberteil mit Spaghettiträgern trage. Als Nächstes öffnet er die Knöpfe meiner Jeans und entblößt meinen cremefarbenen Spitzenslip.

»Austin«, wimmere ich, als sein Atem über meinen Bauch streift und ich seine Zähne spüre, als er mich zärtlich beißt. Ein Lustblitz schießt zwischen meine Beine.

Austin zieht mir die Jeans aus, sie landet irgendwo hinter ihm auf dem Boden, dann liegt sein warmer Körper wieder auf meinem. Ich schiebe die Hände unter sein schwarzes Shirt, immer höher, bis auch dieses Kleidungsstück durch die Luft segelt.

Austins Finger streicheln über meine Seiten, während er mir das Top abstreift, dabei berührt er federleicht meine Brüste. Als ich nur noch in meiner Unterwäsche daliege, lehnt er sich zurück und verschlingt mich mit seinem Blick. Mit einem Brummen zeichnet er den Spitzenrand meines BHs nach, dann den Saum meines Höschens. Der Ausdruck in seinem Gesicht zieht mich in seinen Bann. Meine Haut erwärmt sich unter seinem Blick und seiner Berührung. Seine Hand wandert tiefer zu meiner Mitte, und ich wölbe mich ihm entgegen.

»Sag es mir, wenn du aufhören willst«, fordert er mich auf und ich nicke, obwohl ich weiß, dass ich ihn nie darum bitten werde.

Er bedeckt meinen Körper mit seinem und küsst mich. Meinen Mund, meinen Hals, während er die Träger meines BHs nach unten schiebt. Ich biege den Rücken durch, damit er an die kleinen Haken an der Öffnung rankommt. Als er meine nackten Brüste mustert, ziehen sich meine Nippel erwartungsvoll zusammen. Zärtlich streicht er darüber und bringt mich erneut zum Wimmern. Sich vorbeugend, saugt er an einer Brustspitze, und ich schlinge die Beine um seine Hüften, um ihm noch näher zu kommen. Er liebkost auch meine andere Brust, saugt fester an der Spitze, bis ich mich unter ihm winde und sich mein Innerstes lustvoll zusammenzieht. Dann fasst er zwischen meine Beine, streichelt über meine spitzenbedeckte Mitte und mein Körper geht in Flammen auf. Ich bin so feucht, das zarte Material ist bestimmt durchnässt.

Ich setze mich etwas auf und beobachte, wie er sich an meinem Körper hinabküsst, bevor er sich zwischen meinen Schenkeln niederlässt. Als ich seinen Mund auf mir spüre, keuche ich überrascht auf.

»Austin.« Sein Blick trifft meinen. Ich weiß, es ist lächerlich. Ich bin eine vierunddreißigjährige Frau, aber das hat noch nie jemand für mich getan. Obwohl sich mein Körper dafür bereit fühlt, ist mir die Situation etwas peinlich. Doch Austins Augen verdunkeln sich noch mehr und Erkenntnis flackert in ihnen auf. Keine Ahnung, wie er mich so leicht lesen kann, aber er tut es.

»Dich hat noch nie jemand mit dem Mund verwöhnt, Baby?«, fragt er und sein kühler Atem streift über meine Mitte.

»Nein«, flüstere ich.

»Keiner wollte wissen, wie du schmeckst?«, hakt er nach und küsst mich auf den Oberschenkel.

»Nicht einer.« Ich schüttle den Kopf.

»All das gehört nur mir?« Er zieht mein Höschen zur Seite und fährt mit den Zähnen über die sensible Stelle.

»Ja«, wimmere ich.

»Du wirst mir das doch nicht verweigern, oder?«, will er wissen, dann spüre ich seine Zunge.

Oh. Mein. Gott. »Nein«, antworte ich und versuche, mich zu entspannen. Seine Nase streicht über mich, dann seine Zähne. Ich falle zurück auf die Matratze und das dabei entstehende Geräusch ist so laut, dass es mich erschreckt. Kühle Luft weht über meine Mitte, ehe Austins Zunge meine Klit umspielt. Ich vergrabe die Finger im Laken und hebe fordernd das Becken. Er hört nicht auf, mich mit seinem Mund zu verwöhnen, und alles in mir spannt sich vor Verlangen an.

Ein Finger dringt in mich ein, entlockt mir ein Stöhnen. Ich dränge mich ihm entgegen, hebe die Arme über meinen Kopf, und er stößt einen zweiten Finger in mich, so tief, dass mein Innerstes synchron mit meinem Herzschlag zu pulsieren beginnt. Dann saugt er an meiner Klit und ich komme heftig. Ich drücke mich in die Matratze, versuche, die Beine zu schließen, doch Austin hört nicht auf. Es ist zu viel, überflutet meinen Körper mit mehr Lust, als ich ertrage.

Sobald ich wieder klar denken kann, beugt sich Austin über mich. Seine Jeans sind fort und ich kann zum ersten Mal alles von ihm sehen. Seine Schultern und seine Brust sind breit, mit Tattoos von Wellen und einem Schiff gezeichnet. Seine Muskeln sind definiert, und ich schlinge ein Bein um seine schmale Hüfte, um ihn näher an mich zu ziehen. Er berührt meinen Oberschenkel, den Blick auf die Stelle zwischen meinen Beinen fixiert. Dann umfasst er seinen Schwanz und ich spüre ihn hart an meiner Mitte. Ein weiteres Stöhnen kommt mir über die Lippen.

»Sag mir, dass deine Pussy mir gehört, Lea.« Mein Blick schweift über ihn. Seine Muskeln sind angespannt, seine Brauen zusammengezogen. Wieder erinnert er mich an einen Wikinger.

»Ich habe schon immer dir gehört«, gestehe ich, dann dringt er in mich ein. Er gibt mir einen Moment, um mich an ihn zu gewöhnen; an die Art, wie er mich ausfüllt. Dieses Gefühl ist mit nichts zu vergleichen, was ich je empfunden habe.

»Fuck.« Mit einem Stöhnen verringert er die Distanz zwischen uns, bis sein Mund nur Zentimeter von meinem entfernt ist und wir uns denselben Atem teilen. »Du bist so eng ... so verdammt eng und feucht.« Er spannt sich an und lässt die Stirn auf mein Schlüsselbein sinken. »Kondom, fuck.«

Ich schlinge auch das andere Bein um seine Hüfte und umfasse sein Gesicht, damit er mich wieder ansieht. »Ich ... ich nehme die Pille.« Ich lecke mir über die plötzlich trockenen Lippen.

»Ich habe es noch nie ohne gemacht«, erwidert er und drückt die Finger in mein Fleisch.

»Ich auch nicht«, wispere ich und küsse ihn aufs Kinn, dann beginnt er, sich in mir zu bewegen, und mir stockt der Atem. Sein Körper fängt mich ein, und er beugt sich runter, um an meinem Nippel zu saugen. Mit den Händen umfasst er meine Oberschenkel. Sein Geruch, das Gefühl von ihm in mir, auf mir, all das überwältigt meine Sinne.

Er lässt von meiner Brust ab und erobert mich in einem heißen Kuss. Plötzlich werde ich herumgedreht und lande auf dem Bauch. Austin hebt mein Becken an und versenkt sich von hinten in mir. Er reibt über meinen Po und gibt mir einen Klaps auf eine meiner Hinterbacken, bevor er meinen Nacken umfasst. Mit der anderen Hand greift er an meiner Taille herum zwischen meine Beine und er streicht über meine Klit.

Ich dränge meine Hüften an ihn. Bei jedem Stoß zieht sich meine Pussy um ihn zusammen und ich nähere mich dem Abgrund der Lust. Nie zuvor hat sich etwas so gut angefühlt. Als ich vor lauter Verlangen beinahe durchdrehe, zieht er sich aus mir zurück und dreht mich wieder um. Den Arm um meine Taille geschlungen, drückt er mich in die Matratze. Ohne den Blick von mir zu nehmen, dringt er langsam in mich ein und küsst mich, sanfter als zuvor.

Unsere Körper folgen demselben Rhythmus und die Zeit scheint stillzustehen. Zwischen uns baut sich etwas auf, das uns beide zerstören wird, bevor es uns zu einem Ganzen zusammensetzt. Ich verstärke den Druck meiner Beine um ihn und Austin schiebt den Arm unter mich, um den Winkel unserer Verbindung zu verändern. Als er sich abermals in mir versenkt, trifft er einen Punkt so tief in mir, dass sich jeder meiner Muskeln anspannt und ich den Rücken durchbiege.

Er nimmt meinen Mund in Besitz und erhöht das Tempo. Ich weiß, er ist kurz davor, zu kommen. Ich spüre es, als wäre es mein eigener Höhepunkt. Seine Hand wandert zu meinem Innenschenkel, dann umkreist er mit dem Daumen meine Klit. Ich klammere mich an seinen Schultern fest, dann an seinem Hintern. Meine Nippel reiben an seinem Oberkörper, als seine Stöße immer schneller werden.

»Ich ...«

»Komm«, knurrt er und Sterne explodieren hinter meinen geschlossenen Lidern. Mein Innerstes zieht sich fest um ihn zusammen, als würde er mir gehören, bis auch er sich in mir verliert. Ich will ihn niemals wieder loslassen oder vergessen, wie es ist, jemandem so nah zu sein wie ihm in diesem Augenblick. Als wären wir eins.

Austin küsst mich auf die Nase, dann die Lippen und holt mich aus meinem Nebel. Ich drücke mich fester an ihn, noch nicht bereit, ihn freizugeben. Während wir daliegen und einander festhalten, füllen unsere schweren Atemzüge den Raum. Langsam fährt Erschöpfung in meinen Körper und ich lockere meine Beine um ihn. Als sich Austin jedoch von mir lösen will, spanne ich mich wieder an.

»Ich bin gleich wieder da«, sagt er, und als ich nicke, zieht er sich aus mir zurück. Er breitet eine Decke über mir aus und küsst mich, dann beobachte ich, wie er zum Badezimmer geht. Er schaltet das Licht darin an, dann folgt das Rauschen von Wasser, bevor der Raum wieder dunkel wird und er zurück zum Bett kommt.

Er schlägt die Decke zurück und drückt meine Beine sacht auseinander, um mit einem feuchten Handtuch behutsam meine Mitte zu berühren. Tränen füllen meine Augen und ich kann gar nicht genug von dieser liebevollen Geste bekommen. Es gibt nichts Besseres als Austin, der sich um mich kümmert. Ich glaube nicht, dass ihm bewusst ist, wie viel mir Momente wie dieser bedeuten. Für ihn erscheint es natürlich, als würde sich sein ganzes Leben darum drehen, mich zu umsorgen.

Er verschwindet noch mal ins Bad, als er sich wieder hinlegt, zieht er mich auf sich und streichelt über meine Haut.

»Du bist still«, bemerkt er und reißt mich damit aus meinen Gedanken.

»Ich präge mir etwas ein«, flüstere ich und schreibe mit den Fingern meinen Namen über sein Herz.

»Und was prägst du dir ein?«, hakt er nach. Seine Hände wandern träge über meinen Rücken.

Ich halte inne. Weiß er, was ich da mache? Dass ich

versuche, meinen Namen in sein Herz zu gravieren, weil ihm meines gehört? »Diesen Moment ... Ich will mich für immer daran erinnern.«

»Es werden noch eine Million folgen.«

Ich nicke und schreibe seinen Namen erneut auf seine Haut. »Doch keiner wird so sein wie dieser«, sage ich und spüre, wie meine Lider schwer werden.

»Die anderen werden genauso schön sein«, entgegnet er nach einer Weile.

»Dann präge ich mir die auch ein«, flüstere ich zurück, dann schlafe ich ein.

12. Kapitel

Austin

Ich werfe einen letzten Blick auf Lea, die neben mir liegt, ehe ich mich dazu zwinge, das Bett zu verlassen. Ich weiß, ich werde nie vergessen, wie sie gerade aussieht. Sie liegt auf dem Bauch und das Laken bedeckt die untere Hälfte ihres Körpers. Ihre Brüste drücken sich in die Matratze und ihr Gesicht sieht auch im Schlaf wunderschön aus. Letzte Nacht habe ich sie zweimal aufgeweckt. Zuerst nahm ich sie zärtlich, dann verlor ich die Kontrolle. Ich habe sie hart und schnell genommen, bis wir beide außer Atem waren.

Während ich sie so betrachte, sehne ich mich nach ihrem Geschmack. Ich will ihre Beine spreizen und sie mit meinem Mund wecken, aber sie braucht Schlaf. Anstatt also zu tun, was ich will, hebe ich meine Jeans vom Boden auf, ziehe sie an und mache mich auf den Weg aus dem Zimmer. Ich schließe die Tür sanft hinter mir, ehe ich die Treppe hinuntergehe. In der Küche schalte ich die Kaffeemaschine ein, die ich erst gestern besorgt habe, und lasse einen Becher volllaufen. Anschließend setze ich eine Kanne auf.

Ich begebe mich ins Wohnzimmer und nehme einen Schluck, während ich durch das große Fenster nach draußen blicke. Ich habe dieses Haus geliebt, noch bevor ich es von innen sah. Leas Gesicht strahlte, wann immer sie mir davon erzählte. Als ich selbst zum ersten Mal hier war und von dieser Stelle aus den Ausblick bewunderte, wusste ich, dass ich es kaufen würde. Von diesem Ort auf das Wasser hinauszuschauen, gab mir das Gefühl, mit Lea verbunden zu sein. So ging es mir bei vielen Dingen in meinem Leben, nur wollte ich mir das selbst nie eingestehen. Es war, als kreierte ich eine Zukunft für uns beide, während ich darauf wartete, dass sie zurückkommt.

Ich nehme mein Handy und trete auf die Veranda hinaus. Dort setze ich mich auf einen der Liegestühle und wähle die Nummer meiner Eltern.

»Hey, Schatz.«

»Hey, Mom«, grüße ich und trinke einen Schluck von meinem Kaffee.

»Bre, Shawn und die Babys kommen mit uns nach Cordova.«

»Mom.« Ich seufze und reibe mir über die Stirn. »Lea sorgt sich ohnehin schon wegen dem Abendessen mit dir und Dad. Bres Anwesenheit wird es nicht leichter für sie machen. Du und ich wissen, dass sich Bre selbst in ihren besten Moment schwer damit tut, mit ihrer Meinung hinterm Berg zu halten.«

»Deine Schwester vermisst dich und du hast deinen Neffen noch nicht kennengelernt«, kontert sie.

»In Ordnung, aber haltet euch zurück. Ich liebe euch, aber das ist etwas, bei dem ich nicht nachgeben werde.«

»Du bist in sie verliebt«, stellt sie fest.

»Sie ist immer noch Lea. Die Frau, in die ich mich vor fünfzehn Jahren verliebt habe«, erkläre ich leise, in der Hoffnung, dass meine Worte zu ihr durchdringen. Ich weiß, Mom meint es gut, aber sie kann anmaßend und einschüchternd auf andere wirken, wenn sie das möchte.

»Ich mache mir Sorgen um dich«, offenbart sie, als verstünde sie endlich, wie ernst es mir ist.

»Das weiß ich und zu behaupten, ich hätte nicht selbst Bedenken, wäre gelogen. Wenn ich meinen Willen durchsetzen kann, Mom, wird Lea die Mutter deiner Enkel. Das musst du begreifen, bevor du mit Bre hierherkommst und ihr in geballter Kraft auf sie losgeht. Sie hat gerade ihre Mom verloren. Sie hat sonst niemanden.«

»Austin ...«

»Ich muss los. Hab euch lieb. Wir sehen uns am Samstag.« Ich lege auf, ehe sie noch irgendetwas sagen kann, dann lehne ich mich ihm Stuhl zurück und schaue auf den Ozean hinaus. Ob ich Lea darum bitten sollte, das Abendessen sausen zu lassen?

»Hey.« Leas sachte Stimme zieht meine Aufmerksamkeit auf sich. Sie steht barfuß in der Schiebetür und trägt mein Shirt von gestern.

»Komm her.« Ich strecke die Hand in ihre Richtung und ziehe sie auf meinen Schoß. Mit einer Hand streiche ich über ihren entblößten Oberschenkel. »Hast du gut geschlafen?« Sie lächelt an meinem nackten Oberkörper und murmelt ein *Ja*, das etwas mit meinem Herzen anstellt, denn es beginnt, schneller zu schlagen. »Bre, Shawn und die Kids begleiten Mom und Dad hierher.«

»Klasse«, sagt sie und ich lasse die Hand unter ihr Shirt und zu ihrer Brust wandern, um ihre Haut zu spüren und damit sie sich wieder entspannt.

»Vertraust du mir?«, frage ich.

»Ja.«

Ihr geflüstertes Geständnis und wie sie sich an mich schmiegt, füllen mich mit Befriedigung. »Dann sollte dir klar sein, dass ich niemandem erlauben werde, dir wehzutun. Körperlich oder sonst wie.«

»Ich weiß.«

»Gut.« Ich vergrabe die Nase an ihrem Hals und liebe ihren Duft nach Vanille, der sich mit meinem vermischt.

»Ich brauche eine Dusche.« Sie neigt den Kopf zur Seite und gewährt mir so besseren Zugang zu ihrem Hals. Ich beiße sacht hinein.

»Du riechst so gut, aber duschen klingt auch nicht schlecht.« Ein letztes Mal drücke ich die Lippen gegen ihre Haut, dann hebe ich sie von mir runter. Gemeinsam gehen wir hoch ins Badezimmer, wo wir die nächste Stunde verbringen, bis wir beide befriedigt sind – ich mehr als sie, weil ich die Dusche mit ihrem Geschmack auf der Zunge verlasse.

»Wie läuft es mit dir und Lea?«

Ich schaue zu Ben und stelle mein Bier auf dem Geländer meiner Veranda ab. Sobald die Nächte warm genug dafür sind, werde ich Lea darüber beugen und von hinten nehmen, während sie die Aussicht genießt.

»Deinem verträumten Blick nach zu urteilen, ziemlich gut«, murmelt er.

»Die Dinge entwickeln sich in eine gute Richtung, aber ich werde das Gefühl nicht los, dass etwas nicht stimmt.« Ich schaue zum Horizont hinaus. Irgendetwas schlummert in Lea und ich komme nicht darauf, was es sein könnte. Es treibt mich in den Wahnsinn, nicht zu wissen, was es ist.

»Vielleicht ist es an der Zeit, ihr zu erzählen, was ihre Mom getan hat.«

»Das kann ich nicht.« Ich reibe mir über das Gesicht. »Ich will ihr diese Hiobsbotschaft nicht überbringen. Man soll über die Toten nicht schlecht reden, geschweige denn böse auf sie sein, allerdings macht es mich immer noch wütend, dass Josie ihre Taten Lea nicht selbst gebeichtet hat. Ich bin deswegen hin und her gerissen. Lea hegt Zweifel wegen uns, das erkenne ich an der Art, wie sie mich manchmal betrachtet. Sie will wissen, warum ich ihr damals nicht gefolgt bin, um sie zurückzuholen, aber sie fragt mich nicht danach, weil sie sich vor meiner Antwort fürchtet.«

»Was denkst du wird passieren, wenn sie es herausfindet?«

»Es wird ein Schock für sie sein. Josie ist tot, also kann nur ich ihr dabei helfen, diese Wahrheit zu verkraften«, grummle ich.

»Auch wenn ich nachvollziehen kann, warum Josie so gehandelt hat, verstehe ich deine Wut. Ich stehe hierbei hinter dir. Josie hätte es Lea selbst sagen sollen, anstatt dir diese Arbeit zu überlassen.«

»Jepp.«

»Gibt es Neuigkeiten von ihrem Ex?«, erkundigt sich Ben als Nächstes.

»Lea hat mit ihrem Anwalt gesprochen und die Papiere sind unterschrieben. Er hat es gemacht, sobald er zurück in Montana war.«

»Also ist sie, was ihn betrifft, aus dem Schneider?«

»Ja, dieser Abschnitt ihres Lebens ist beendet.«

»Gut«, brummt er und lehnt sich in seinem Stuhl zurück. »Jetzt kommen deine Mom und deine Schwester vorbei, um für Ärger zu sorgen, nicht wahr?« Damit bringt er mich zum Lachen.

»Genau. Du kennst Mom. Ich habe ihr geraten, locker zu bleiben.«

»Als würde das je passieren.« Er schüttelt den Kopf, weil er meine Mom so gut kennt wie ich, da er bei uns gewohnt hat, nachdem ihn sein Dad mit sechzehn vor die Tür setzte.

»Ein wahres Wort. Dennoch will ich Lea und meine Familie nicht voneinander fernhalten.«

»Würde ich an deiner Stelle auch nicht tun.«

»Ich könnte es gar nicht. Ich weiß von Leas Angst, allein zu sein.« Ich nehme einen Schluck von meinem Bier, dann senke ich die Falsche, bis sie meinen Oberschenkel berührt. »Ich will, dass sie glücklich ist. Keine Ahnung, ob ihr schon aufgefallen ist, dass ihr Glück davon abhängt, von Leuten umgeben zu sein, denen sie etwas bedeutet.«

»Ich kann mir nicht vorstellen, dass Lea in Montana keine Freunde hatte.«

»Sie hat erzählt, dass die meisten auch mit Ken befreundet waren. Ein paar wussten wohl über seine Affäre Bescheid und haben es ihr gegenüber nie erwähnt«, erkläre ich.

»Gott, was zum Teufel stimmt mit den Menschen nicht?«

»Ich habe keine beschissene Ahnung.«

»Sollte dir je zu Ohren kommen, dass Rhonda mich betrügt, dann rückst du besser mit der Sprache raus. Sonst trete ich dir in den Arsch.«

Ich schnaube. »Sei still. Wir wissen beide, dass sie das nie tun wird.«

»Ich meine ja nur«, murmelt er und verstärkt den Druck um seine Bierflasche, bis seine Fingerknöchel weiß werden. Allein der Gedanke an Rhonda mit einem anderen Kerl scheint ihn genug aus der Fassung zu bringen, um etwas kaputt zu machen.

»Sie trägt dein Kind unter ihrem Herzen«, erinnere ich ihn.

»Fuck, Gott sei Dank.« Sein Körper entspannt sich und ich muss lachen. »Was ist mit dir?«

»Was soll mit mir sein?«

»Wie lange wird es dauern, bis du mir erzählst, dass Lea schwanger ist?«

»Wenn man bedenkt, dass mir das schon vor fünfzehn Jahren recht gewesen wäre, hoffentlich nicht allzu lang. Zuerst muss ich einen Weg finden, zwischen uns alles ins Reine zu bringen und ihr einen Ring an den Finger zu stecken«, entgegne ich.

»Das kriegst du hin.«

»Das muss ich. Unsere Zukunft hängt davon ab«, murmle ich, als sein Handy zu klingeln beginnt.

»Es ist Lea.« Stirnrunzelnd betrachtet er das Display, dann streicht er darüber, um den Anruf entgegenzunehmen. Ich höre Leas gedämpfte Stimme, in der Sorge mitschwingt, dann ist Ben auf den Beinen und verschwindet ins Haus. Ich stehe auf und folge ihm. »Ich bin auf dem Weg. Sag ihr, dass ich auf dem Weg bin«, knurrt er.

»Was ist los?«, will ich wissen und steige zu ihm in den Truck.

»Rhonda liegt in den Wehen. Lea fährt sie gerade ins Krankenhaus.«

»Ist sie okay?«, frage ich.

»Sie hat im Hintergrund gerufen, ich solle meinen Arsch gefälligst zu ihr bewegen oder sie schneidet mir die Eier ab. Also ja, ich denke, sie ist in Ordnung«, befindet er und fährt sich mit der Hand durch das Haar, dann beschleunigt er den Wagen.

»Wir sind keine fünf Minuten entfernt. Wenn du uns vor unserer Ankunft umbringst, wird Rhonda stinkwütend sein.«

Er kommt etwas zur Ruhe, reizt das Tempolimit jedoch weiterhin aus, während wir uns der Stadt nähern. »Halte einfach vorne am Eingang und ich parke den Truck für dich um«, schlage ich vor, sobald wir die Kreuzung zum Krankenhaus erreichen.

»Danke, Mann«, meint er und steuert den Eingang der Notaufnahme an. Er lässt den Motor laufen und steigt aus. Zum Glück hat er davor die Handbremse angezogen. Ich beobachte, wie er hinter den automatischen Türen verschwindet. Sobald ich den Truck geparkt habe, folge ich ihm. Lea steht im Flur und unterhält sich mit Dr. Rubin. Als er die Hand hebt, um ihre Wange zu berühren, halte ich direkt auf sie zu. Er umfasst ihre Schulter nahe der Stelle an ihrem Hals, die für jeden außer mir verboten ist.

»Babe«, knurre ich, als ich die beiden erreiche. Leas Blick schnellt zu mir und sie überbrückt sofort die wenigen Zentimeter zwischen uns. »Shh.« Ich schlinge die Arme um sie und bemerke, wie heftig sie zittert. »Was ist los?«

»Nichts, alles ist perfekt. Ich habe sie rechtzeitig hergebracht.«

»Du zitterst«, stelle ich fest und fahre mit den Händen an ihren Armen hinab. Sie legt den Kopf in den Nacken und schenkt mir ein wunderschönes Lächeln. »Das liegt an dem Adrenalin in meinem Blut. Oder so in der Art hat mir Keith das gerade erklärt.«

Ich brumme und sie lehnt die Stirn an meinen Oberkörper. »Ist Ben bei Rhonda?«, frage ich, woraufhin sie nickt, dann sieht sie mich wieder an.

»Ist er. Als man sie in ein Zimmer brachte, war ihr Muttermund bereits acht Zentimeter geöffnet.«

»Was ist passiert?«

»Wir haben einen Film geguckt, und ich bin in die Küche, um uns etwas Popcorn zu machen. Als ich zurückkam, lag sie zusammengekrümmt auf dem Bett und hielt sich den Bauch. Sie meinte, ihre Fruchtblase wäre geplatzt. Ich wollte einen Krankenwagen rufen, aber sie ist ziemlich überzeugend und laut geworden, also habe ich zugestimmt, sie selbst herzufahren. Ich bin gerast wie eine Irre. Ich hatte Angst, das Baby am Ende selbst auf die Welt bringen zu müssen.«

Lachend streiche ich ihr über den Rücken. »Das hast du gut gemacht, Baby«, murmle ich.

»Wie läuft es, Mann?«, fragt Keith und legt eine Hand auf meinen Arm, als ich Lea zu einem der Stühle im Flur führe.

»Gut, und bei dir?«

»Gut.« Er zuckt mit den Schultern und schaut zwischen Lea und mir hin und her. Als sein Blick auf sie fällt, entdecke ich weder Wärme noch Verlangen in seinen Augen. Bloß Sorge, in der Art, wie man sie für jeden Freund verspüren würde. »Kommst du klar, Lea?«

»Austin ist hier«, meint sie, als wäre ich alles, was sie braucht, damit alles in Ordnung ist. Keith steckt die Hände in die Taschen und beobachtet mich dabei, wie ich mich hinsetze und Lea auf meinen Schoß ziehe.

»Dr. Rubin, könnten Sie hier reinkommen?«, bittet eine Krankenschwester, die ihren Kopf aus einer Tür gegenüber von uns steckt.

»Sicher.« Mit einem Nicken begibt er sich in das Zimmer und schließt die Tür hinter sich. Zehn Minuten später hallt ein lauter Schrei durch den stillen Gang.

»Oh mein Gott«, wispert Lea und rutscht von meinem Schoß in den Stuhl neben mir. Sie hakt sich bei mir unter und lehnt den Kopf an meine Schulter, als wir der lauten Geräuschkulisse lauschen, die sich nur wenige Meter von uns entfernt abspielt. Etwas später tritt Ben aus dem Raum.

»Er ist perfekt«, sagt er, und ich stehe auf, um meinen besten Freund in eine feste Umarmung zu schließen. Ich klopfe ihm anerkennend auf den Rücken. »Ich bin ein Dad«, fügt er hinzu und seine Augen schimmern vor Stolz.

»Du wirst ein großartiger Dad sein. Gratuliere«, meint Lea an meiner Seite. Sein Blick fällt auf sie. Er hebt sie hoch und dreht sich mit ihr. Ihr Lachen erfüllt den Flur.

»Danke, dass du Rhonda hergebracht hast.« Er stellt Lea wieder auf die Füße und drückt ihr einen Kuss auf die Schläfe.

»Ich wollte nicht beim Entbinden helfen«, grummelt sie, womit sie sowohl ihn als auch mich zum Lachen bringt.

»Die Ärzte machen ihn gerade sauber. Sobald sie ihr Okay geben, nehme ich euch mit rein, damit ihr ihn kennenlernen könnt«, bietet er an und blickt ungeduldig zur Tür.

»Geh zu deiner Familie, Kumpel. Wir sind hier«, weise ich ihn an und er begibt sich wieder zu Rhonda.

Ich ziehe Lea zurück zu den Stühlen und schlinge den Arm um sie, während wir warten.

Als Dr. Rubin rauskommt, stehen wir beide auf. »Mutter und Kind sind wohlauf. Ben sagt, ihr könnt jetzt reinkommen«, erklärt er, klopft mir auf die Schulter und lächelt Lea an, bevor er sich auf den Weg den Gang hinunter macht. Als wir den Raum betreten liegt Rhonda im Bett, in Decken gehüllt und mit einem geflochtenen Zopf, der ihr über die Schulter fällt. Ben steht mit einem kleinen Bündel im Arm in ihrer Nähe und spricht mit einem Arzt, während die Krankenschwester, die vorhin nach Dr. Rubin verlangt hat, den Papierkram erledigt.

»Hey.« Lea wandert rüber zu Rhonda, bückt sich und küsst sie auf die Wange. Ich tue es ihr gleich. Ben gesellt sich mit seinem Sohn zu uns. Sein Blick liegt auf dem Gesicht des Kleinen und er spricht sanft mit ihm. »Braden, ich möchte dich deinen Paten Lea und Austin vorstellen«, sagt er, was Lea scharf einatmen lässt.

»Wirklich?«, fragt sie, und Ben schaut von ihr zu

Rhonda und wieder zu uns.

»Uns fällt niemand ein, der besser geeignet wäre«, erwidert er und übergibt Braden an Lea.

»Du bringst mich noch zum Weinen«, beschwert sie sich, und ich höre, wie sich Rhondas Lachen mit Bens vermischt. Doch ich habe nur Augen für Lea, die ein Kind im Arm hält. Auch wenn es nicht unseres ist, raubt es mir bei diesem Anblick den Atem. »Er ist so schön, so vollkommen«, wispert sie und streicht mit dem Finger an seiner kleinen Backe hinab.

»Er ist perfekt, oder?«, befindet Ben voller Stolz und streicht über Bradens andere Wange. »Wir machen süße Kinder, Babe«, erklärt er an Rhonda gewandt und blickt über seine Schulter zu ihr.

»Ich weiß.« Rhonda lächelt und Lea wendet sich an mich. Ich nehme Braden von ihr entgegen und drücke ihn an meinen Oberkörper. Er ist so klein, dass ich ihn wahrscheinlich mit einer Hand halten könnte. Lea berührt meinen Arm und lenkt meine Aufmerksamkeit auf sich. Ich entdecke eine Sanftheit in ihrem Blick, die mir offenbart, wie sehr sie sich danach sehnt, eine eigene Familie zu gründen.

Als sie mir in die Augen sieht, zupft ein kleines, trauriges Lächeln an ihren Lippen. Ich möchte ihr versprechen, dass wir beide dieses Glück eines Tages auch miteinander teilen werden, tue es jedoch nicht. Stattdessen beuge ich mich vor und küsse sie zärtlich. Anschließend schaue ich auf Braden hinunter, der eingeschlafen ist. Seine Lippen formen einen süßen Schmollmund. Ich übergebe ihn an seine Mom, bevor er die Möglichkeit hat, aufzuwachen und zu weinen, und gebe Rhonda einen Kuss auf die

Wange. »Das hast du gut gemacht«, lasse ich sie leise wissen.

Sie lächelt und schaut auf das Bündel in ihren Armen hinunter, dann hoch zu Ben. Ich weiß, die beiden hatten keine Ahnung, dass das hier ihr Leben sein könnte. Ben war früher gern ungebunden und plante vor Rhonda nicht, sich irgendwann niederzulassen. Sie hat alles verändert, so wie er für sie. Ich freue mich für meine beiden Freunde. Sie verdienen diesen Moment.

»Wir sollten uns auf den Weg machen, damit ihr euch eingewöhnen könnt«, sage ich, ziehe Lea unter Bens Arm hervor und lege meinen um ihre Schultern.

»Braucht ihr irgendetwas?«, fragt sie, während sich Ben auf den Stuhl neben Rhondas Bett setzt.

»Nein, wir haben alles. Danke noch mal, dass du sie für mich hergebracht hast«, antwortet er.

»Entweder das oder ihr beim Entbinden helfen. Ich hatte eigentlich keine Wahl«, vermeldet sie und bringt uns alle zum Lachen.

»Wir schauen morgen vorbei«, verspreche ich, während sich Lea von Rhonda verabschiedet, dann nimmst sie meine Hand in ihre. Da ich mit Ben hergefahren bin, gehen wir auf ihr Auto zu.

»Legen wir einen Zwischenstopp bei deinem Haus ein, damit du dir für die Nacht etwas zum Anziehen holen kannst?«

Sie schaut zu mir hoch und errötet. Ich frage mich, woran sie denkt. »Ich hab eine Tasche zusammengepackt. Sie liegt in meinem Kofferraum«, gesteht sie leise und wendet den Blick ab.

»Warum ist dir das peinlich?«, frage ich und berühre

ihre Wange, damit sie mich wieder ansieht.

»Du sollst nicht glauben, ich würde annehmen, jederzeit bei dir übernachten zu können.«

»Mir ist egal, wo ich schlafe, solange du im selben Bett liegst«, versichere ich ihr.

»Ich wollte einfach nicht vorschnell handeln«, murmelt sie und holt die Schlüssel aus ihrer Tasche.

»Tu, was immer dir gefällt, Lämmchen«, entgegne ich, nehme ihr die Schlüssel aus der Hand und gebe ihr einen Klaps auf den Po.

»Ich kann selbst fahren.«

»Nur, wenn ich nicht mit dir im Auto sitze«, bestimme ich.

»Das ist lächerlich.« Sie runzelt die Stirn.

»Steig ein, Babe.«

»Oder was?«, hakt sie nach, verschränkt die Arme vor der Brust und funkelt mich an.

»Oder ich verfrachte dich selbst auf den Sitz.« Ich bleibe an der Beifahrertür stehen und sie läuft vorne um die Motorhaube zur Fahrerseite.

»Das kannst du vergessen.«

»Lea«, warne ich sie über das Autodach hinweg.

»Austin«, äfft sie meinen Ton nach.

»Steig ins Auto.«

»Zwing mich doch«, fordert sie mich heraus und läuft zur Hinterseite des Wagens. Bevor ich sie erwische, rennt sie über den Parkplatz.

»Lea, steig ein«, rufe ich ihr nach, während sie sich zwischen den geparkten Autos hindurchschlängelt.

»Lass mich fahren!« Sie verschanzt sich hinter einem roten Buick und huscht von der einen Seite zur anderen, als würde sie versuchen, mich auszutricksen.

»Wenn ich dich zwischen die Finger bekomme, versohle ich dir den Hintern«, sage ich und sehe, wie sich ihre Miene verändert.

»Tust du nicht.«

»Mach dir keine Sorgen, Baby. Danach bringe ich dich zum Kommen«, verspreche ich und ihr Blick fliegt über den Parkplatz, als wolle sie sicherstellen, dass mich niemand gehört hat. Das gibt mir gerade genug Zeit, um sie an der Taille zu packen, bevor sie mir wieder entwischen kann. Ich hebe sie hoch und werfe sie über meine Schulter. Als sie sich aus meinem Griff zu winden versucht, versetze ich ihrer Kehrseite einen leichten Klaps. Gerade fest genug, um ihre Aufmerksamkeit zu erhalten.

»Hast du mich gerade geschlagen?«, flüstert sie, als ihr Körper auf meiner Schulter erstarrt.

»Ich habe dir den Hintern versohlt. Das ist ein großer Unterschied, Baby.«

»Du ... du ...«

Ich reibe über die Stelle, die ich getroffen habe, dann fahre ich mit der Hand zwischen ihre Beine. Sogar durch den Jeansstoff hindurch kann ich ihre Hitze spüren. Bei meiner Berührung atmet sie scharf ein, gibt jedoch keinen Ton von sich, als ich sie ins Auto setze und anschnalle. Anschließend gehe ich zur Fahrerseite.

»Lea«, knurre ich durch die Scheibe, als ich höre, wie von innen die Türen versperrt werden. Lea hat sich über die Mittelkonsole gebeugt und ihre Hand ruht auf der Verriegelungstaste.

»Versprich mir, dass du meinen Hintern verschonst«, ruft sie.

»Mach auf, Lea«, erwidere ich.

»Erst, wenn du es mir versprochen hast.«

Ich bücke mich, sodass unsere Augen auf einer Höhe und nur durch das Glas getrennt sind. »Ich zähle bis drei«, lasse ich sie wissen.

»Du jagst mir keine Angst ein, Wolf.«

»Lämmchen, dir sollte klar sein, wie sehr ich dich gerade will.« Mein Schwanz drängt gegen den Reißverschluss und ich rücke ihn zurecht. Sie nimmt den Finger von der Verriegelung und ich öffne die Tür. Ohne ein weiteres Wort zu verlieren, steige ich ein, starten den Motor an und fahre los. Leas Atmung neben mir geht schwer. Ich schwöre, ich kann ihre süße Pussy riechen.

Sobald wir vor meinem Haus geparkt haben, greift sie nach dem Türgriff, bevor sie jedoch aussteigen kann, betätige ich den Verriegelungsmechanismus.

»Geh rauf, zieh deine Klamotten aus und leg dich mit dem Gesicht nach unten aufs Bett.«

»Du versohlst mir nicht den Hintern«, flüstert sie, aber Verlangen liegt in ihrer Stimme, weil sie genau das will, obwohl sie das bisher vielleicht noch nie getan hat.

»Tu, was ich dir sage.« Ich entsperre die Tür und mein Blick liegt auf ihrem Po, ehe sie im Haus verschwindet. In einem Versuch, meine Kontrolle wiederzuerlangen, lehne ich den Hinterkopf gegen die Nackenstütze. Dann steige ich aus und folge ihr nach drinnen, halb in der Erwartung, Lea in der Küche zu finden. Doch im Haus herrscht Stille. Ich gehe zum Schlafzimmer hinauf, wo ich Lea nackt mit dem Gesicht nach unten auf dem Bett antreffe. Ihr perfekter Arsch ragt in die Luft.

Ich überbrücke die Distanz zwischen uns und streife

dabei mein Shirt und meine Stiefel ab. Bei ihr angekommen, ziehe ich sie an den Hüften zum Rand des Betts, sodass ihre Knie den Boden berühren, dann knie ich mich zwischen ihren Beinen hinter ihr hin. Ohne Vorwarnung lasse ich meine Hand auf ihre Haut fallen, auf jeder Seite zweimal, dann reibe ich über die Stelle und lausche ihrem Stöhnen. Sie vergräbt die Finger im Laken.

»Austin«, wimmert sie und ihr Keuchen schießt direkt zu meinem Schwanz.

»Kein Wort.« Ich versetze ihr noch zwei Klapse. Sie windet sich und hebt den Hintern. Ihre Feuchtigkeit glänzt auf ihren Schenkeln. Ich vergrabe das Gesicht zwischen ihren Beinen. Erneut schreit sie meinen Namen, was ihr einen weiteren Klaps einbringt, diesmal härter. Ihre Pussy pulsiert vor Lust. Jedes Mal, wenn ich spüre, wie sie sich ihrem Höhepunkt nähert, ziehe ich mich von ihr zurück, ehe ich sie von Neuem mit dem Mund verwöhne, bis ihre Beine zittern. Ein letztes Mal trifft meine Hand auf ihre Haut, dann hallt ihr Keuchen durch den Raum.

Ihr Körper erschlafft. Ich öffne meine Jeans, beuge mich über sie und dringe in sie ein. Ich nehme sie so hart, dass das Kopfteil des Betts gegen die Wand schlägt. Stoß um Stoß zieht sich ihre Pussy um mich zusammen, ehe ich mich tiefer in ihr versenke als je zuvor und heftig komme.

In Lea zu sein, ist mit nichts zu vergleichen, was ich je verspürt habe. Nicht mal vor fünfzehn Jahren hat es sich so perfekt angefühlt wie heute.

»Bist du okay?«, frage ich, sobald ich meine Stimme wiederfinde.

»Ich glaube nicht, dass ich mich bewegen kann«, murmelt sie und drängt sich an mich, was mir ein Stöhnen entlockt.

»Lass mich dich saubermachen, dann besorge ich uns etwas zu essen.«

»Nur zu«, murmelt sie und ich muss lächeln.

Ich löse unsere Verbindung und sie wimmert enttäuscht auf. Lächelnd drücke ich einen Kuss auf ihren Rücken, dann hebe ich sie hoch und lege sie in einer bequemeren Position aufs Bett, bevor ich ein Handtuch hole. Als ich aus dem Badezimmer trete, liegt sie auf ihrer Seite, die Decke um sich gewickelt und ihre Augen sind geschlossen. Anstatt sie aufzuwecken, steige ich zur ihr ins Bett und ziehe sie in meine Arme.

13. Kapitel

Lea

Ich stelle die Schachtel, die ich gerade vom Dachboden geholt habe, auf den Küchentisch und greife nach dem klingelnden Festnetztelefon. »Hallo?«, sage ich in den Hörer.

»Ist Lea Lamb zu sprechen?«, fragt eine Frau in ziemlich nasalem Ton, als wäre sie erkältet.

»Am Apparat.«

»Hi, Lea, mein Name ist Elza. Ich arbeite für Douglas Pulaski, dem Anwalt Ihrer Mutter«, erklärt sie und ich ziehe die Brauen zusammen. Mom hat mir gegenüber nie einen Anwalt erwähnt, aber sie hat so einiges ungesagt gelassen. Was sie mir wohl noch alles verheimlicht hat?

»Wie kann ich Ihnen helfen?«

»Mr Douglas ist den nächsten Monat über nicht in der Stadt und er hat das Testament Ihrer Mutter bei mir gelassen. Leider lag ich mit einer Lungenentzündung im Bett, weshalb ich mich erst jetzt bei Ihnen melde.«

»Das ist okay.«

»Ich bin nicht sicher, wann ich Ihnen das Testament übergeben kann. Wenn Sie es brauchen, kann ich es Ihnen per Post schicken. Allerdings gibt es ein paar Details, die ich mit Ihnen besprechen muss«, erläutert sie mir und putzt sich die Nase. Sie tut mir etwas leid.

»Handelt es sich dabei um irgendetwas Dringendes?«, hake ich nach.

»Nein, nein. Hauptsächlich geht es um Dinge, die mit dem Haus zu tun haben und ein paar Papiere vom Konto Ihrer Mom.«

»Also kann es warten. Lassen Sie es mich einfach wissen, wenn es Ihnen besser geht und wir reden dann«, räume ich ein.

»Danke für Ihr Verständnis und mein Beileid. Ihre Mom war eine wundervolle Frau.«

»Danke«, murmle ich, immer noch unsicher, wie ich antworten soll, wenn mir jemand sein Beileid bekundet.

»Wir sprechen uns bald«, verspricht sie und legt auf.

Nachdem ich das Telefon auf den Tisch gelegt habe, öffne ich die Box beschriftet mit *Leas Zimmer*. Oben auf liegt ein Bild von Austin und mir in einem dunkelblauen Holzrahmen, auf dem wir ungefähr siebzehn sind. Ich streiche mit dem Finger über das Glas und erinnere mich daran, wann es aufgenommen wurde.

Austin und ich hatten den Tag damit verbracht, Lachse zu fischen und Bären zu beobachten. Als wir nach Hause zurückkehrten, kam Mom raus auf die Veranda und knipste dieses Foto von uns, weil sie es süß fand, dass wir beinahe gleich angezogen waren. In Jeans, Hoodies, mit Mützen auf unseren Köpfen und Stiefeln an unseren Füßen. Das Foto zeigt, wie sehr wir einander liebten. Ich kann es förmlich fühlen. Unsere Körper sind einander zugewandt und wir schmiegen uns an den jeweils anderen. Ich habe den Kopf in den Nacken gelegt, um zu ihm aufzuschauen, und mein Kinn ruht an seiner schon damals breiten Brust. Ich habe die Arme um ihn geschlungen, er umfasst meinen Nacken und hat seine Stirn gegen meine gelehnt. Sogar im Profil ist die Bewunderung in seinem Blick zu erkennen, die er damals für mich empfunden hat.

Ich stelle das Foto beiseite, hole den nächsten Gegenstand aus der Box und platziere ihn neben dem Bild, dann ziehe ich hervor, wonach ich gesucht habe. Als ich dreizehn war, hatte meine Mom mir ein Medaillon geschenkt, das ich bei ihr ließ, als ich aus der Stadt weggezogen war. Ich klappe es auf und betrachte das Bild darin. Es zeigt Mom und Dad, die ihre Wangen aneinanderdrücken. Es wurde an dem Tag aufgenommen, an dem sie erfuhren, dass Mom mit mir schwanger war.

»Baby«, ruft Austin durchs Haus und schreckt mich damit aus meinen Gedanken. Er betritt die Küche. »Warum zum Teufel ist die Tür nicht abgeschlossen?«

»Ich dachte, du würdest erst morgen wiederkommen?«, frage ich, anstatt zu antworten.

»Warum ist die Tür nicht abgeschlossen?«, wiederholt er.

»Wir sind in Cordova. Ich habe darauf vergessen«, sage ich, während er die Arme um mich schlingt und mich hochhebt.

»Ist mir egal. Stell bitte sicher, dass du alles abgeriegelt hast, wenn du allein zu Hause bist.«

»Von mir aus.« Ich verdrehe die Augen. »Ich dachte nicht, dass ich dich vor morgen wiedersehe«, merke ich noch mal an und lege die Hände auf seine Schultern.

»So war der Plan, aber ich habe meine Quote früher erreicht, also bin ich hergefahren, um dich abzuholen und nach Hause zu bringen«, informiert er mich, senkt den Mund auf meinen und raubt mir den Atem. »Ich habe dich vermisst.«

»Wir waren noch heute Morgen zusammen«, erinnere ich ihn lächelnd.

»Ich vermisse dich, selbst wenn du nur im Zimmer nebenan bist.«

Mein Herz fängt an, heftiger in meiner Brust zu schlagen. Ich bin verliebt in ihn und ich habe keine Ahnung, wie das passiert ist. Als hätte sich das Gefühl an mich herangeschlichen. Vielleicht habe ich auch in all den Jahren nie damit aufgehört, ihn zu lieben, sodass diese Liebe wie von selbst wieder von mir Besitz ergreifen konnte. *Ich hatte nie eine andere Chance.*

»Was?« Er zieht die Brauen zusammen und mir wird klar, dass ich das gerade laut gesagt habe.

Mist. »Ich brauche neue Jeans«, improvisiere ich und er wirkt noch verwirrter, während mir die Hitze in die Wangen schießt.

»Du brauchst neue Jeans?«, wiederholt er und hebt mich noch etwas höher, bis ich die Beine um ihn schlinge.

»Jepp.« Ich nicke und versuche, ihn dazu zu bringen, mich runterzulassen, aber er hält mich noch fester.

»Mir gefällt, was du gerade anhast.«

»Ich trage gar keine Hose«, stelle ich fest. Da ich mich gerade bettfertig gemacht habe, trage ich nur ein T-Shirt und meine Unterwäsche.

»Dafür aber meine Lieblingssocken.«

»Du hasst diese Strümpfe.«

»Nein. Ich habe dir gesagt, ich will dich nehmen, während du sie trägst und sonst nichts«, knurrt er und drückt mich gegen die nächste Wand. Er zieht mir das Shirt über den Kopf, dann zeigt er mir, wie sehr er meine Socken liebt. Oder mich in nichts *als* den Socken. Während er in mir ist.

»Was machst du da draußen?«

Ich rücke von der Linse des Teleskops ab und schaue zu Austin, der mit vor der nackten Brust verschränkten Armen hinter mir im Türrahmen lehnt. Sein Gesicht wirkt noch etwas weich vom Schlaf. Allerdings scheint er schon eine Weile hier zu stehen und mich zu beobachten.

Nachdem er mich an der Küchenwand in meinem Elternhaus genommen hatte, wies er mich an, genug Kleidung für die nächsten paar Tage zusammenzupacken, weil ich bei ihm bleiben würde. Ohne mit ihm darüber zu diskutieren, bin ich in mein Zimmer gegangen und habe eine Tasche gefüllt. Als ich fertig war, saß er am Küchentisch und betrachtete das Bild von uns. Er hat nichts gesagt, aber ich konnte spüren, dass sich seine Energie von vorhin verändert hatte. Als er mich bemerkte, nahm er mir die Tasche aus der Hand und gab auch das Foto hinein. Sobald wir bei ihm ankamen, stellte er den Rahmen auf den Sockel über dem Kamin, dann führte er mich nach oben. Er liebte mich, langsam und zärtlich, als versuchte er, sich den Moment genau einzuprägen.

»Ich konnte nicht schlafen«, murmle ich. Vor einer

Stunde bin ich aufgewacht und starrte dreißig Minuten lang die Decke an, ehe ich aufstand und nach unten ging. Ich ließ Austin im Bett, da er in letzter Zeit nicht viel geschlafen hatte.

»Du hättest mich wecken sollen«, wendet er ein und stellt sich hinter mich, wo er mir einen Kuss auf meine Halsbeuge drückt, dabei kitzelt mich sein Bart.

»Du brauchtest die Ruhe«, entgegne ich und lege die Arme über seine.

»Du auch«, meint er und vergräbt das Gesicht in meinem Haar.

»Ich bekomme seit Langem wieder genug Schlaf«, gestehe ich. Austin ist besser als jede Schlaftablette. Er besitzt die Fähigkeit, alles besser zu machen, und meine Gedanken am Kreisen zu hindern.

»Was geht in dir vor?«

Ich vermisse Mom, denke ich, spreche es aber nicht aus. Ich bin froh darüber, bei Austin zu übernachten. Im Haus meiner Eltern verstecken sich überall Erinnerungen. Es ist seltsam, ohne Mom und Dad dort zu sein, wohl wissend, dass sie nie zurückkommen werden. Dabei sieht dort alles noch so aus wie vor ihrem Tod.

»Du vermisst deine Mom«, rät Austin und ich nicke, während Tränen meine Augen füllen. Ihr Verlust wiegt zu jeder Zeit schwer auf meiner Brust.

»Was immer passiert, denke ich mir *Oh, das würde Mom gefallen* oder *Ich kann es kaum erwarten, ihr davon zu erzählen.* Doch das kann ich nicht, weil sie nicht mehr hier ist.«

»Sie ist immer bei dir.«

»Ich weiß«, stimme ich zu und greife nach dem Medaillon, das ich trage, und reibe über das Metall. »Ich glaube, ich werde mich etwas besser fühlen, wenn ich ihre Asche bekomme«, flüstere ich.

Mom hat ihren Körper der Wissenschaft gespendet. Das Krankenhaus hat sich um alles gekümmert und sie sagten mir, dass ich die Asche anschließend erhalten würde. Nur weiß ich nicht, wann es soweit sein wird. »Können wir mit deinem Boot raus und ihre Asche dort verteilen, wo das Boot von meinem Dad gefunden wurde?«

»Natürlich, Baby.«

»Danke«, sage ich und schmiege mich in seine warme, trostspendende Umarmung.

»Hast du irgendetwas Gutes gesehen, als du durchs Teleskop geschaut hast?«, fragt er und durchbricht damit die Stille.

»Bloß die Sterne«, erwidere ich lächelnd und er drückt einen Finger in meine Seiten, um mich zum Lachen zu bringen. »Nachdem ich die Stadt verlassen hatte, lag ich manchmal nachts draußen und sah zu den Sternen hoch. Dabei habe ich mich gefragt, ob du dasselbe tust«, wispere ich.

»Wann immer ich konnte«, gibt er zurück und ich spüre, wie sehr mich das Geständnis berührt. »Jetzt bist du bei mir und ich muss mich nie mehr fragen, ob wir gerade dieselben Sterne betrachten.«

»Mach so weiter und ich muss weinen«, beschwere ich mich und er küsst mich auf die Schläfe, bevor er die Arme fester um mich schlingt. »Freust du dich darauf, deine Familie zu sehen?«, erkundige ich mich, sobald wir wieder ins Bett gehen.

Austin zieht mich auf sich. »Ja, seit sie alle fortgezogen

sind, treffe ich sie nicht so oft.«

»Hast du dir jemals überlegt, in ihre Nähe zu ziehen?«, will ich wissen, während ich willkürliche Muster auf seine Haut zeichne.

»Nein, ich liebe diese Stadt und dieses Haus. Ich kann mir nicht vorstellen, das alles hinter mir zu lassen.«

»Oh.«

»Bereust du deine Rückkehr?«, hakt er leise nach, dennoch höre ich die Sorge in seiner Stimme. Der Druck seiner Arme um mich verstärkt sich.

»Nein.« Ich streiche mit den Händen über seine Haut, damit er sich wieder entspannt. »Es war nur eine Frage«, sage ich lächelnd, als er brummt und seinen Griff lockert. Eine Weile liege ich da und lausche seinen regelmäßigen Atemzügen, bis ich selbst auch einschlafe.

Was ich nicht alles dafür geben würde, die Zeit ein paar Stunden zurückzudrehen, um noch mit Austin im Bett zu liegen. Ich wäre jetzt gern überall, sogar im Knast, nur nicht hier an Austins wunderschönem, neuem Esstisch, umgeben von seinen Eltern, seiner Schwester Bre und ihrem Ehemann.

Diese Situation als unangenehm zu bezeichnen, ist eine glatte Untertreibung. Seit ich vor dreißig Minuten angekommen bin, wurden kaum Worte gewechselt. Sprache wird überschätzt, ich kann auf all ihren Gesichtern lesen, was sie sich denken.

Shawn, Bres Ehemann, scheint sich ebenso unwohl zu

fühlen wie ich, denn er starrt schon seit einer Weile auf seinen Teller. Die Aufmerksamkeit seiner Frau liegt hingegen ganz auf mir, als würde sie erwarten, dass ich entweder ausflippen oder mich vor ihren Augen in Luft auflösen werde.

Shayla, Austins Mom, die mich vorhin mit einem sehr leisen *Hallo* begrüßt hat – wie es ihr gelungen ist, dabei zu klingen, als würde sie mich des Platzes verweisen, ist mir ein Rätsel –, behält Austin fest im Blick. Es wirkt, als würde sie ihn stumm dafür strafen, den Teufel persönlich zum Abendessen eingeladen zu haben. Unterdessen versucht Bruce, Austins Dad, die Stimmung mit Small Talk aufzuhellen.

»Austin meinte, du hättest Larrys Bürofläche gekauft. Stimmt das?«, fragt Bruce und nimmt einen Schluck von seinem Bier.

»Wenn mein Antrag angenommen wird, gehört sie in einer Woche mir«, erkläre ich in gespielt heiterem Ton und höre Shayla murren.

»Bleibst du denn diesmal hier?«, fragt sie einen Augenblick später und bringt damit zur Sprache, was bislang unausgesprochen im Raum stand. Jetzt gesellt sich das Thema zu uns an den Tisch.

»So sieht mein Plan aus«, antworte ich leise und spüre, wie Austins Hand auf meiner Hüfte beinahe schmerzhaft zudrückt. Als würde er wie alle anderen erwarten, dass ich jeden Moment losrenne.

»Hm«, macht Shayla und schaut zwischen ihrem Sohn und mir hin und her.

»Das ist neu für dich, oder? Diese Sache mit dem Hierbleiben?«, merkt Bre an, woraufhin Shawn ihr etwas zumurmelt. »Ich frage doch nur«, erwidert sie an ihn gewandt und zieht die Brauen zusammen.

Der Drang, vom Tisch aufzustehen, ist überwältigend. Mich dagegen wehrend, nehme ich einen kleinen Schluck von meinem Wein, auch wenn ich das Glas lieber leeren würde. Ich kann es mir nicht leisten, von Austins Familie als Alkoholikerin abgestempelt zu werden – dass sie mich für unzuverlässig halten, reicht mir völlig.

Mir ist klar, dass sie sich nicht unbegründet Sorgen machen, trotzdem gefällt es mir nicht, welches Gefühl sie mir gerade geben. Als wäre ich wieder achtzehn; als würden die Angst von damals und jede Entscheidung, die ich seither traf, ob uneigennützig oder nicht, zusammen diesen furchtbaren Abend ergeben.

»Halt dich zurück«, knurrt Austin seine Schwester an, während ich mein Weinglas auf dem Tisch abstelle, bemüht, sie nicht sehen zu lassen, wie ich zittere.

»Es ist okay«, beschwichtige ich ihn und berühre seine Hand an meinem Oberschenkel, dann verschränke ich unsere Finger. »Ich liebe euren Sohn, deinen Bruder«, sage ich zu Austins Familie, auch wenn ich ihm noch nicht gestanden habe, was ich für ihn empfinde. Ich spüre, dass die Situation festgefahren ist, und hoffe, sie verstehen, wie viel er mir bedeutet, wenn ich all meine Karten auf den Tisch lege. »Heute weiß ich, wie dumm es damals war, einfach zu gehen. Ich wollte nicht, dass sich Austin zwischen mir und dem Rest seines Lebens entscheiden muss. Ich fürchtete mich davor, eines Tages aufzuwachen und er wäre nicht mehr bei mir. Entweder weil er es leid war, dass ich ihm ein Leben aufzwang, das er nicht wollte. Oder weil er mir genommen wurde. So oder so, ich hatte furchtbare Angst, ihn zu verlieren.« Ich senke den Blick auf den Tisch, dann füge ich leise hinzu: »Es tut mir leid, dass ich ihm wehgetan habe.«

Austins Hand auf meinem Oberschenkel verspannt sich und löst eine Flut von Tränen aus, die mir in die Augen steigen.

»Sorry«, flüstere ich, erhebe mich vom Tisch und laufe an den dunkelblauen Samtsofas vorbei, die Austins Eltern mitgebracht haben. Vorhin dachte ich, wie perfekt sie sich in die Kulisse des Meeres einfügen. Jetzt sehe ich sie kaum, so eilig habe ich es, um ins Gästebad zu gelangen. Ohne das Licht einzuschalten, schließe ich die Tür hinter mir, presse den Rücken dagegen und sinke zu Boden. Ich schlinge die Arme um meine Beine und drücke die Stirn an die Knie, während stumme Tränen meinen Körper zum Beben bringen. Ich versuche, mich zu beruhigen, um tief Luft zu holen, aber es klappt nicht. Ein Klopfen an der Tür schreckt mich neuerlich auf, bevor sich mein Körper bewegt. Das Licht geht an und ich spüre die Tür an meiner Seite.

»Shh.« Austin setzt sich neben mich und zieht mich auf seinen Schoß. Mein Schluchzen wird heftiger.

»Es tut mir leid«, flüstere ich an dem Kloß in meiner Kehle vorbei.

»Baby, du bringst mich gerade um.«

»Du solltest draußen bei deiner Familie sein«, wispere ich an seinem Shirt und drücke mich enger an ihn, als mir klar wird, dass ich keine Familie habe. Ich versinke allein in einem Meer meiner eigenen Tränen, kämpfe um jeden Atemzug und da ist niemand, der mich retten kann.

»Ich liebe dich, Lea. Schon immer und für immer, selbst

im Tod. Du bist meine Familie und ich bin deine.«

Seine Worte ziehen mich so schnell aus der Dunkelheit in meinem Innern, dass mein Herz in meiner Brust zerspringt. Sauerstoff füllt meine Lunge. »Wie kannst du mich lieben, nach der Art, wie ich dich verlassen habe?«

»Weil du zu mir nach Hause gekommen bist«, entgegnet er leise.

Ich lege den Kopf zurück, schlinge die Arme um seinen Hals und ziehe seinen Mund auf meinen. Ich bete darum, dass dieser Kuss ihm zeigt, wie viel er mir bedeutet und wie sehr ich ihn liebe.

Austin lehnt seine Stirn gegen meine. »Warum musstest du ausgerechnet heute sagen, dass du mich liebst? Das macht mich etwas wütend«, gibt er zu und greift nach dem Toilettenpapier, um es mir zu reichen.

»Warum bist du deswegen böse?«, frage ich verwirrt, während ich mir die Augen abtupfe.

»Es hätte einer dieser Momente sein sollen, die du dir für immer einprägen willst«, meint er und streichelt über meine Wange.

Ich lächle und überrasche mich damit selbst, dann beuge ich mich vor und reibe meine Nase gegen seine. »Wie *ich* es sage, ist nichts, was ich mir merken muss. Dass *du* es erwidert hast, werde ich jedoch für immer in meinem Herzen tragen.«

»Ich schwöre bei Gott, du bringst mich noch um«, brummt er und verändert unsere Position, sodass ich rittlings auf ihm sitze.

Ich umfasse seine Schultern und senke das Gesicht, bis wir uns denselben Atem teilen. Stille legt sich über uns. Ich weiß nicht, was genau in ihm vorgeht, aber ich kann sehen, dass er mir etwas mitteilen will, nur scheint er nicht sicher, wie er es angehen soll. »Was ist los?«, wispere ich und nehme sein Gesicht in die Hände.

»Nichts. Es kann warten«, antwortet er, doch sein Lächeln erreicht nicht seine Augen. Bevor ich nachhaken kann, küsst er mich, dann zieht er mich mit sich auf die Beine. Mir schwörend, ihn später zu fragen, was ihm im Kopf rumschwirrt, gehe ich zum Waschbecken und spritze mir Wasser ins Gesicht. Zum Glück trage ich nicht viel Make-up, nur etwas wasserfesten Mascara. Austin legt die Hände um meine Taille und berührt meinen Hals, während ich mir das Gesicht und die Hände abtrockne. »Du musst nicht wieder da rausgehen. Du kannst hoch ins Zimmer gehen oder ...«

»Ich werde mich nicht verstecken«, beschließe ich und schaue ihn durch den Spiegel an.

»Ich bin sicher, sie werden ihr bestes Verhalten an den Tag legen, wenn du wieder rauskommst.«

»Ja, weil du sie dazu zwingst.« Ich ziehe die Brauen zusammen. Ich möchte nicht, dass sie nur wegen ihm nett zu mir sind. Sie sollen einfach meine Entschuldigung annehmen und die Vergangenheit ruhen lassen.

»Nein, nicht meinet-, sondern deinetwegen. Alle am Tisch sind wegen dir am Boden zerstört.«

»Es tut ...«, setze ich an, doch er verstärkt seinen Griff um mich.

»Du wirst dich wegen diesem Mist nicht entschuldigen. Sie hätten ihre Klappe halten und darauf vertrauen sollen, dass ich weiß, was ich tue. Ich kann auf ihre Einmischung gut verzichten, was sie wissen sollten.«

»Sie lieben dich«, erinnere ich ihn sanft und sein Blick

wird wärmer, dann schüttelt er den Kopf und küsst mich auf die Schläfe.

»Bereit?«, fragt er, und als ich nickend zustimme, nimmt er meine Hand und führt mich zurück ins Esszimmer. Die anderen verstummen. Shayla erhebt sich von ihrem Stuhl und kommt auf mich zu. Ihr Gesicht ist gerötet und ihre Lippen geschwollen. Ich kann erkennen, dass sie geweint hat, und finde es ätzend, dafür verantwortlich zu sein.

»Es tut mir so leid, Lea«, entschuldigt sie sich und ergreift meine Hand.

»Es ist okay«, winke ich ab, so wie ich das immer tue.

»Ist es nicht.« Neue Tränen schimmern in ihren Augen und sie verlagert unruhig das Gewicht von einem Fuß auf den anderen. Wie ein Kind, das nicht sicher ist, was es tun soll. »Kann ich dich umarmen?«, fragt sie leise, und als ich zustimme, schlingt sie die Arme um mich und schluchzt auf. Etwas peinlich berührt, tätschle ich ihr den Rücken und spüre, wie sich ein zweites Paar Arme um mich legt. Es ist Bre, die ebenfalls weint. Überraschenderweise wallen in mir keine Tränen auf. Ich kann nicht einordnen, was ich gerade empfinde.

Schließlich kommt Austins Dad zu uns und zieht seine Frau an seine Seite, dicht gefolgt von Shawn, der dasselbe mit Bre tut. »Es tut uns so leid, Lea. Wir haben nicht bedacht, wie du dich damals gefühlt haben musst. Wir waren wütend, weil du verschwunden bist, und als wir dich heute wiedersahen, haben sich unsere Emotionen hochgeschaukelt«, erklärt Shayla und wischt sich über die Augen.

»Das kann ich verstehen«, sage ich und wringe die

Hände. Es ist mir unangenehm, wie sich die Situation entwickelt hat.

»Können wir von vorne anfangen?«, fragt Bre.

Ich schaue sie an und beiße mir auf die Lippe. Keine Ahnung, was momentan in mir vorgeht, aber am liebsten würde ich nachhaken, was sie sich daraus verspricht. Wir haben fünfzehn Jahre lang nicht miteinander gesprochen und standen uns auch damals nicht nahe. Ich erwarte nicht, dass sich das ändern wird. Mir war nur wichtig, dass Austins Familie meine Sicht auf die Dinge berücksichtigt; dass sie das junge Mädchen sehen, das zu jenem Zeitpunkt seinen Vater an einen Schicksalsschlag verloren hat, auf das auch seine Zukunft zusteuerte. Der Gedanke versetzt mir einen Stich. Austin fischt immer noch. Ihm könnte etwas zustoßen. Ich weiß nicht, ob ich mittlerweile stärker bin als damals.

»Lea.« Austins Stimme und seine Hand an meiner Hüfte zwingen mich dazu, meine Aufmerksamkeit auf ihn zu lenken. Die Sorge in seinen Augen erfüllt mich mit Schuldgefühlen. *Ich muss es versuchen. Für ihn.*

»Wir können von vorn anfangen«, willige ich leise ein und schaue zuerst zu Bre, dann zu Shayla. Beide Frauen nicken, wirken in ihrem Verhalten jedoch weiterhin unsicher, wodurch ich mich noch unwohler fühle.

»Lasst uns essen, bevor die Babys aufwachen«, schlägt Shawn vor und vertreibt damit die Anspannung, die sich im Raum ausgebreitet hat.

»Ich hole noch etwas Wein. Soll ich jemandem etwas mitbringen?«, frage ich auf dem Weg zur Küche, um mich nicht gleich hinsetzen zu müssen. Wir haben zwar reinen Tisch gemacht, doch das ändert nichts an dem Schmerz in meiner Brust.

Nachdem alle verneint haben, umrunde ich die Kücheninsel und steuere den Kühlschrank an. Bevor ich ihn erreiche, werde ich umgedreht und auf die Arbeitsfläche gehoben. Plötzlich liegt Austins Mund auf meinem und er drängt sein Becken gegen meines. Als er sacht in meine Unterlippe beißt, ziehe ich scharf die Luft ein. Seine Zunge umspielt die meine, und als er die Hand in meinem Haar vergräbt, um unseren Kuss zu vertiefen, schießt Hitze durch meinen Körper zu meiner Mitte. Ich hätte nicht gedacht, mich einmal danach zu sehnen, dass jemand die Kontrolle übernimmt. Doch unter Austins Berührung erwacht jeder Teil von mir zum Leben. Als er sich von mir löst, sind wir beide außer Atem. Ich habe die Beine fest um ihn geschlungen und klammere mich an sein Shirt.

»Wofür war der?«, hauche ich.

»Ich musste sicherstellen, dass du hier bei mir bist.«

»Wie bitte?«, flüstere ich.

Er lehnt sich zurück und umfasst liebevoll meine Wange. Mit dem Daumen streicht er über meine Lippen. »Manchmal tritt ein gewisser Ausdruck in deine Augen. Trauer und Unsicherheit. Wenn ich ihn sehe, will ich dich hochheben und irgendwo hinbringen, wo dir keiner wehtun kann.« Er fährt erneut über meine Lippen und mustert mein Gesicht. »Ich hasse diesen Blick, Baby.«

»Ich weiß nicht, was ich gerade fühlen soll«, murmle ich und lehne die Stirn an seine Brust.

»Das ist okay«, beruhigt er mich und streicht liebevoll über meinen Rücken. Seine Berührung hilft, aber der Gedanke, ihn zu verlieren, hat sich in meinem Verstand eingenistet und ich weiß nicht, wie ich das ignorieren soll. »Holen wir dir noch ein Glas Wein.«

»Ja«, stimme ich zu und rutsche von der Arbeitsfläche. Austin holt indes eine neue Weinflasche aus dem Kühlschrank und öffnet sie.

»Bereit?«, fragt er und reicht mir seine Hand. Ich ergreife sie und lasse mich von ihm zurück zu den anderen führen, die am Tisch sitzen und leise miteinander reden. Wir nehmen Platz und Austin füllt mein Glas auf. Dankbar nehme ich einen Schluck und die kühle Flüssigkeit löst etwas von meiner Anspannung.

Den restlichen Abend über sitze ich still am Tisch, erfüllt von Sorge. Ich habe Bedenken, denn ein Teil von mir drängt danach, mich an Austin zu klammern, während ein anderer den Wunsch hegt, ihn von mir zu stoßen. Keine Ahnung, ob ich Letzteren bezwingen kann.

14. Kapitel

Lea

Ich verfrachte eine weitere Ladung Keksteig auf das Backblech vor mir, dann schaue ich durch die Doppeltür nach draußen. Austin sitzt auf der Veranda und telefoniert mit seiner Mom. Er hat die Füße auf dem Geländer abgestützt und hält ein Bier, das an seinem Oberkörper ruht.

Vor eineinhalb Wochen habe ich den Kauf meines Büros abgeschlossen. Kurz darauf überraschte mich Austins Mom mit einem antiken Schreibtisch, den sie in einem Secondhandshop in der Stadt gekauft hatte. Außerdem fährt sie am Wochenende mit einem Truck voller Büromaterial aus Anchorage her. Sie bemüht sich, mich kennenzulernen, und ich tue es ihr gleich, nur vorsichtiger.

Ich löse den Blick von Austin und schiebe das Keksblech in den Ofen. Anschließend nehme ich drei fertiggebackene Exemplare von einem Teller, wickle sie in eine Serviette und geselle mich zu Austin auf die Veranda. Ich gebe zwei an ihn weiter und er formt mit den Lippen ein *Danke*, dann zieht er meine Füße auf seine Oberschenkel.

Er wendet sich wieder dem Telefonat mit seiner Mutter zu.

»Ich weiß, Mom«, murmelt er und beißt mit genervtem Blick von seinem Keks ab. »Ja, hab dich auch lieb. Bis später.« Er legt das Handy auf den Tisch neben sich, dann schiebt er sich den Rest des Cookies in den Mund.

»Ist alles okay?«, erkundige ich mich nach einer Weile.

»Mom will wissen, wann wir heiraten«, sagt er so beiläufig, als würde er mir von der Farbe des Himmels erzählen.

»Wie bitte?«, entfährt es mir mit halbvollem Mund.

»Sie hält es für unvermeidlich und meint, wir sollten nicht noch mehr Zeit vergeuden und es endlich hinter uns bringen.«

»*Es hinter uns bringen*?«, wiederhole ich und wieder steht mein Mund vor Schock offen.

»Das waren ihre Worte«, bestätigt er und blickt auf den Ozean hinaus, der sich in einem wundervollen Korallton färbt, während die Sonne langsam hinter der Insel untergeht. »Ich stimme ihr zu.«

Ich begegne seinem Blick, der sanfter wird. »Du stimmst ihr zu«, wiederhole ich, weil mir die Worte fehlen.

»Ich bin seit fast achtzehn Jahren in dich verliebt. Ich denke, man kann mit Sicherheit behaupten, dass sich das nicht ändern wird.«

Mir geht es nicht anders. Meine Gefühle für ihn sind nie verschwunden. Sie sind gewachsen, wurden stärker, aber das Verliebtsein von damals ist auch noch da. Mehr denn je. Aber eine Ehe?

»Wir wohnen bereits zusammen«, stellt er fest, und als

ich verwirrt die Brauen zusammenziehe, schüttelt er den Kopf. »Du warst jeden Tag bei mir. Selbst wenn ich auf dem Boot übernachten muss, schläfst du hier. Wir wohnen zusammen.«

»Okay, wir wohnen zusammen«, murmle ich, denn irgendwie hat er damit recht. Meine Klamotten befinden sich in seinem Schrank, auch wenn wir nie offiziell darüber gesprochen haben, dass ich zu ihm ziehe. Es ist einfach passiert.

»Du möchtest nicht heiraten?«, fragt er und mustert mich eindringlich.

»Nein«, gestehe ich und Enttäuschung erfüllt seine Augen. Ich erhebe mich von meinem Stuhl und setzte mich rittlings auf seinen Schoß. »Ich will nicht einfach nur heiraten, ich will *dich* heiraten, niemanden sonst«, erkläre ich sanft und fahre mit den Fingern durch sein Haar.

»Verdammt richtig. Nur mich«, brummt er, umfasst meinen Hintern und zieht mich fester an sich. Er entlockt mir ein Lächeln.

»Es gibt immer noch Dinge, über die wir sprechen müssen«, erinnere ich ihn und mache mir Sorgen, als sich Schmerz über seine Miene legt.

Was auch immer diesen Blick verursacht, er schüttelt diesen Gedanken ab. »Wir haben Jahre, Lea. Solange wir zusammen sind, zählt nichts anderes«, erwidert er, beugt sich vor und drückt mir einen zärtlichen Kuss auf den Mund, ehe er mein Gesicht umfasst. »Jetzt sag, dass du meine Frau wirst.«

»Willst du mir wirklich auf diese Art einen Antrag machen? Indem du mir vorsagst, was ich antworten soll?«, frage ich lachend und lehne die Stirn an seine.

»Was auch immer funktioniert.« Er lächelt, dann rückt er ein Stück von mir ab und betrachtet mich mit einem sanften Ausdruck in seinen Augen. »Lea Lamb, möchtest du mich heiraten?«

Tränen brennen mir in der Nase und ich drücke kurz die Lider zusammen, ehe ich sie wieder öffne und seinem Blick begegne. »Ich habe schon immer dir gehört, Wolf. Die Antwort ist *Ja*.«

»Wir werden glücklich sein, Lämmchen.« Er zieht meinen Mund auf seinen, beißt erst sacht in meine Unter-, dann in meine Oberlippe, ehe er meinen Kopf zur Seite neigt, um den Kuss zu vertiefen.

»Was machst du?«, rufe ich, als er mich hochhebt. Ich schlinge die Arme um seine Schultern und die Beine um seine Hüften.

»Dich ins Bett bringen«, erwidert er und trägt mich hoch ins Schlafzimmer, um mich zu lieben, bevor er mich an seine Seite drückt und einschläft.

»Austin«, wimmere ich, drücke die Fersen in die Matratze und dränge mein Becken gegen seinen Mund. Vor wenigen Sekunden habe ich die Augen geöffnet und ihn mit dem Gesicht zwischen meinen Beinen entdeckt.

»Ich will dich schmecken, Lea«, knurrt er und dringt erst mit einem, dann mit zwei Fingern in mich ein. Seine Stöße sind tief und bauen die Lust in meinem Innern weiter auf.

»Ich komme gleich«, sage ich und stöhne, während ich

die Schenkel um ihn schließe, damit ich seinen Mund und seine Finger an Ort und Stelle festhalten kann. Mein Orgasmus trifft mich so plötzlich, dass er meinen Körper erschüttert und mich zu den Sternen schießt. Mein Orgasmus ist noch nicht verebbt, als sich Austin in mir versenkt. Ich schlinge die Beine um seine Hüften, um ihn dazu zu bringen, sich in mir zu bewegen. Als ich die Finger in seinem Haar vergrabe, neigt er den Kopf und saugt an meinem Nippel. Keuchend spüre ich seine Hände an meinem Rücken, dann an meinem Po, als er mich etwas hochhebt.

»Bitte beweg dich«, wimmere ich und wölbe den Rücken durch, um ihn noch tiefer in mich aufzunehmen. »Ja!«, rufe ich, als er mich mit tiefen Stößen nimmt und intensives Verlangen in mir wachruft. Sein Mund bewegt sich auf meinem, als er die Hand von meiner Brust über meinen Bauch zu meiner Klit wandern lässt. Er streicht mit dem Daumen über meine empfindsamste Stelle.

Er erhöht das Tempo, dringt tiefer in mich ein, und saugt erneut an meinem Nippel, so hart, dass ein Lustblitz direkt in meine Mitte schießt. Ein weiterer Höhepunkt überrollt mich, stärker noch als der davor. Ich spanne die Beine an und meine inneren Muskeln ziehen sich um ihn zusammen, als er sich tief in mir verliert.

Austins Atem streift über meinen Hals, ehe er den Kopf hebt und mich angrinst. »Morgen.« Sein Blick ist sanft und strahlt auf eine Weise, wie ich es noch nie gesehen habe. Es entspannt mich.

»Morgen.« Ich erwidere sein Lächeln und spüre, wie mir die Lider schwer werden.

»Schlaf noch etwas, Baby«, meint er belustigt und küsst

mich, bevor er unsere Verbindung löst. Ich spüre das Wogen der Matratze und höre bald darauf das Rauschen von Wasser, dann gleite ich ins Land der Träume zurück.

»Ich muss los.«

»Hm ... ich liebe dich«, murmle ich und kuschle mich tiefer in die Decken, ehe er mich noch mal küsst.

»Ich liebe dich auch, Baby. Wir sehen uns in achtundvierzig Stunden.« Seine Worte bringen mich zum Schmollen, woraufhin er lacht. Ich öffne die Augen, um ihn anzufunkeln. »Ehe du dich versiehst, bin ich wieder zu Hause.« Als ich die Hand an seine bärtige Wange lege, haucht er einen Kuss auf die Innenfläche. »Sei brav«, sagt er und tritt vom Bett weg.

»Du auch«, erwidere ich und beobachte, wie er das Schlafzimmer verlässt und die Tür hinter sich schließt.

Ein paar Stunden später stehe ich ebenfalls auf und begebe mich in die Küche, wo ich das Radio anmache und mir einen Becher Kaffee zubereite. Auf die Arbeitsfläche gestützt, nippe ich an meinem Morgentrunk und erstelle eine Liste der Dinge, die ich heute erledigen muss. Unter anderem muss ich dafür sorgen, dass der Wasser- und Stromanschluss in meinem Büro freigeschalten wird. Ein Besuch im Laden steht auch an, um die Grundausstattung für das Haus aufzustocken und nachzusehen, ob irgendwo in der Stadt Aufbewahrungsdosen für Mehl und Zucker angeboten werden, weil Austin noch keine besitzt. Da ich nun weiß, dass ich auch hier wohnen werde, möchte ich der Einrichtung meine persönliche Note verleihen.

Wir bräuchten auch ein paar Hocker für die Kücheninsel, doch dafür müssen wir vermutlich einen Trip nach Anchorage machen. Mein Blick fällt ins beinah leere Wohnzimmer und ich lächle. Ich kann es kaum erwarten, diesen Ort in unser zu Hause zu verwandeln.

Ich nehme meinen Kaffee mit nach oben, jedoch nicht mit in die Dusche. Meine nassen Haare binde ich mir oben auf dem Kopf zu einem Knoten. Auf Föhn oder Makeup habe ich keine Lust. Ich nehme ein Paar Jeans aus dem Schrank und kombiniere sie mit einem einfachen roten T-Shirt, dann gehe ich mit meinem mittlerweile leeren Becher zurück nach unten. Ich stelle ihn in die Spüle, gehe zur Tür und schlüpfe dort in meine Stiefel. Als ich aus dem Fenster blicke, entdecke ich dunkle Gewitterwolken, also schnappe ich mir neben meiner Tasche und meinem Schlüssel auch noch den Regenmantel. Danach mache ich mich zu meinem Auto auf.

Als ich auf dem Parkplatz des Lebensmittelgeschäfts halte, schaue ich durch die Windschutzscheibe und beobachte, wie sich der Himmel immer dunkler färbt. Vorhin war ich wegen dem Strom in meinem Büro im Elektroladen und die Angestellte dort erzählte mir, dass die Küstenwache eine Sturmwarnung rausgegeben hat. Es werden orkanartige Böen und Wellen zwischen fünf und sieben Meter Höhe vorhergesagt.

Als ich die Tür öffne, peitscht der Wind ins Wageninnere und bringt mich zum Schaudern. Ich klemme mir die Tasche unter den Arm und steige aus, bevor ich über den Parkplatz laufe. Meinen Regenmantel halte ich schützend vor mich, bis ich es in den Laden schaffe.

»Hey, Lea«, grüßt Dan, der Manager des Ladens, als ich meinen Einkauf auf das Kassenband stelle.

»Hi, Dan, wie geht es dir und Jane?«

»Gut.« Er lächelt. Dan und seine Frau waren die Ersten, die nach dem Tod meiner Mom vorbeikamen, um mir eine warme Mahlzeit zu bringen.

»Gut«, wiederhole ich und ziehe meine Karte durch das Lesegerät.

»Ist Austin auf dem Weg zurück zum Hafen?«, fragt er und schaut aus dem Fenster. Ich folge seinem Blick. Der Himmel ist mittlerweile fast schwarz.

»Das sollte er. Die Küstenwache hat die Warnung bestimmt schon rausgegeben«, sage ich und Sorge beginnt sich in mir auszubreiten.

»Grüß ihn von uns.«

»Mache ich. Wenn Jane und du mal Zeit haben, sollten wir zusammen Abendessen gehen.«

»Das würde ihr gefallen«, meint er und gibt mir meine Tüten. »Komm gut heim.«

»Werde ich.« Lächelnd verlasse ich den Laden und eile über den Parkplatz zu meinem Auto, als der Regen einsetzt und schnell stärker wird. Ich starte den Motor, während es heftig gegen die Windschutzscheibe prasselt. Die Scheibenwerfer auf höchste Stufe gestellt, kann ich kaum etwas sehen, weshalb ich extra langsam nach Hause fahre. Statt der üblichen fünfzehn Minuten brauche ich heute doppelt so lange. Als ich am Haus ankomme, ist von Austins Truck nichts zu sehen. Ich hatte angenommen, er würde wegen der Sturmwarnung schon zu Hause auf mich warten. Ich versuche, nicht daran zu denken, dass sein Wagen nicht unter der Veranda parkt, und gehe nach drinnen, um die Lebensmittel zu verstauen.

»Was zum Teufel?« Ich schaue auf die Uhr und mir wird klar, dass es zwei Stunden her ist, seit ich vom Laden nach Hause gekommen bin. Ich nehme das Festnetztelefon von der Arbeitsfläche und wähle die Nummer von Austins Satellitentelefon, dann lausche ich einer Weile dem Freizeichen. Er nimmt nicht ab. »Alles gut, wahrscheinlich legt er gerade an. Beruhig dich«, rede ich mir gut zu, lasse das Telefon in der Küche und setze mich vor den Fernseher. Meine Nervosität wird schlimmer, je länger ich den Wetterkanal gucke.

Während der nächsten Stunde laufe ich auf und ab und rufe Austin wiederholt an, bevor ich Rhondas Nummer wähle, um zu erfahren, ob sie irgendetwas von Ben gehört hat. »Hi, hat Ben es reingeschafft?«, will ich wissen, sobald sie abhebt, ohne ihr die Chance zu geben, mich zu grüßen.

»Er hat gerade angelegt und meinte, er würde bald zu Hause sein. Bist du okay?« Sie klingt besorgt.

»Ich erreiche Austin nicht. Kannst du Ben fragen, ob er von ihm gehört oder ihn gesehen hat?«, bitte ich und bleibe vor dem Fenster stehen, um nach draußen zu blicken.

»Liebes«, flüstert sie und ich schüttle den Kopf. Mir gefällt ihr Ton nicht, weil er mir das Gefühl gibt, als würde ich mir unnötig Sorgen machen.

»Lass mich einfach wissen, ob er etwas von ihm gehört

hat, bitte«, sage ich und lege auf. Tränen wallen auf, aber ich schlucke sie runter. »Er ist okay. Er ist okay«, flüstere ich wieder und wieder, während ich ruhelos durch den Raum gehe. Ich klammere mich an das Telefon wie an einen Rettungsring. Als es in meiner zu klingeln beginnt, lasse ich es vor Schreck beinah fallen.

»Austin?«, flüstere ich atemlos und presse das Handy gegen mein Ohr.

»Lea, hier ist Ben.«

Mein Herz rutscht mir in die Kniekehlen und mein Blick huscht zum Fenster. Ich sehe nichts als den tobenden Sturm. »Hast du etwas von ihm gehört?«, frage ich und ein Zittern erfasst meinen Körper.

»Nein, ich habe es mit dem CB-Funk versucht, kam aber nicht durch.«

»Oh Gott.« Überkeilt wall in mir auf und ich bin sicher, dass ich mich jeden Moment übergeben muss.

»Es geht ihm bestimmt gut, Lea. Er hat wahrscheinlich geankert und wartet darauf, dass der Sturm vorüberzieht.«

»Du hast wahrscheinlich recht«, flüstere ich und presse die Lider zusammen. »Wenn du von ihm hörst, rufst du mich dann bitte an?«

»Er ist okay, Lea.«

»Ich weiß.« Das muss er sein. Eine andere Option gibt es für mich nicht. Mein Herz kann keinen weiteren Verlust ertragen. Es wurde schon so oft gebrochen und Austin hat es so mühevoll zusammengesetzt, doch ihn zu verlieren, würde es in tausend Teile zersplittern lassen. Einen solchen Schlag würde ich nicht verkraften.

»Wieso kommst du nicht zu uns und wir warten zusammen auf ihn?«

»Nein, schon okay«, lehne ich ab und blicke auf die Meerenge hinaus. Die Wellen peitschen gnadenlos gegen das umliegende Land.

»Möchtest du, dass wir zu dir kommen?«, fragt Ben und auch in seiner Stimme liegt Sorge.

»Nein, es geht mir gut. Küss Rhonda und Braden für mich.« Ich nehme das Handy vom Ohr und höre Ben fluchen, ehe ich die Leitung kappe. Dann setzte ich mich auf die Couch und wähle Austins Nummer, wieder und wieder, währenddessen lasse ich den Sturm keine Sekunde aus den Augen. Meine Panik wächst beständig, je öfter Austin nicht rangeht, bis das Telefon in meiner Hand förmlich vibriert, so sehr zittere ich. Dann klingelt es.

»Hallo?«, nehme ich den Anruf hoffnungsvoll entgegen.

»Lea.«

»Oh, Ben.«

»Hey, ich wollte dir nur sagen, dass ein paar Boote in der Nähe von *Shelter Bay* angelegt haben. Ich bin sicher, dass Austin unter ihnen ist.«

»Woher willst du das wissen?«, hake ich nach und klinge völlig durch den Wind.

»Die meisten Boote, die zu weit draußen waren, haben *Shelter Bay* angesteuert, weil sie es nicht rechtzeitig in den Hafen geschafft hätten«, erklärt er.

»Du weißt aber nicht mit Sicherheit, dass Austin bei ihnen ist, oder?«

»Nein«, murmelt er und meine Hoffnung zerplatzt wie eine Blase.

»Er hebt nicht ab«, teile ich Ben mit und wische mir über die feuchten Wangen.

»Wegen dem Sturm spielt der Empfang verrückt, es liegt bestimmt daran.«

»Du hast wahrscheinlich recht«, stimme ich zu, aber sogar in meinen Ohren klingt mein Ton geschlagen.

»Lea, er wird nach Hause kommen.«

»Okay«, sage ich, während ich mich den Fenstern zugewandt auf die Couch sinken lasse. »Ruf an, wenn du von ihm hörst.«

Ich lege auf und wähle erneut Austins Nummer, stumm flehend, dass er diesmal rangeht. Vergeblich. Egal wie oft ich es versuche, er ist nicht zu erreichen. Mit jedem Mal versinke ich tiefer in der Dunkelheit in meinem Innern, bis ich in meiner Sorge ertrinke.

»Lea, Baby.«

Ich spüre, wie mich jemand an der Schulter wachrüttelt, und reiße die Augen auf. Austin steht vor mir, in denselben Sachen, die er heute Morgen getragen hat, als er das Haus verließ. Nur sind seine Kleider und sein Haar klitschnass.

»Du bist nach Hause gekommen.« Ich werfe mich in seine Arme und schluchze laut auf.

»Natürlich bin ich das, Baby.« Er drückt mich fest an sich und setzt sich zu mir, während ich in sein Shirt weine. So sehr ich versuche, mir klarzumachen, dass er bei mir ist, kann ich die Angst der letzten Stunden nicht abschütteln. Ich will ihm sagen, wie sehr ich um ihn gebangt habe, dass ich nicht weiß, ob ich das noch mal aushalte. Doch es kommen keine Worte hervor. Ich sitze bloß da und weine.

»Lass uns ins Bett gehen«, schlägt er leise vor, hebt mich hoch und trägt mich nach oben. Sobald wir das Schlafzimmer erreichen, zieht er mich aus und hilft mir unter die Decken. Stumme Tränen laufen mir über die Wangen, während ich beobachte, wie er sich seiner eigenen Kleidung entledigt. Als er zu mir ins Bett steigt, mache ich ihm Platz, und er schmiegt sich eng an mich.

»Ich liebe dich, Lea«, beteuert er, schließt mich fest in seine Arme, streichelt mir tröstend über die Wirbelsäule und murmelt beruhigende Worte. Mein Schluchzen wird heftiger.

Als die Sonne aufgeht, liege ich immer noch wach da. Austins Atem ist regelmäßig geworden und seine Hand ruht auf meiner Haut. Vorsichtig schlüpfe ich aus seinen Armen. Ohne ihn ein letztes Mal anzusehen, gehe ich zum Schrank, ziehe mir eines seiner Shirts über, dazu noch eine meiner Jogginghosen. Leise schleiche ich mich aus dem Zimmer und schließe die Tür hinter mir.

Der endlose Tränenstrom ist noch immer nicht versiegt und ich versuche, sie zurückzudrängen, während ich zu meinem Auto rausgehe. Als ich den Motor anlasse, ist meine Sicht immer noch verschwommen, was sich auch auf meiner Fahrt durch die Stadt nicht ändert. Als ich das Haus meiner Eltern erreiche, muss ich tief durchatmen, um nicht zusammenzubrechen. Kaum dass ich die Tür hinter mir schließe, geben meine Beine nach. Schluchzend ziehe ich die Knie an und bleibe weinend auf dem Boden liegen.

Als ich meine Augen wieder öffne, brauche ich einen Moment, bis mir klar wird, wo ich mich befinde. Das Klopfen an der Tür muss mich geweckt haben. Ich stehe auf und öffne sie einen Spalt. Die Frau, die davor steht, kenne ich nicht.

»Lea?«, fragt sie und klingt besorgt.

»Kann ich Ihnen helfen?«

»Ich bin Elza. Ich arbeite für Mr Douglas. Ich habe versucht, Sie zu kontaktieren, konnte Sie aber seit unserem letzten Telefonat nicht mehr erreichen. Daher bin ich vorbeigekommen und wollte nachsehen, ob ich Sie zu Hause erwische.«

Zu Hause? Ich bin nicht zu Hause. Mein Zuhause ist bei Austin, denke ich und spüre, wie ich erneut emotional werde.

»Wenn es gerade nicht passt, kann ich ein andermal wiederkommen«, meint sie sanft und mustert mein Gesicht.

»Nein, bitte, es ist okay.« Ich weiche von der Tür zurück und sie tritt ein, dann führe ich sie ins Wohnzimmer, wo sie auf der Couch Platz nimmt, während ich mich gegenüber von ihr auf den Sessel setze.

»Wir müssen nur ein paar Details besprechen.« Sie zieht lächelnd eine Mappe hervor und beginnt damit, Moms Vermögen und Informationen über das Haus durchzugehen. Ich höre ihre Worte kaum, denn meine Gedanken kreisen allein um den Wunsch, wieder bei Austin zu sein. Könnte jemand in meine Zukunft sehen und würde mir sagen, dass ich ihn morgen verlieren würde, möchte ich dennoch jede verbleibende Minute mit ihm verbringen. Ich kann ohne ihn nicht leben. »Dann ist da noch ein Brief von Ihrer Mom«, offenbart Elza und meine Aufmerksamkeit fällt wieder ihr zu.

»Ein Brief?«

»Ja, ich wusste bis heute Morgen selbst nichts davon.

Erst als ich Ihre Sachen zusammengesammelt habe, fiel er mir in die Hände. Wenn ich davon gewusst hätte, hätte ich Ihnen das alles mit der Post geschickt. Entschuldigen Sie bitte«, erklärt sie und reicht mir einen weißen Umschlag, auf dem mein Name in Moms verschnörkelter Handschrift steht.

»Schon okay«, murmle ich mit Blick auf das Papier in meinen Händen.

»Wenn Sie irgendetwas brauchen, zögern Sie nicht, anzurufen«, lässt sie mich wissen und ich stimme nickend zu. Den Brief an meine Brust gedrückt, bringe ich sie zur Tür.

»Danke Ihnen, Elza.«

Über ihre Schulter hinweg lächelt sie mich an, dann verabschiedet sie sich und ich schließe die Tür hinter ihr. Ich lehne mich dagegen und öffne den Umschlag, ehe ich vorsichtig den Brief hervorziehe und auffalte.

Mein liebes, wunderschönes Mädchen,

dass du diese Zeilen liest, bedeutet, dass meine Zeit hier vorüber ist und ich mich ins nächste Abenteuer aufgemacht habe.

Ich wünschte, wir hätten mehr Zeit miteinander gehabt. Mehr Gelegenheiten, dir zu sagen, wie stolz ich auf dich bin und wie sehr ich die Frau bewundere, zu der du geworden bist. An jedem Tag mit dir wurde mir klar, dass ich eine Sache in meinem Leben richtig gemacht habe.

Ich möchte mich bei dir entschuldigen. Ich will dir sagen, wie leid es mir tut, nicht stärker gewesen zu sein, als du das von mir gebraucht hast. Als dein Dad starb, ist ein Teil von mir mit ihm gegangen. Ich habe versucht, mutig zu sein, aber meine Angst war so groß, dass ich mich von diesem Gefühl ersticken ließ.

Ich wollte nicht, dass dich dasselbe Schicksal ereilt. Ich wollte dir nicht in die Augen sehen müssen, wenn Austin etwas zustößt, also habe ich getan, was ich für richtig hielt. Ich habe getan, was mein gebrochenes Herz mir sagte.

Ich weiß, welch ein Mann Austin ist. Natürlich hat er dir nicht erzählt, was ich getan habe. Er würde nicht wollen, dass du mich hasst. Nichtsdestotrotz habe ich euch beide belogen. Ich habe zugelassen, dass du wegen meiner Ängste leidest. Noch mehr, als sein Verlust es je gekonnt hätte.

Austin hat nach dir gesucht, Schatz. Er hat nie damit aufgehört. Gott weiß, ich musste ihm drohen, damit er sich von uns fernhält, aber er kam immer wieder. Flehte mich an, ihm zu sagen, wo du lebst. Er hat erst aufgehört, als ich ihm weismachte, du hättest mit deinem Leben weitergemacht. Dass du ohne ihn glücklich seist und er sein eigenes Glück finden musste.

An diesem Tag sah ich, wie ein Licht in seinen Augen erlosch. Und als ich dir dasselbe erzählte, erlosch dieses Licht auch in dir.

Es tut mir leid, dass ich feige war, und ich hoffe, du kannst mir mit der Zeit vergeben.

Ich weiß, dass ihr zwei mehr als nur glücklich miteinander sein werdet, wenn du und Austin die Vergangenheit aufarbeiten könnt. Ihr verdient es, gemeinsam euer Glück zu finden.

Ich habe dich lieb, Lea. Du hast mich am Leben gehalten, wenn mir nach Aufgeben zumute war. Jetzt ist es an der Zeit für dich, dein eigenes Licht zu finden. Du bist das Beste, was dein Dad und ich je zustande gebracht haben, und wir sind unfassbar stolz auf dich.

In Liebe,
Mom

Mit einem Schluchzen rutscht mir der Brief aus den zitternden Fingern und mit verschwommenem Blick beobachte ich, wie er zu Boden segelt.

15. Kapitel

Austin

Ich strecke den Arm nach Lea aus und fasse ins Leere. Überrascht öffne ich die Augen. Sie hat das Bett noch nie vor mir verlassen und so kalt wie sich die Laken anfühlen, muss sie schon eine Weile auf den Beinen sein. Als ich letzte Nacht nach Hause kam, fand ich sie zusammengerollt auf der Couch. Ihre Wangen waren tränenüberströmt und sie hatte diesen verlorenen Blick ... Ich wusste, das war der Moment, vor dem ich mich gefürchtet hatte; jener, in dem sie gezwungen war, sich ihren Ängsten zu stellen.

Ich bin nicht ihr Dad. Männer sterben jeden Tag auf dem Ozean, aber die Wahrscheinlichkeit, dass mir da draußen etwas zustößt, ist ebenso groß wie jene, von einem Auto erfasst zu werden, während man die Straße überquert.

Letzte Nacht war sie zu sehr durch den Wind, um darüber zu sprechen, weshalb ich es auf heute Morgen vertagte. In Anbetracht der Vergangenheit war es vermutlich dämlich, anzunehmen, sie würde dann noch hier sein.

»Fuck.« Ich stehe auf und hebe meine Jeans vom Boden

auf, bevor ich sie anziehe. »Lea!«, rufe ich und öffne die Tür zum Bad, das leer ist. Stille heißt mich willkommen, als ich meinen Weg nach unten in die Küche fortsetze. Im Gehen ziehe ich mir ein Shirt an.

Sobald ich sie gefunden habe, werde ich sie küssen und ihr versichern, dass alles gut wird. Dann werde ich ihr den Hintern versohlen, weil sie erneut vor mir davongelaufen ist.

Ich habe nicht gelogen, als ich Ken sagte, ich würde sie nicht ziehen lassen. Sie gehört mir. Für immer. Selbst wenn das heißt, dass sie mich jedes Mal mit auf das Boot begleitet, damit wir – Gott bewahre – im schlimmsten Fall zusammen sterben. Wenn es so sein soll, dann soll es so sein.

Ich nehme meine Schlüssel von der Arbeitsfläche und mache mich zu meinem Truck auf, steige ein, um zu Leas Elternhaus zu fahren. Als es immer stärker regnet und ich die überfluteten Straßen sehe, entfährt mir ein Fluch. Lea hat den Großteil der Nacht über geweint und ich bin sicher, dass sie völlig durcheinander war, als sie heute das Haus verließ. Zu wissen, dass sie in diesem Zustand und bei so schlechtem Wetter gefahren ist, macht mich noch wütender. Ihr Auto ist zwar gut in Schuss, aber es hat keinen Allradantrieb. Es würde dem Sturm nicht trotzen.

Als ich Scheinwerfer auf mich zukommen sehe, fahre ich langsamer und erkenne Leas Wagen. Ich blinzle ihr mit dem Fernlicht zu, dann halte ich am Straßenrand an. Auch sie kommt nur wenige Meter vor meinem Truck zum Stehen. Ehe ich die Tür öffnen kann, ist sie ausgestiegen und rennt mit gerötetem Gesicht auf mich zu. Bei ihrem Blick wird meine Brust eng, denn neben Traurigkeit entdecke ich auch ein Licht in ihren Augen. Kaum dass ich mit beiden Füßen auf dem schlammigen Boden stehe, kollidiert ihr Körper mit meinem und sie raubt mir den Atem.

»Es tut mir leid«, wimmert sie und ihre Nägel graben sich durch mein Shirt in meine Haut. »Ich habe dich wieder zurückgelassen. Es tut mir so leid.« Sie schluchzt, während der Regen auf uns niederprasselt und unsere Kleidung durchweicht.

»Baby«, murmle ich sanft und streiche ihr über das nasse Haar, umfange ihren Hinterkopf, um sie nah an mich zu drücken.

»Du v-verstehst d-das nicht«, stammelt sie und atmet einmal tief durch. »Meine Angst, alleingelassen zu werden, ist so groß, dass ich dachte, es würde nicht so wehtun, wenn ich selbst gehe. Ich dachte, dann wäre ich okay, aber das bin ich nicht.« Sie vergräbt den Kopf an meinem Shirt und klammert sich an mich.

»Ich lasse dich nicht gehen, Lea«, verspreche ich und senke die Stimme. »Ich werde dich niemals gehen lassen, nie wieder.«

Sie sieht auf und ihre Augen schimmern. Der herabfallende Regen spült ihre Tränen fort. Ich umfasse ihre Wangen und drücke meine Lippen auf ihre. Ein Kuss, der ihr zeigen soll, dass ich sie liebe und uns nicht aufgeben werde.

»Bringen wir dich nach Hause«, sage ich, die Stirn an ihre gelehnt, und spüre, wie sie nickt.

»Mein Auto ...«, erwidert sie und wird von einem Schluckauf unterbrochen, während ich ihr in den Truck helfe.

»Du bist nicht in der Lage, zu fahren, Lea. Wir lassen es am Straßenrand stehen und ich werde es später holen«, erkläre ich und wische ein paar ihrer Tränen fort. Sie stimmt leise zu, dann starrt sie in ihren Schoß. Ich lege einen Finger unter ihr Kinn, um ihren Blick zu meinem zu heben. »Ich liebe dich, Lea«, sage ich sanft.

»Das solltest du nicht«, flüstert sie und bricht mir damit das Herz.

»Es ist unmöglich, dich nicht zu lieben. Was auch immer wir tun müssen, wir werden dafür sorgen, dass so etwas nicht wieder passiert.« Als ich ihr Zittern bemerke, greife ich an ihr vorbei und stelle die Heizung an, dann schließe ich die Tür. Nachdem ich ihr Auto an einer geeigneteren Stelle entlang dem Straßenrand geparkt habe, steige ich wieder in den Truck und fahre uns nach Hause.

Keine Ahnung, wie ich damit umgehen soll, wie sie in solchen Situationen reagiert. Kurzschlussreaktionen, ausgelöst durch ihre panische Angst. Ich weiß, dass ich einen Weg finden muss, zu ihr durchzudringen. Ihre Mutter hätte Lea vor langer Zeit die richtige Hilfe besorgen müssen; sicherstellen sollen, dass man sich um ihre Tochter kümmert. Über Tote soll man nicht schlecht denken, aber ich bin so verdammt wütend auf sie. Nicht nur dafür, was sie Lea und mir angetan hat, sondern auch wegen der Art, wie sie die Zweifel ihrer Tochter noch genährt hat. Sie wollte ihr helfen, doch dass Lea den wahren Grund für ihre Flucht aus der Stadt ignoriert, tut ihr nicht gut. Ihre Mom hat das leider nie verstanden.

»Ich weiß, du bist böse auf mich.« Leas leise Stimme zieht mich aus meinen Gedanken. Ich nehme ihre Hand in meine und verschränke unsere Finger.

»Nein, verärgert, dass du in diesem Zustand gefahren bist, aber nicht böse auf dich, Baby. Ich mache mir Sorgen um dich.«

»Ich habe versucht, dagegen anzukämpfen«, flüstert sie.

»Ich weiß, aber das musst du nicht alleine tun. Nicht mehr«, erkläre ich und drücke ihre Hand.

Ich halte den Truck vorm Haus, steige aus und gehe zu ihrer Seite, um sie herauszuheben, dann trage ich sie nach drinnen. Sie zittert immer noch, als ich die Schiebetür öffne und hinter uns schließe. Ich bringe sie nach oben ins Badezimmer. Dort stelle ich sie auf die Füße, um ihr ein Bad einzulassen. Sie mustert mich eindringlich, als wüsste sie nicht recht, was sie tun soll.

Ich helfe ihr aus ihrer Kleidung und in das warme Badewasser. Ihre Augen schimmern immer noch feucht. Mir war nicht klar, dass so viele Tränen in einen einzigen Menschen passen. Nachdem sie sich gegen den Wannenrand gelehnt hat, hole ich ihr Shampoo und den Conditioner aus der Dusche. Ich wasche ihr die Haare, dann massiere ich den Conditioner in die feuchten Strähnen. Sie schließt die Augen und ihr Zittern ebbt ab.

»Du kannst mich nicht wieder verlassen, Lea«, knurre ich und spüre, wie meine Kehle eng wird. Ich ertrage viel, nur nicht, ohne sie zu sein. Dieser Situation will ich mich nie wieder stellen müssen.

»Es tut mir so leid«, flüstert sie, beugt sich über den Rand der Wanne und schlingt die Arme um meine Schultern. Dabei durchweicht sie mein Shirt. Ich küsse sie auf ihr Haar und löse ihren Griff um mich, damit ich sie mit einem Stück Seife waschen kann. Anschließend hebe ich sie aus der Wanne und wickle sie in ein Handtuch. Nachdem ich sie ins Schlafzimmer getragen habe, lege ich sie aufs Bett, dann ziehe ich mich aus und geselle mich zu ihr.

»Nachdem du fortgegangen bist, hast du je mit jemandem über den Tod deines Dads gesprochen?«, frage ich sanft und fange sie mit meinem ganzen Körper ein, damit sie nicht abhauen kann.

»Nein, ich wollte nicht daran denken.« Sie kneift die Augen zu.

»Was ist mit deiner Mom? Hast du mit ihr darüber geredet, wie sehr sein Tod dich beeinflusst hat?«

»Nein, ich sagte, dass ich gehen muss und sie hat es mir ermöglicht. Wir haben nie über ihn geredet, nicht bevor ich nach Hause kam.«

»Das dachte ich mir.« Ich schüttle den Kopf und schaue aus dem Fenster. Die dunklen Wolken werden durch einen blauen Himmel ersetzt.

»Ich weiß, was sie getan hat«, flüstert Lea, und ich betrachte sie mit zusammengezogenen Brauen zusammen. Sie hebt langsam die Lider und begegnet meinem Blick.

»Was wer getan hat?«

»Meine Mom. Ich ... ich habe heute einen Brief von ihr erhalten.« Sie beißt sich auf die Unterlippe. »Sie hat uns beide belogen.«

»Das hat sie«, stimme ich zu und drücke Lea enger an mich.

»Ich will nicht böse auf sie sein.« Sie schließt wieder die Augen.

»Baby«, murmle ich sanft.

»Ich habe ihr gesagt, ich wollte nach Hause kommen. Sie meinte, dass es hier nichts für mich gibt und du hättest mit mir abgeschlossen.«

Fuck! »Ich habe nie mit dir abgeschlossen, Lea. Auch wenn ich mir dessen nicht bewusst war, habe ich immer darauf gewartet, dass du zu mir nach Hause kommst.«

»Du bist mein Zuhause«, vertraut sie mir an und kehrt damit mein Innerstes nach außen. »Ich weiß nicht, wie ich diese Angst loswerden soll, aber das möchte ich. Ich will nicht ohne dich sein.«

»Wir finden jemanden, mit dem du reden kannst«, versichere ich ihr.

»Ich kann nicht ohne dich sein«, wiederholt sie.

»Dann kommst du eben mit mir aufs Boot. Wir finden einen Weg, damit das funktioniert, bis du stark genug bist«, beschwichtige ich sie und fahre mit den Fingern durch ihr Haar. »Doch du gehst nie wieder weg, ohne vorher mit mir zu reden. Meine einzige Angst besteht darin, gezwungen zu sein, mir eine Zukunft ohne dich vorzustellen.« Sie muss begreifen, dass mich dieselbe Sorge plagt wie sie. Das brauche ich.

»Das hast du nicht verdient.«

»Habe ich nicht und du auch nicht, Baby. Das ist ein Teil davon, was du verstehen musst – du verdienst es, glücklich zu sein, so wie jeder andere auch. Wir verdienen ein gemeinsames Leben, Lea. Babys zu kriegen, zuzusehen, wie sie älter werden. Das steht uns beiden zu«, flüstere ich und sie schluchzt gegen meinen Oberkörper. »Deine Tränen bringen mich um«, sage ich und küsse sie auf die Stirn.

»Ich kann nicht aufhören, zu weinen. Ich weiß nicht,

was m-mit m-mir nicht stimmt.«

»Du musst einiges verarbeiten. Weine so viel, wie du musst«, antworte ich und lasse die Hand auf ihrem Bauch ruhen.

Eine Stunde später hat sie sich weder beruhigt noch geschlafen. Ich küsse sie aufs Haar. »Bin gleich wieder da, Baby«, flüstere ich und steige aus dem Bett. Mit einem Nicken dreht sie sich zur Seite und drückt ein Kissen gegen ihre Brust. Ich ziehe ein Paar Jogginghosen an und nehme mein Handy mit nach unten, wo ich Keith anrufe und ihn um ein Schlafmittel für Lea bitte. Als ich wieder zu ihr gehe, starrt sie weinend aus dem Fenster.

»Ist alles okay?«, fragt sie, als ich ihr eine Flasche Wasser reiche.

»Keith kommt vorbei und bringt dir etwas, das dir beim Schlafen hilft«, erkläre ich und lege mich zu ihr. Sie nickt und mustert mich während der nächsten zwanzig Minuten schweigend. Als es an der Tür klingelt, küsse ich sie auf die Stirn. »Bin gleich wieder da«, murmle ich erneut und gehe nach unten. Keith hat die Hände in den Taschen und steht mir besorgtem Blick vor der Glastür.

»Ist sie okay?«, will er wissen, als ich ihn reinlasse.

Ich fahre mir durchs Haar und zucke mit den Schultern. »Sie hat nicht geschlafen. Keine Ahnung, wie viel du von ihrer Geschichte kennst, aber letzte Nacht hing ich eine Weile draußen im Sturm fest. Es hat gedauert, bis ich den Hafen erreichte, und als ich nach Hause kam, schien sie fast in einem Wahn zu sein. Sie hat nicht aufgehört zu weinen und noch keine Sekunde geschlafen.«

»Gott«, murmelt er und schaut zur Treppe. »Soll ich einen Blick auf sie werfen?«

»Nein, ich glaube nicht, dass das gerade hilfreich wäre«, entgegne ich und er händigt mir eine kleine Tüte aus.

»Darin sind zwei Pillen. Wenn sie morgen noch mehr braucht, soll sie mich anrufen und ich stelle ihr ein Rezept aus.«

»Ich weiß das zu schätzen, Mann.«

»Kein Problem. Lass es mich wissen, wenn du noch etwas brauchst.«

»Mache ich«, bestätige ich, und als er weg ist, gehe ich wieder nach oben.

»Was ist das?«, fragt Lea, als ich ihr eine Tablette und die Wasserflasche vom Nachttisch reiche.

»Eine Schlaftablette«, erkläre ich und streiche ihr ein paar Haare aus der Stirn. Ich muss sie nicht zweimal bitten, das Schlafmittel zu nehmen. »Es wird alles gut werden, Lea.« Ich lege mich zu ihr und ziehe sie in meine Arme.

»Ich weiß.« Sie kuschelt sich an mich, während ich mit den Fingern an ihrem Arm auf und ab streiche. Erst als sie regelmäßig atmet und ihr Körper sich an meinem entspannt, fühle ich, wie auch meine Anspannung von mir abfällt. Ich weiß, es wird etwas dauern, bis sie in Ordnung ist, aber das Schlimmste liegt bereits hinter uns.

Lea steht im Wohnzimmer und ich lasse den Blick über sie wandern. Ihr Haar ist hoch auf ihrem Kopf zusammengebunden und ihre Augen sind nicht länger rot vom Weinen, aber sie wirkt immer noch weich vom Schlaf.

»Hey.« Ihre leise Stimme dringt zu mir und ich höre damit auf, in der Suppe zu rühren, und strecke die Hand nach ihr aus.

»Komm her, Baby.«

Sie umrundet langsam die Kücheninsel und schlingt die Arme um meine Taille, während sie das Gesicht an meinem nackten Oberkörper vergräbt.

»Wie fühlst du dich?«

»Besser«, murmelt sie und küsst die Stelle über meinem Herzen.

»Ich wollte dir etwas zu essen bringen.«

»Können wir stattdessen draußen essen?«

»Klar, schnapp dir zwei Löffel«, schlage ich vor, hole das Sauerteigbrot aus dem Ofen und fülle beide Schüsseln mit der Muschelsuppe, die ich zubereitet habe, dann stelle ich sie auf große Teller.

»Was hättest du gerne zu trinken?«, fragt sie.

»Nur ein Wasser, Baby«, bitte ich auf dem Weg zur Veranda, wo ich beide Teller auf dem Tisch absetze und Lea den Stuhl herausziehe.

»Es ist so schön draußen«, bemerkt sie mit Blick auf den Ozean, hinter dem die Sonne untergeht.

»Ben und Rhonda waren kurz hier, während du geschlafen hast. Sie haben versprochen, uns in ein paar Tagen wieder zu besuchen«, sage ich.

Sie nickt und probiert einen Löffel voll Suppe.

»Hast du ihnen erzählt, was passiert ist?«, wispert sie und klingt sowohl unsicher als auch traurig.

»Schau mich an, Lea«, verlange ich und warte darauf, dass ihr Blick meinen trifft. »Ich habe es ihnen nicht erzählt, aber es gibt nichts, das dir peinlich sein muss. Sie sind deine Freunde und sorgen sich um dich. Du hast ihnen gestern Angst eingejagt.«

Sie nickt und schaut wieder auf den Tisch. »Ich werde mich bei Rhonda darüber erkundigen, ob sie jemanden in der Stadt kennt, mit dem ich reden kann.«

»Ich glaube, das wäre gut, Baby«, stimme ich sanft zu.

»Meine Mom hat dir gesagt, was sie getan hat, oder?«, fragt sie. Ihr Blick hält an der Aussicht fest.

»Hat sie«, gebe ich zu und schließe die Faust fester um den Löffel.

»Wann?«, will Lea wissen und ich setze den Löffel ab, um meine Hand auf ihren Oberschenkel zu legen. »Hast du deswegen deine Meinung über mich und uns geändert?«, hakt sie leise nach.

»Das mit uns war unausweichlich, Lea. Selbst wenn deine Mom ihr Geheimnis mit ins Grab genommen hätte, hätte ich dich zu meiner Frau gemacht.«

»Aber ...« Ihre Unterlippe zittert und ich schüttle den Kopf.

»Es gibt kein aber.« Mit dem Daumen streiche ich über ihren Mund. »Als ich dich mit Keith in der Bar gesehen habe, wollte ich ihm deutlich machen, dass du zu mir gehörst, um dir anschließend zu den Toiletten zu folgen und dich zu nehmen, bis du selbst aussprichst, dass du mein bist.«

»Oh«, murmelt sie und wirkt etwas verlegen, was niedlich ist.

»Du warst es schon immer, Lea. Es hat nie eine andere für mich gegeben, nur dich.«

»Es tut mir leid, dass ich dich verlassen habe«, flüstert sie und ich erhebe mich aus meinem Stuhl, um mich vor ihr hinzuknien. Zärtlich halte ich ihr Gesicht in meinen Händen.

»Du hast keinen Grund, dich zu entschuldigen. Manchmal passieren schlimme Dinge, damit man das Gute in seinem Leben zu schätzen lernt. Ich wünschte, wir hätten nicht so viel Zeit miteinander verpasst, Baby, aber wir können das nicht ändern. Alles, was wir tun können, ist, uns eine gemeinsame Zukunft aufzubauen und sicherzustellen, dass jeder Augenblick zählt«, erkläre ich und fange ihre Tränen auf.

»Ich werde dich nie wieder verlassen.«

»Selbst wenn du es versuchst, würdest du nicht weit kommen«, stelle ich klar, und sie schüttelt amüsiert den Kopf. Ich beobachte, wie sich ihre Mundwinkel heben. »Alles gut zwischen uns?«, frage ich und sie nickt. Ich ziehe sie am Kinn zu mir und küsse sie sanft. »Iss, Baby«, murmle ich an ihren Lippen, bevor ich mich wieder hinsetze.

Bis wir mit essen fertig sind, ist die Sonne hinter dem Horizont verschwunden und taucht die Veranda in oranges Licht. Ich bringe Lea rein und stelle auf dem Weg unser Geschirr in die Spüle, bevor ich sie vor die großen Fenster führe und die Arme um sie schlinge.

»Wie es auch gekommen wäre, wir wären immer genau hier gelandet.« Ich küsse sie hinter ihrem Ohr. »Es ist unser Schicksal, dass du bei mir bist.« Ich streiche mit beiden Händen an ihren Armen hinab, verschränke ihre Finger mit meinen und lege ihre Hände auf die Scheibe vor uns. Dann streichle ich an ihren Seiten hinab und vor zu ihren Brüsten. »Wir passen perfekt zusammen«, murmle ich, fahre mit der Zunge über ihren Hals hoch zu ihrem

Ohr. Sacht beiße ich in ihr Ohrläppchen, während ich die Finger unter ihrem Top hochwandern lasse. Ich umfasse ihre Brust, ziehe an ihren Nippeln und bringe sie zum Stöhnen. Sie presst ihren Hintern an mich. »*Das* sind wir.«

Ich lehne mich zurück und mustere unser Spiegelbild im Glas, während ich die Hand in ihren Slip gleiten lasse. Sie ist bereits feucht und ich reibe über ihre Klit. »Spürst du das, Baby?«, frage ich, während ich mich ihrem anderen Nippel widme.

»Ja ...«, haucht sie, schlingt den Arm um meinen Nacken und neigt den Kopf zur Seite, damit ich auch ihrem Hals mehr Aufmerksamkeit schenke. »Austin«, wimmert sie, als ich mit den Fingern in sie eindringe und dabei mit dem Daumen ihre Klit umkreise.

Ihre Pussy fängt an, sich zusammenzuziehen, ehe sie mit einem Keuchen kommt. Mein Schwanz pocht, als ihr Körper an meinem erschlafft. Ich nehme die Finger aus ihr und drehe sie in meinen Armen um. Lea küsst mich, dann fällt sie vor mir auf die Knie. Als ihr Blick meinen trifft, leckt sie sich über die Lippen, zieht meine Jogginghose runter und umfasst meinen harten Schwanz. Sie beobachtet, wie ihre Hand darübergleitet, dann hebt sie den Blick und leckt über die Spitze.

»Zeig mir, wie sehr du mich willst, Baby«, verlange ich und vergrabe eine Hand in ihrem Haar. Sie öffnet den Mund, nimmt mich in sich auf und lässt die Zunge darum kreisen, während ihre Hand den Rest meiner Länge massiert. Lust strömt durch meine Adern, als sie an mir saugt. »Fuck.« Stöhnend ziehe ich sie an ihrem Haar, um ihre Bewegungen zu beschleunigen, und sehe dabei zu, wie ich zwischen ihren Lippen verschwinde.

Bevor ich die Kontrolle verlieren kann, hole ich sie vom Boden hoch und bringe sie damit zum Keuchen. Ich hebe sie in meine Arme, drücke sie mit dem Rücken gegen das Glas und schiebe ihr Höschen zur Seite, bevor ich mich in ihr versenke. »Hat es dich heiß gemacht, mich in deinen Mund zu haben, Lämmchen? Du bist so verdammt nass«, knurre ich und erobere ihren Mund in einem Kuss. Gleichzeitig stoße ich heftig in sie. Ich nehme sie hart und tief, bis sie mich ganz in ihrer Hitze aufgenommen hat.

Sie klammert sich an mir fest und ich drücke die Finger in ihren Hintern. Als sich ihre Pussy eng um mich zusammenzieht, löse ich mich von ihren Lippen und schaue ihr in die Augen. »So verdammt schön. *Das* sind wir, Baby. So war es vorherbestimmt.«

Stöhnend verliere ich mich in ihr, als auch sie von ihrer Lust übermannt wird. Ich gehe zur Couch und setze mich mit ihr auf meinem Schoß hin, ohne unsere Verbindung zu lösen. Sie kuschelt sich eng an mich und ich spüre ihren Herzschlag an meiner Haut.

»Seid ihr beide okay?«, fragt Ben und zieht einen der Verandastühle neben mich.

Ich blicke durch die Glastüren in die Küche, wo sich Lea mit Rhonda unterhält und Braden in ihren Armen hält. »Wir sind auf dem Weg dorthin. Es wird etwas dauern, bis sie damit zurechtkommt, dass ich alleine aufs Meer rausfahre. Doch seit ihrer Therapie hat ihre Angst nachgelassen. Sie macht jeden Tag Fortschritte.«

»Ich kann nicht fassen, dass ihr nach Vegas gefahren seid und geheiratet habt«, murmelt er und klingt genervt, was mich zum Lachen bringt.

»Dabei habe ich dir gesagt, dass ich nicht länger warte.«

»Ich weiß, aber ich wäre gern dabeigewesen«, erwidert er und verschränkt die Arme vor der Brust.

»Wir werden eine kleine Feier veranstalten, Kumpel.« Ich nehme lächelnd einen Schluck Bier, ehe ich wieder durchs Fenster ins Wohnzimmer schaue. Über dem Kamin hat Lea eine Vergrößerung unseres Hochzeitsfotos aufgehängt. Auf dem Sims darunter steht das Bild, das ihre Mom vor Jahren von uns geschossen hat. Vor zwei Wochen sind wir nach Vegas gereist, weil keiner von uns länger warten wollte. Wir waren nur drei Tage fort, da wir beide zurück an die Arbeit mussten, aber ich versprach Lea, dass wir im Winter einen Monat an einem Strand ihrer Wahl Urlaub machen würden. Ich freue mich schon darauf – sie im Bikini, während ich versuche, sie zu schwängern. Die perfekte Art, durch den Winter zu kommen.

»Sie hat dich um ihren Finger gewickelt«, murmelt Ben und holt mich damit aus meinen Gedanken, dann ruft Rhonda nach ihm. Er steht auf, geht zu ihr und legt den Arm um ihre Schultern. Ich schüttle den Kopf, in dem Wissen, dass er seiner Frau ebenso verfallen ist wie ich meiner.

»Bist du okay?«, fragt Lea, als sie zu mir herauskommt. Ich ziehe sie auf meinen Schoß und küsse sie, dann beobachte ich, wie sie einen Schluck von meinem Bier nimmt.

»Könnte nicht besser sein«, murmle ich.

Sie mustert mich. »Ich liebe dich, Austin Wolf.«

»Ich liebe dich auch, Wölfchen«, erwidere ich und bringe sie damit zum Lachen, dann beugt sie sich vor und küsst mich.

Epilog

Lea

Vier Jahre später …

Sanfter Wellengang lässt das Boot hin und her schaukeln, wodurch ich aufwache. Als ich auf die Uhr schaue, erkenne ich, dass ich nicht mehr als eine Stunde geschlafen habe. Ich steige aus dem Bett; der Holzboden ist kühl unter meinen Füßen, also schnappe ich mir meinen Sweater, bevor ich den Mittelgang an der Küche vorbei folge und die Stiegen hoch an Deck gehe.

Ich werde von einem Anblick begrüßt, der jeden hart erkämpften Atemzug wert war. Austin steht nahe am Bootsrand mit unserem Sohn Jacob zwischen seinen Beinen, den wir nach meinem Vater benannt haben. Sie halten beide an einer Angel fest.

Als spürte Austin meine Anwesenheit, wendet er den Blick in meine Richtung. Der Ausdruck in seinem Gesicht wird sanfter, während er mich mustert.

»Hey, Baby«, begrüßt er mich und streckt mir die Hand

entgegen.

»Mommy, schau! Ich fische.« Ich löse den Blick von meinem Mann und schaue zu unserem Sohn. Lächelnd mache ich mich auf den Weg zu ihnen. Sobald ich nahe genug bin, schlingt Austin den Arm um meine Schultern und küsst mich auf die Halsbeuge.

»Was fangt ihr denn?«, frage ich meinen Sohn und streiche ihm mit der Hand über sein blondes Haar, das ebenso süß zerzaust wie das seines Vaters ist.

»Heil...«, beginnt er und beißt sich vor lauter Konzentration auf die Lippe, »...butt.«

»Hast du gut geschlafen?«, fragt Austin an mich gewandt.

Ich lege den Kopf in den Nacken. »Ja.«

Sein Blick wird noch zärtlicher, als er über die leichte Wölbung meines Bauches streicht, die noch nicht lange zu sehen ist. »Gut«, murmelt er und drückt mir einen sanften Kuss auf den Mund.

»Ich liebe dich«, sage ich und die Worte gehen mir so leicht über die Lippen, als wären sie unbedeutend. Jeden Tag arbeite ich daran, ihm einen Bruchteil dessen zu geben, was er mir geschenkt hat. Er hat mir neues Leben eingehaucht und das ist eigentlich mit nichts aufzuwiegen.

»Ich liebe dich mehr, Baby.« Er lächelt, küsst mich auf die Nase, dann beugt er sich etwas zu unserem Sohn hinunter. »Du hast einen großen am Haken. Bist du bereit?«, fragt er ihn.

»Ja«, erwidert Jacob und sie fangen damit an, die Leine einzuholen. Sie ziehen einen ausgewachsenen Heilbutt an Land. Sobald der Fisch an Deck ist, verfrachten sie ihn mit geballter Kraft in das Wasserbecken, während ich mich beobachtend im Hintergrund halte.

»Habt ihr Hunger?«, frage ich, als sie die Leine erneut ins Wasser fallen lassen.

»Nein«, sagt Jacob, ohne sich die Mühe zu machen, mich anzusehen.

»Lass uns Mittagessen gehen. Wir kommen wieder raus, nachdem wir fertig sind«, versichert Austin unserem Jungen, was ihn die Brauen zusammenziehen lässt. Er ist zwar erst vier, aber das Fischen steckt ihm bereits im Blut.

»Aber ich will nichts essen«, beschwert er sich, als er hochgehoben wird.

»Ich habe dir deine Lieblingskekse mitgebracht, und wenn du mit mir zu Mittag isst, kannst du zwei haben«, besteche ich ihn.

»Kriege ich seine Kekse, wenn er sein Mittagessen nicht isst?«, will Austin auf dem Weg in die Küche wissen.

»Du kriegst deine eigenen Kekse«, erkläre ich, und als er zufrieden brummt, lächle ich, dann spüre ich seine Hand auf meinem Hintern.

»Ja, Daddy, du kriegst deine eigenen Kekse«, wiederholt Jacob und bringt uns beide zum Lachen.

Austin

Zwei Jahre später ...

Lächelnd lehne ich mich gegen die Arbeitsfläche in der Küche und betrachte Lea, wie sie durchs Teleskop auf der

Veranda blickt. Nachdem ich ihr ein Glas Wein eingeschenkt habe, nehme ich mir ein Bier und das Babyphon, ehe ich die Tür aufschiebe.

»Sind sie eingeschlafen?«, fragt sie, als ich mich hinsetze und sie in meinen Schoß ziehe.

»Josie hat mich gezwungen, ihr drei Geschichten vorzulesen, bis sie endlich die Augen zugemacht hat und Jacob ist schon in der Wanne eingedöst«, erzähle ich und ihr Blick wird sanfter, wie immer, wenn wir über die Kinder sprechen. Ich trinke einen Schluck von meinem Bier, dann reiche ich ihr das Glas Wein.

»Das kann ich nicht annehmen«, teilt sie mir leise mit und meine Brust wird eng.

»Bist du wieder schwanger?«

»Tu nicht so überrascht. Du bist daran nicht ganz unschuldig. Sobald wir darüber reden, dass wir wieder für ein Kind bereit sind, werde ich schwanger.«

»Stimmt.« Ich lächle und ziehe sie näher an mich, damit ich ihren Mund mit einem tiefen Kuss erobern kann, der sie bald dazu bringt, sich rittlings auf mich zu setzen. Ich streiche an ihren Oberschenkeln hoch und unter das Shirt, das sie trägt. Mir fällt auf, dass sie sonst nur ein Höschen und diese verdammten Socken anhat, die schon unzählige Male dafür gesorgt haben, dass ich sie ins Schlafzimmer trage.

»Fuck«, knurre ich an ihrem Hals, beuge sie über das Geländer und nehme sie unter dem Sternenhimmel Alaskas, dann bringe ich sie in unser Bett.

Leas Atmung lauschend, schaue ich aus dem Fenster, als eine Sternschnuppe über uns vorüberzieht. Genau wie vor sechsundzwanzig Jahren, als ich mir gewünscht habe, dass Lea meine Frau werden würde. Es hat eine Weile gedauert, aber mein Wunsch ging in Erfüllung. Wer auch immer sich gerade von diesem Stern etwas gewünscht hat, ich hoffe, dass diese Person ebenso viel Glück hat wie ich.

Danksagung

Zuerst möchte ich mich bei Gott bedanken, ohne den nichts hiervon möglich gewesen wäre.

Zweitens möchte ich meinem Mann danken. Ich liebe dich jetzt und für immer. Ohne dich und deine niemals endende Unterstützung wäre ich verloren. Mein Cookie, unser Band ist tiefer als alles andere und ich liebe dich.

An meine Lektorinnen: Kayla, du weißt, ich vergöttere dich. Danke für all deine harte Arbeit, du bist ein Rockstar. Jennifer, vielen Dank, ich kann es kaum erwarten, in Zukunft mit dir zusammenzuarbeiten.

Danke an meine Coverdesignerin und Freundin Sara Eirew. Deine Design- und Fotoskills sind unglaublich. Ich liebe, dass du meine Verrücktheit akzeptierst und weißt, wonach ich suche, selbst wenn ich nur eine vage Vorahnung habe. Dieses Cover gehört zu meinen Favoriten.

Danke an TRSOR – ihr Mädchen seid immer voll bei der Sache. Ich werde für immer dankbar für alles sein, was ihr tut.

Danke an meine Mädels. Ich liebe jede von euch so sehr. Ihr wisst schon, wen von euch ich meine.

Danke an meine *Roses* und an meine *Dirty Dozen*. Ich wünschte, ich könnte euch alle umarmen. Eure Unterstützung bedeutet mir so viel.

An jeden Blogger und Leser – danke, dass ihr euch die

Zeit nehmt, meine Bücher zu lesen und mit anderen zu teilen. Es wird niemals genug Tinte auf der Welt geben, euch alle zu würdigen, aber ich werde jedem von euch für immer dankbar sein.

XOXO Aurora

Weitere Titel der Autorin:

Until Love Reihe:
Until Love: Asher
Until Love: Trevor
Until Love: Cash
Until Love: Nico

Underground Kings Reihe:
Underground Kings: Kenton
Underground Kings: Kai
Underground Kings: Sven

Until You Reihe:
Until You: July
Until You: Jax
Until You: June
Until You: Ashlyn
Until You: Sage
Until You: Harmony
Until You: Cobi
Until You: December
Until You: Talon
Until You: April (erscheint im März 2022)

Falling for Reihe:
Falling for Colton
Falling for Tide

Einzeltitel:
The Wrong/Right Man

Fluke My Life Reihe:
Running Into Love
Stumbling Into Love
Tossed Into Love
Drawn Into Love

How To Catch An Alpha Reihe:
Catching Him
Baiting Him
Hooking Him

Alaska Reihe:
Fighting to breathe
Moments of change (erscheint im Jänner 2022)
Memories to make (erscheint im Februar 2022)

Spin Off Until Serie
Until Us: Kayan von K.D. Robichaux
Until Us: Judge von Layla Frost
Until Us: Cece von K.D. Robichaux
Until Us: Nox (erscheint im April 2022)
Until Us: Blaze (erscheint im Mai 2022)
Until Us: Autumn (erscheint im Mai 2022)

Hyde & Seek: Jake von Layla Frost
Hyde & Seek: Kase von Layla Frost (erscheint im März 2022)

*

Flossie "Nana" Arpasy (Angel), Grandma Guillemette (Angel) Zoë Graves (Angel), Aunt Precious (Won) Sylvia (Angel), Pat (Angel), MJ Carnal (Fighting), Robert Nuzzi (Angel), Sharon Ross (Angel), Steven Goyack (Angel), Sharon (Angel), Gordon (Angel), Robert Ross (Angel), Yolanda Santos (Angel), Mary C Rodriguez (Angel), Cheryl Rhoads (Won), Betty Bryan (Angel), Rose Kewosh (Angel), Nancy Beveridge (Fighting), Annie Baird (Angel), Brian Davidson (Angel), Treva Jarrell (Angel), Nikki Mitchell (Angel), Kay Cocozzo (Angel), John Moulden (Angel), Vera Brown (Angel), Gale Allison (Fighting), Robert Brassell (Angel), Ashley Friend (Angel), James Shaw (Angel), Ken McMahan (Angel), Lynne Brown (Angel), Leo Hubble (Angel), Terry Voyles (Angel), Michael Fleming (Angel), Mazie Kelly (Angel), John Kelly (Angel), John Hickey (Angel), Tom Kelly (Won), Betty Kelly (Fighting), Vanessa Broadhurst Miller (Fighting), Jim Jankowski (Angel), Tammy (Won), Lillian Garrett (Won), Tootie Garrett (Angel), Charles (Angel), Danny Walls (Fighting), Jerry Walls (Fighting), Sunny Walls (Fighting), Jane Titcher (Angel), Linda Gnat-Moore (Angel), Karen Robbins-Bell (Won), Judy Scheetz (Angel), Cyndy Andrews (Angel), Cristy Martinez (Angel), Vi Collins (Angel), Alice Ervin(Won), Lorraine Moen (Won), Diane Daisey (Angel), Cecilia Sargent (Angel), Dianne Long (Won), David Perchal (Angel), Micheal Bonds (Angel), Renee Cooper R.N. (Angel), Ernie Wright (Angel), Brenda Wright (Angel), Cynthia Hartley (Angel), Helen Young (Angel), Cletus O'Dell (Won), Carmen Stalsberg (Angel), Sandra my aunt (Fighting), Joseph grandad (Angel), Rachel Blick (Won), Ronni Roth (Angel), James "Papa" Harris (Angel), Brylee West (Fighting), Sally Howe (Angel), Mike Bowman (Angel), Kurt Volger (Fighting), Denise Leblanc (Angel), Delia Turner (Won), Donna Witchey (Angel), Gail Santilli (Angel), Avril Monroe Teaster (Angel), Melissa Ferrell Williams (Won), Eleanor Tryon (Angel), Helen (Angel), Patty Balmer (Fighting), Abdias Ramos (Angel), William Issette (Angel), Emil G Dvorshock (Angel), John Stasek (Angel), Kathy Hammerson (Angel), John Lehec (Angel), Victor Lehec (Won), Danny Lehec (Won),

Barry Macdonald (Fighting), Ed Clark (Angel), Donna Hays (Fighting), Jacqueline Martinez (Fighting), Marilyn Hicks (Fighting), Eludina Miranda (Won), Felipe Rosario (Angel), Aide Vazquez (Angel), Theodore Vazquez (Angel), Derek Scott (Angel), Margarette Mullikin (Fighting), Ronald William (Angel), Heather Smith (Angel), Queenie Mason (Angel), Vickie Whitney (Angel), Geoff Munkenbeck (Angel), Iris Seath (Angel), Regina Trinidad (Won), Stella Bird Radle (Fighting), Cassie Simpson (Angel), Callimae Venable (Angel), Mary Lutrina Williams (Angel), Carl Williams (Angel), Olen Williams (Angel), Wanda Williams (Fighting), Katie Arrigo (Won), Virgina Adams (Won/Fighting), Velma Sommerer (Angel), Lynne Hahn (Fighting), Frank Andres (Angel), Ora Porter (Angel), Bill Kuklenski (Won), Paolo Siciliano (Angel), Virginia Denning (Fighting), Eddie Gaumer (Angel), Yvette Roberts (Angel), Carolyn Tate (Angel), Maria Antonia Paz (Angel), Megan Reeves (Angel), Polly Robbins (Angel), Eleanor Kreitz (Angel), Richard Kreitz (Fighting), Katrina Brownell (Angel), Karen Lopez (Won), Gloria Laguna (Angel), Greg Lance (Won), Ofie Dela Pena (Angel), Deborah Cole (Angel), Junior Hamby. (Angel), Victoria Canoto (Won), Larry Jones (Angel), Bill G. Shaw (Angel), Michelle Lord (Fighting), Karen Carozza (Angel), Claire Metcalf (Angel), Robert Steck Sr. (Angel), robert steck jr. (Won), Patricia robinson (Won), Pauline C Villa (Fighting), Sui Yung Yau (Won), Sandy Borrero (Won), Eduardo Barral (Angel), Grandma (Angel), Felice Webber (Angel), Sherry Bishop Borrero (Fighting), Terry Herrington (Angel), O.D. Smith (Angel), Robin Aisen (Won), Timothy Williams (Angel), Randall Williams (Angel), John Featheringill (Fighting), Carol Dial (Angel), Jim Sanders (Angel), Luther Rice (Fighting), Jerry Dugal (Angel), Michelle Cage (Fighting), Marie Ease (Angel), Opie Davis (Angel), Dale Chekwech (Fighting), Toney W Poole Sr. (Fighting/Won), Joan Jenkins (Won), Sharon Batson (Fighting), Denise Proctor (Angel), Chris Stabo (Angel), Rafael Pantoja (Won), Tommy Matlosz (Angel), Aunt Aggie (Won), Barbara Salandy (Angel), Catherine Hastings (Angel), Grant Ketner Sr. (Angel), Ellen Ketner (Angel), Alvin Ketner (Angel), Bill Guando (Angel), Wanetta Vickers (Fighting), John “Cookie” Basile (Angel), Donna Yarosz-

Harris (Won), Michele Tenedine Stoto (Angel), Amy Duffy (Won), Dan Breault (Won), Norma Medlin (Angel), Delores Brumbaugh (Angel), Dorothy Reeves (Angel), Shirley Seigler (Angel), Deana Crowell (Angel), Mary Elizabejt Durham (Fighting), Sandra Jordan (Angel), Henryk Thoma (Angel), Sophie Cepulonis (Angel), Perry Clevinger (Angel), Carmen Monti (Angel), Cesar Emilio Baez (Angel), Grandma Rusty (Angel), Grandpa Bob (Angel), Rosemary Dolan (Angel), William F Wulf (Angel), Cate Drake (Angel), Laura Duguay (Fighting), Avi Kouris (Angel), William Bass (Angel), Pamela Scott (Angel), Emma Keating (Won), Martha Kalbus Kalbus (Fighting), Denise Terry Kalbus (Fighting), Ronnie Goldman (Angel), Audrey Hobbs (Angel), James Skeen (Angel), Dorothy M Smith (Angel), Alberta Wyatt (Angel), Gerald Wyatt (Angel), William Duren (Fighting), Ann Duren (Won), Lois Rollings (Angel), Mary Lane (Angel), Homer Harris (Angel), Maureen Muzikar (Angel), Margaret Davies (Angel), Diana Littlefield (Angel), Wanda Cochran (Angel), Randy Donaldson (Angel), Rebecca Meek (Angel), Jennifer Barr (Fighting), Amanda Cross (Won), Paul Standard (Angel), Allen Standard (Won), Carol B. (Won), Lilly B. (Won), Nicole Stygar (Won), Michael Milam (Angel), Lena Brock (Angel), Gail Stabback (Angel), Warren Treadgold (Fighting), Paul Currier (Angel), Secundo Fernandes (Angel), Betty Begley (Angel), Isacc Bode (Angel), Amanda Ray Petty (Angel), France Familiaran (Fighting), Doris Scobey (Angel), Wesley Scobey (Angel), Tracy Hill Janosko (Fighting), Lori Garding (Fighting), Cheryl Elens (Angel), Barbara Robichaux (Angel), Blanche Webber (Angel), Penny Nixon (Angel), Donna Merow (Angel), Warren Wirges (Angel), Esther Wirges (Angel), Allison Merow (Won), Arlene Geekie (Angel), Ida Pelham (Angel), Joseph LoCicero (Angel), Margaret Parry (Angel), Alfred Parry (Angel), Dorman Henry (Angel)